Governo do Estado de São Paulo e Secretaria de Cultura apresentam:

IN COM PLETOS

SABINE MENDES MOURA

Realização

ProacSP
Incentivo à Cultura do Estado de São Paulo

GOVERNO DO ESTADO SÃO PAULO
Secretaria da Cultura

Presságio EDITORA

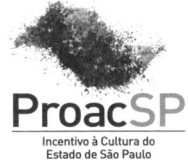

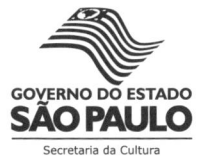

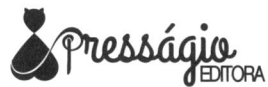

Copyright © Sabine Mendes Moura

Edição
Priscilla Lhacer

Revisão técnica
Lara Borriero Milani

Projeto gráfico e diagramação
Milá Bottura Dias

ISBN: 978-85-93158-01-8
CIP – BRASIL. CATALOGAÇÃO NA PUBLICAÇÃO
Bibliotecário responsável: Lucas Rafael Pessota CRB-8/9632

```
P647e    Moura, Sabine Mendes
            Incompletos / Sabine Mendes Moura. – São
         Bernardo do Campo : Presságio, 2016.
         200 p.

            ISBN 978-85-93158-01-8
            ISBN 978-85-93158-12-4 (digital)

            1. Ficção brasileira 2. Fantasia I. Título.

                                          CDD 869
```

Todos os direitos desta edição reservados à
Presságio Editora
São Bernardo do Campo, SP
http://pressag.io

Impresso no Brasil

Primeiro, é preciso admitir que estamos fugindo...

CAPÍTULO 1

a caçada

Ela tremia. Antes de sair, fez questão de desconectar o computador, mas não se desligou da Rede completamente. Faltava-lhe coragem. Manteve alguns acessos, interfaces construídas com sucata. Alguém podia procurá-la. Talvez soubessem que estava em perigo. Talvez precisasse pedir socorro. Seu único medo era que descobrissem sua localização. A essa altura, já havia mudado de servidor várias vezes, mas eles estavam caindo um a um. Seu último servidor, o Celta, era de um amigo. *Talvez amigo seja uma palavra forte demais*, pensou, já que não conhecia sua real identidade. Nem quanto tempo resistiria à pressão por liberar seus arquivos de mensagem.

Mariah tinha 16 anos. Ou, pelo menos, achava que tinha.

Suas memórias não eram confiáveis, à exceção de um dia em especial. Era criança ainda. Nesse dia, decidiu que a mulher aconchegante que a apertava contra o peito e acariciava seus cabelos se tornaria sua mãe. E não foi uma decisão particularmente difícil. Assistiam a um filme romântico. Um filme de sonho, bem diferente da realidade da época. As personagens estavam prestes a ser felizes para sempre e a mocinha do filme se chamava Mariah. Por isso, quando sua mãe recém-escolhida perguntou qual era seu nome, ela não hesitou:

— Mariah. Meu nome é Mariah.

A mulher achou o nome lindo e ofereceu-lhe biscoitos. Mas isso tinha acontecido há muito, muito tempo... Ou, pelo menos, assim lhe parecia... Agora, ali, na escura rua sem saída, era grata pelo momento de alegria junto à mãe eleita. *Será que algum dia nos veremos de novo?*

Caminhava colada à parede pegajosa de um beco perdido no centro da cidade. Tinha certeza de que estava só, mas não sabia por quanto tempo.

Ela era diferente das outras pessoas.

Não sabia quando a perseguição aos que eram como ela tinha começado. No início, sentia-se abandonada à própria sorte.

Depois, surgiram as primeiras manchetes mencionando o Dom e o mistério acerca de como havia sido gerado na raça humana, em meio a anúncios de refrigerante e ofertas de supermercado. Foi um alívio descobrir que ela não era a única. Mas aprendeu a ser discreta. Há muito não usava o Dom em público e era extremamente cuidadosa ao fazer as transições.

Logo, o Dom começou a se popularizar. Dia sim, dia não, casos de pessoas como ela, em alguma situação de descontrole, vinham a público. Rapidamente, os responsáveis eram detidos. Assim começou o Rastreio Virtual, explorado por empresas privadas a serviço do governo. O objetivo era deter todos os que possuíssem o Dom no prazo de um ano. Ela venceu o ano fatídico, e outro mais, e outro mais... Mas vivia com medo, sem saber em quem confiar. Sua memória não permitia que confiasse nem em si mesma.

Pensou ter ouvido passos, bem distantes, em outro quarteirão talvez. Escaneou a rua em busca de algum lugar onde se esconder e encontrou uma fresta entre dois prédios, cujos fundos davam para um beco, mais adiante. Seguiu em direção a ela, esgueirando-se o mais rente à parede que conseguiu, sentindo a sujeira entre os tijolos entranhar-se em seu pescoço e mãos. Seus dedos, como garras, tateavam o caminho à sua frente. Enxergava um pouco mais, apesar da falta de iluminação, por causa do Dom. E era melhor estar em um lugar escuro. Naquele último ano, o Rastreio Virtual tinha se tornado quase onipresente, assumindo formas inesperadas à medida que todo e qualquer equipamento eletroeletrônico — de uma câmera tradicional a um simples poste de luz — ia sendo conectado à Rede.

Mariah não sabia por que a caçada às pessoas com o Dom era tão rigorosa. Sabia somente que tinham um nome, um nome de que nem ela nem os outros Especiais gostavam. Mencioná-lo acionava o Rastreio e, embora o lugar para onde levavam os Especiais detidos fosse um mistério, havia lendas de lavagem cerebral e tortura. Era um nome que se evitava usar.

Eram chamados de Incompletos.

Agora, Mariah estava certa de que os passos vinham em sua direção e de que eram de um homem. Tentou manter-se calma. Controlar a energia de seu corpo era vital, caso o Dom fosse necessário. Estava a poucos metros da fresta entre os dois prédios e procurou respirar fundo e silenciosamente, seguindo adiante sem hesitação, mas sem se apressar demais. Os passos não indicavam perseguição, mas, caso fosse um Especial, certamente já saberia de sua presença. E seria tão cuidadoso quanto ela. Nem todos os Especiais se apoiavam. Quando Dom brigava com Dom, não havia limite para a destruição que poderia ser causada. Normalmente, não era uma briga física, mas uma série de artimanhas sutis, próprias do Dom, que podiam deixar qualquer um dos dois participantes enclausurado. Eram armadilhas da mente, como a natureza do próprio Dom permitia.

Ela não sabia por que Dom brigava com Dom.

Só sabia que nem todos os Especiais gostavam de viver em reclusão. Havia Grupos Não Oficiais, ou GNO, que encaravam o Dom como um chamado, uma evolução rumo à liberdade humana. Viviam iludidos pelas facilidades que o Dom permitia entre os não possuidores. A estes, chamavam de Comuns. Os GNO pretendiam formar exércitos de Especiais, por meio de gangues com líderes autoproclamados, que se voltavam contra Comuns e Especiais discordantes da mesma forma. Seu poder de locomoção, no entanto, era restrito. O Dom tinha um limite.

Sem se apropriar dos prazeres e dores de outra pessoa, não havia como usá-lo.

Mariah ouviu claramente quando o homem alcançou a entrada da rua sem saída.

Ele era um tipo bem normal por aquelas bandas: moreno, de olhos castanhos e cabelo batido. Suas feições eram agradáveis, apesar das rugas fundas ao redor dos olhos. Tinha mãos grandes que comprimia, uma contra a outra, nervoso como estava.

Sabia que ela estava ali. Havia checado a informação mil vezes. Só não se sentia preparado para enfrentá-la. Ela era muito experiente e não se deixaria levar assim tão fácil.

O nome dele era Paulo.

Não era a primeira vez que ele partia em busca de um Especial. Recusava-se a chamá-los de Incompletos por considerar o nome profundamente ofensivo e em nada representativo da realidade. Fazia parte de uma organização que tinha extremo interesse em resgatá-los. Se é que o que fazia podia ser chamado de resgate. Partia em missões como aquela porque, à sua maneira, também tinha desenvolvido um dom.

Ele via a realidade de um jeito diferente.

Via várias realidades em vez de uma.

Em um mundo cheio de verdades, de certos e errados, de morais, de leis, sempre suspeitou que a vida fosse mais do que seguir o estabelecido por outros. Afinal de contas, por que se sentiria capaz de fazer tantas coisas a menos que tivesse a missão de experimentá--las? Ele quase desistiu. Quase. Quase se adaptou. Quase. Tinha um emprego, uma família, uma vida-como-deveria-ser. Mas nada tinha sabor. Nada importava verdadeiramente. Encontrou, então, a organização e uma forma de aprender a ver.

Não uma realidade, mas várias.

Logo, tornou-se fácil para ele fazê-lo e começou a se dedicar aos resgates. Como os Especiais faziam justamente isso — brincavam com a realidade —, ele precisaria ver além dela para conseguir se comunicar com eles.

Aquela menina, no entanto, levava o desafio a um novo patamar.

Sacou uma luz-própria do bolso para se localizar melhor. O dispositivo iniciou sua varredura, girando em direção aos quatro cantos do beco e lançando feixes de luz branca que machucavam seus olhos.

Não havia, é claro, ninguém visível.

Paulo reparou, no entanto, durante o percurso da luz, que havia uma fresta entre os dois prédios que formavam a parede direita do beco. Uma fresta mínima, onde apenas alguém muito pequeno poderia se esconder. *No máximo, vinte centímetros de largura*, calculou à primeira vista.

Era o único lugar em que ela poderia estar.

Paulo ordenou que a luz se dirigisse para alguns metros adiante da fresta, não querendo assustar a menina. *Será mesmo uma menina? Será já uma jovem mulher?* Nunca se podia prever como e quanto um Especial amadureceria, já que sua idade representava tão pouco. *Será que ela sabe algo sobre sua origem? Sobre a origem do Dom?* As perguntas povoavam sua mente inquieta. Deixou que os pensamentos passassem, sem procurar retê-los ou afastá-los, e concentrou-se no que estava por fazer.

Concentrou-se na confiança que queria transmitir a alguém que, há muito, não devia confiar nem em si mesma.

— Oi! Tem alguém aí? — sua voz era quase um sussurro.

Ele se aproximou um pouco mais da fresta, falando diretamente com o buraco formado entre os prédios, mas sem encará-lo.

— Eu sei que você está aí. Sei que está sozinha. Sei que tem medo de mim. Posso ir embora se você quiser...

Ele sentiu um sutil arquejo de vento quente vindo do vão escuro. Tão sutil que poderia ser confundido com vento encanado.

— Eu não sou GNO, não sou do governo, não sou do Rastreio... Veja por si mesma se estou mentindo.

Novo respirar de dentro da fresta... Ela devia estar cansada para dar sinais tão óbvios de presença. Paulo sentiu sua mente sendo rastreada: uma onda quente varrendo-lhe o cérebro, quase como quando ele se dispunha a relaxar. Camada após camada de uma massagem interna, em suaves sopros de esquecimento. Uma pessoa que não tivesse passado pela experiência antes descreveria o rastreio de um Especial como uma súbita certeza de que tudo estava bem ou ficaria bem. Ele respirou profundamente e procurou não oferecer resistência. Concentrou-se na imagem que desejava transmitir: a de alguém em quem se podia confiar, alguém que não tinha afiliações duvidosas. A sensação era tão boa que ele quase se esqueceu do porquê de estar ali.

Foi quando ela surgiu.

Era como um líquido transparente e viscoso escorrendo da fresta e formando uma poça no chão. Algo gelatinoso, consistente, mas incrivelmente límpido, à espera da forma a ser assumida. Paulo sentiu que a presença dela saía de sua mente e foi como se um vento frio o invadisse. Procurou se recuperar disciplinadamente, relaxando por si mesmo. Antes que pudesse examinar a poça transparente formada a seus pés, ela assumiu nova forma.

Era uma mulher linda. Boca carnuda, seios palpitantes, vestido provocante, vermelho. Estava ali, na sua frente, exatamente como Paulo se lembrava dela. Mais que uma namorada. Alguém que representava tudo o que ele conhecia como amor verdadeiro. Alguém que tinha partido sem explicações depois de alguns anos do que, para ele, parecia ser a felicidade em estado puro. Agora, ela estava ali, na sua frente. O mesmo olhar, o mesmo sorriso de menina, a mesma postura altiva.

— Paulo, você não tem ideia de como senti sua falta...

A boca se entreabria suavemente ao falar, como antigamente. A voz era aguda, mas contida. Os olhos cor de mel piscaram, do mesmo jeito que ela piscava, aturdida, quando estava prestes a dizer algo importante. Um hábito charmoso. Ela ergueu os braços, convidando-o a se aproximar.

Paulo buscou suas memórias mais dolorosas. A separação. A violência de suas discussões. O dia em que ela partiu, dizendo-lhe que nunca o amara e que nunca o amaria, pois ele era aquele que nunca perdoava, incapaz de lutar por ela e por eles dois. As diferenças de opinião. O ciúme da profissão dele, de suas ambições. Todas as retaliações a que fora exposto. A dor profunda de se ver fracassado e sozinho.

— Mariah, você não precisa disso para falar comigo. Deixe-me ver quem você é.

Paulo viu a breve expressão de incredulidade, seguida por medo. *Eu a assustei*. Sentiu uma imensa compaixão invadi-lo e chegou a fechar os olhos diante da cena, mas a menina já mudava de forma e, quando ele olhou novamente, viu o espetáculo da transformação em curso. Braços que se enrijeciam, tronco se alongando e criando músculos, pernas mais compridas... Ela devia estar dando até sua última gota de energia, pensando em como sair dali. A essa altura, já não poderia correr. Se voltasse à forma natural, seus membros levariam um tempo para recobrar a firmeza. Antes que ele pudesse adverti-la, um novo fantasma trazido das profundezas de sua mente estava diante de Paulo.

Era um de seus melhores amigos: Ricardo. Um homem forte e alto, atleta, que costumava jogar futebol com ele nos fins de semana. Estiveram juntos ao longo do período de Escola Superior e depois seguiram caminhos diferentes, sempre mantendo contato. Agora, Ricardo estava diante dele: o mesmo rosto durão que escondia um coração afetuoso e uma sólida devoção a seus amigos, o mesmo jeito confiante com que tantas vezes salvara Paulo de situações difíceis. Paulo nunca conseguiu retribuir, tímido como era... Houve o dia em que foram acusados de colar em uma prova. Ricardo tinha salvado os dois da suspensão com muita argumentação e uma expressão de ofensa mortal, diante de professores, coordenadores e da diretora. Paulo ia se perdendo nas memórias felizes, quase sem perceber que Ricardo estava se movendo lentamente, procurando cercá-lo...

Rapidamente, lembrou-se do dia em que a irmã de Ricardo telefonou para dizer-lhe que o amigo tinha morrido em um acidente. Uma lágrima veio a seus olhos. Algo na expressão do rosto do amigo lembrou-lhe de que aquela era Mariah, uma Especial assustada e cansada, exaurindo-se com transformações em série.

— Mariah... — conseguiu dizer, baixinho.

O espetáculo que se seguiu foi talvez um dos mais estranhos de sua vida. A menina assumia várias formas incompletas que ele mal conseguia reconhecer, rápida como a luz... Paulo assistiu à cabeça de sua mãe montada no corpo de seu pai dar lugar a um braço irreconhecível. Viu professores, namoradas... *Minha filha!* Misturados, não identificados senão por instantes... Eram formas descontroladas em um ataque de pânico que lembrava seus piores pesadelos.

— Mariah, não precisa...

Uma voz cambiante, composta por várias vozes de seu passado, retalhos de timbres de criança, adulto, homem, mulher, dirigiu-se a ele:

— O-que-vo-cê-quer-de-mim?

— Quero ajudar!

Então, uma forma fixa. E a menina desabou no chão do beco.

Seu último pensamento coerente foi: *Ele está dizendo a verdade!* Mariah ficou horas sem saber quem era, ou melhor, sem saber o pouco que sabia sobre si mesma. Sobre o que ela chamava de "si mesma".

A dor depois do uso do Dom era imensa e não tinha dono.

Naquelas horas, ela era a dor.

Pensou ter ouvido uma voz que a acalmava, mas, para ouvir, teria de ter ouvidos e, naqueles momentos eternos de dor, nada em seu corpo lhe pertencia. Nada era registrado. Pensar tornava-se um espetáculo louco de fobias de todo tipo. Por isso, ela nunca usava mais de uma forma. Por isso, ela sempre cuidava para não se transformar diante de ninguém.

Quantas vezes tinha escapado assim? *Inúmeras*.

Normalmente, uma transformação era o suficiente para desorientar um Comum por horas. A imagem viva do passado, somada à sensação de bem-estar que ela provocava ao invadir as mentes, bastava para que ela escapasse deixando qualquer um perdido em lembranças. Mas o Dom tinha limites.

Paulo não acreditava nas ilusões. Talvez por breves momentos, mas ele logo fazia justamente o que tantos antes dele se negaram a fazer: revivia a perda das pessoas que mais importaram para ele. As transformações dependiam da crença. Se o Comum deixasse de acreditar em seu fantasma, o Especial perdia seu poder sobre ele. Tampouco podia transformar-se em algo que não estivesse na mente de outra pessoa. No momento em que o Comum reconhecia a perda e desacreditava da ilusão, o Especial tinha de assumir outra forma. Mas, para reconhecer a perda, a pessoa tinha de ver-se como fracassada, tinha de admitir ser uma perdedora. E isso era uma coisa que Mariah nunca vira ninguém fazer tão rápido antes.

O rastreio que Mariah fazia como Especial não era um rastreio objetivo. Era emocional. Como todo Especial, ela sabia que os seres humanos têm memórias agrupadas em estruturas bastante inflexíveis que eles chamam de realidade. Toda memória tem uma carga emotiva: algumas são mais pesadas em termos de sentimentos, tocam em pontos sensíveis de sua biografia, e outras são mais leves. As memórias mais pesadas são praticamente sólidas, ou seja, ficam sempre no mesmo lugar da mente, causando as mesmas sensações e interpretações. Ao rastrear alguém, Mariah era naturalmente atraída a ver uma parte das memórias das pessoas, a parte mais pesada, as memórias mais emocionantes, positivas ou negativas. Era nessas memórias que Mariah se apoiava para construir personagens.

Usar o Dom tinha um preço.

Apropriar-se das memórias dos outros dependia de que ela abrisse mão de algumas de suas memórias particulares. Cada vez que usava o Dom, ela era menos ela. Menos história, menos construtora e mais dependente do Dom. Por isso, sempre, por um breve instante antes de transformar-se, um Especial virava a representação que ele fazia do Nada. Era o momento em que concentrava suas energias para deixar de ser.

Caso encontrasse alguém cuja memória mais pesada envolvesse um objeto, conseguia transformar-se nesse objeto. Porém, isso tomaria muita energia. Era raro encontrar alguém cujas memórias pesadas envolvessem objetos. Normalmente, envolviam pessoas. Normalmente, referiam-se àquelas pessoas a quem culpamos por nossa tristeza, pesar ou insucesso. *Família, amigos, amores...* Era difícil encontrar alguém que pusesse a culpa de seus fracassos em objetos...

Depois do Dom, era a Dor.

Era um não se saber, sabendo que se é algo. O desespero, como agora, vinha como uma saudade de ser alguém. Quando começava a recuperar os movimentos do corpo, a partir de suas extremidades muito doloridas, a sensação era melhor do que a de não ter extremidades. O corpo voltava, aos poucos, a ter limites. A eternidade se definia em horas e minutos novamente.

Quando o tempo voltava a se limitar, o alívio era imenso, apesar da dor. Agora, era uma dor física, uma dor compreensível. O desespero, então, voltava-se a outra direção. Começava a se lembrar de seu Dom e de como este funcionava e temia ter gastado sua última memória. Temia não ter mais história.

Até lembrar-se de seu nome, novamente.

— Sou Mariah.

Mariah disse seu nome pela primeira vez depois de dias, quatro dias inteiros, com uma voz falha de bebê. Paulo a observava, no catre baixo e duro onde estava deitada, imóvel, ansiando por oferecer a seu corpo tão abatido um pouco mais de conforto. O lugar, no entanto, não era nada confortável. Na Comunidade, não tinham nada que não fosse vital para a sobrevivência humana. O quarto era quase uma cela, estilo monástico, paredes caiadas de branco, sujas, o catre e uma mesa com cadeira. Havia uma luz-própria, agora apagada, e uma janela que vazava os primeiros raios de sol.

Paulo tinha estado a seu lado e buscado acalmá-la o máximo que pôde. Sabia o quão difícil seria. Sabia, inclusive, que poderia perdê-la.

Sem memória, não há humano como o conhecemos.

Sorriu de orelha a orelha ao vê-la começar a se movimentar, ainda dormindo. Segurou sua mão, já quente, quando ela disse seu nome. *Uma menina muito disciplinada e muito sensata... Aprendeu a dizer seu nome, assim que se lembrasse dele*, pensou. Resgatando uma memória, as outras começavam a ressurgir e, com isso, o tempo e, com isso, a vida.

Sim, porque era uma menina.

Seu corpo aparentava ter catorze ou quinze anos. Talvez menos, tamanha a fragilidade evidente. Ossos pontudos, sob uma pele morena, braços e pernas finas. E parecia não se dedicar muito ao próprio asseio. Julgando apenas pela sujeira e pela magreza, podia estar refém de sua condição de fugitiva há anos. E havia as lacerações. Feridas mais ou menos superficiais nas pernas, no braço e no que conseguia ver de sua barriga.

Por baixo de toda essa camada de empobrecimento e descaso, havia uma menina muito bonita.

Seus cabelos eram curtos, irregulares e encaracolados. Lavados, podiam ser castanhos, embora, naquele momento, pesassem oleosos e escurecidos. Podia ver reflexos sob as camadas de sujeira, reflexos leves que pareciam vir da exposição ao sol. Seu rosto era suave apesar de tudo. As marcas de exaustão não chegavam a abater seus traços: a delicadeza das maçãs de seu rosto, o nariz grande e espevitado, os olhos amendoados. Havia uma cicatriz em forma de pera em seu queixo, como uma marca de catapora malcuidada.

Ela levou mais dois dias para abrir os olhos pela primeira vez e, quando o fez, suas pupilas se feriram à luz do sol forte que invadia o lugar. Reconheceu as dimensões modestas do quarto onde estava e ficou aliviada por não ver fios, cabos, aparelhos nem luz elétrica fixa. Não parecia haver o que temer ali. A própria invasão incômoda do sol, um sol de meio de manhã, indicava a simplicidade não manipulada de um casebre comum.

Levantar-se tinha sido complicado, mas ela estava progredindo. Passara os últimos dias sonhando memórias reconstruídas: um passeio de barco, um homem de olhar gentil, uma briga a socos e pontapés em meio a uma multidão de curiosos em semicírculo, alguém lhe dizendo que era muito linda e esperta. E o dia do acidente...

Era uma memória complicada, a de como tinha usado o Dom pela primeira vez. Mariah sabia que, naqueles tempos, lembrava-se de quase tudo sobre si mesma. Estava acompanhada e era muito pequena. As pessoas ainda pareciam gigantescas de seu ponto de vista. Estava comendo um sanduíche enorme em uma lanchonete da cidade. *Que cidade? Com quem?* Quando buscava lembrar-se de seu acompanhante — *Seria uma mulher? Seria um adulto ou uma criança?* —, não conseguia ver um rosto definido. As outras pessoas sumiam mais rápido com o uso do Dom. Quase como se, para roubar uma pessoa da mente de um Comum e transformar-se nela, fosse necessário dar uma de suas pessoas em troca. Ela não estava muito certa de que era assim que funcionava. O sanduíche era uma memória clara, pouco visual: lembrava-se de um gosto, do cheiro e das folhas de alface que separava em um canto do prato, enquanto comia.

Estavam sentados perto de uma janela grande. Podiam ver um cruzamento em que vendedores de rua expunham bugigangas: mata-ratos a laser, relógios e brinquedos. Pequenas naves pessoais que, às vezes, voavam baixo demais, atraíam a ira dos pedestres. Naquela época, usavam-se túnicas multicoloridas. Mariah lembrava-se claramente de uma mulher negra, com longos cabelos trançados, segurando a mão de duas crianças, um menino e uma menina. Pareciam felizes e falavam animadamente. Sorriam.

Um jovem barbudo, carregando uma espécie de guitarra nas costas, sentou-se na base do pilar de um edifício enorme. Mariah tentava seguir a fachada do prédio com os olhos até o ponto em que encontrava o céu, mas o esforço causava-lhe tontura. O jovem levantou-se, dispôs um chapéu vazio e uma placa improvisada de "Obrigado pela colaboração" diante de si e começou a dedilhar uma melodia alegre, caminhando lentamente pela calçada. Mariah se divertia pensando que um dia talvez pudesse ganhar a vida como ele. Foi quando assistiu, horrorizada, ao músico tropeçar e cair, pedindo ajuda, sem que ninguém lhe desse atenção. Logo, seu corpo começou a tremer descontroladamente no chão. Nem a família feliz parou... Era uma rua lotada. Mariah sentiu um aperto no peito, uma impotência somada à vontade de ajudar, de ser alguém que pudesse ajudar e então...

Nada.

Estava dentro de outra pessoa e podia ouvir o que ela pensava.

Nossa! Esse pobre infeliz! Dá até vontade de ajudar, mas... Sabe-se lá? Vai ver é um drogado... Um ataque desses em plena luz do dia! O que é que ele está fazendo aqui, com essa pinta de andarilho, em vez de trabalhar de verdade?

Mariah sabia que estava *dentro da* mente da mulher negra. Sua própria mente foi afundando na dela até encontrar...

... *Papai, não!* e uma dor imensa, ligada ao centro de seu

peito, uma angústia. E pensamentos: *Se hoje eu me acho feia é porque ele... Ele me disse... Me fez acreditar... Naquele dia...* Viu imagens de briga, choro, partida de um trem, homem estranho e abusivo e...

Mariah sentira-se submergir em emoções dramáticas, desconhecidas. *Onde estou? Aonde estou indo?* Não havia senso de direção ou lógica, só os sentimentos perturbadores, o medo, a injustiça. Depois de alguns anos, Mariah tinha aprendido a reconhecer onde cada emoção se expressava em seu corpo, embora ainda não compreendesse o porquê de ter ido parar na mente da mulher e não na do jovem. *Talvez sua mente doente estivesse enevoada demais...* Hoje, sabia que a ansiedade queimava-lhe o estômago, a raiva apertava-lhe a garganta, a injustiça pesava-lhe em toda a região do peito. Mas não naquele dia... Era uma criança. Em algum lugar, ainda sentia o pudor de ter acesso a coisas de adulto, coisas com as quais não deveria se meter. O medo a dominava: era como passar por um portal em que o mundo como ela o conhecia se despedaçava.

E ela se despedaçava junto. Logo, começou a poder observar o equivalente físico daquilo que estava sentindo. Não doía, mas causava uma sensação de náusea, de embrulho no estômago. Era como beber ou comer sem parar, além da capacidade de seu corpo. Sentiu-se inchar, deformar. Quando seu corpinho minúsculo e semidesenvolvido deu lugar ao corpo de um homem adulto — *o pai da mulher?* —, ela ainda conseguiu se lembrar de que seu único objetivo era ajudar o músico que entrara em convulsão perto dali.

Olhou ao redor, sem deixar de perceber o assombro da mulher, que corria para longe de seu fantasma encarnado. Teve dificuldades de coordenar seus passos, sentindo o corpo do homem ainda como algo que não lhe pertencia. Logo, ela era o homem.

Uma ambulância chegou, removendo o músico, já inerte. Ela teve vontade de chorar, mas como chorar com os olhos de outro? Começou a falar, mas as frases a controlavam e não o inverso. Falou coisas sobre a mulher, coisas que não entendia, mas que eram cruéis. Sentiu a raiva naquele tom de voz. Um círculo de pessoas tinha se formado à sua volta e ela observava tudo com olhares de horror, nojo, medo e decepção.

Foi um acidente, pensava, mas não era isso que saía de sua boca. Algo dentro dela desmoronou. *Eu vou morrer.* E, depois, o Nada.

Mariah não sabia como saíra dali nem para onde a haviam levado. Um dos grandes mistérios de sua vida, até então, era justamente saber como não tinha sido presa, levada a um Centro governamental, tratada como louca ou caso de estudo. A única coisa que a levava a crer que, de alguma forma, alguém cuidara dela e a poupara de tais experiências era o fato de que, naquela época, não havia um conhecimento generalizado acerca dos Especiais.

Eu posso ter sido detida e fugido, pensou. E fugir seguia sendo sua prioridade. No momento, o que importava era que sempre estivera melhor sozinha e preferia continuar assim, apesar do fenômeno Paulo. De certa forma, ele havia sido o culpado por sua grande perda de energia. Dentro da mente dele, ainda que ela não soubesse bem explicar como, algo funcionava de maneira diferente. Pela primeira vez, seu rastreio não lhe trouxera a sensação de conhecer verdadeiramente aquele a quem rastreava.

A janela do quarto abria-se para uma espécie de bosque, com grandes árvores frutíferas que seguiam um padrão de zigue-zague, como em um reflorestamento planejado detalhadamente. Do lado de fora, o edifício parecia mesmo um casebre, cujo telhado era forrado de palha, uma construção que aparentava ser antiquíssima. A janela era baixa e Mariah pulou para fora com facilidade, agachando-se junto à parede. Menos de cem metros separavam-na do bosque e ela andou o mais rápido que pôde, já que ainda não se sentia segura para correr. À sombra dos primeiros galhos, viu que não estava só.

Havia crianças penduradas em quase todas as árvores. Estavam em pares, presas pelo que pareciam ser cintos de segurança largos com os quais se uniam, lado a lado, nos altos troncos escorregadios. Seguravam cestos trançados em palha, não muito fundos, em que jogavam as frutas que colhiam. E, o mais importante, pareciam estar se divertindo muito. Havia arbustos menores nas bordas do bosque, que não parecia ser tão pequeno quanto ela considerara a princípio. Mariah protegeu-se em meio a galhos retorcidos e folhas escassas, da melhor maneira que pôde, para não ser vista.

Uma menina mais alta, trajando um simples vestido azul e parecendo mais velha do que a média, monitorava o trabalho das crianças. Caminhava de costas a certa distância, e, apesar de não conseguir ver seu rosto, Mariah ouvia seus pedidos de silêncio, como se estivesse prestes a dar uma orientação importante:

— Tudo bem, pessoal — disse a monitora em alto e bom som. — Vocês já sabem o que fazer agora... Com Comuns, somos levados às memórias pesadas e acabamos perdendo um pouco de nós mesmos. Entre nós, vamos buscar o útil... Busquem a leveza, a comunhão... Não é mais uma troca! Vocês precisam se concentrar... Quando estiverem prontos, busquem a imagem que construímos e foquem na colaboração, naquilo que nos une... Vamos lá!

Logo, uma das crianças converteu-se em luz. Não houve tempo para ver se era menino ou menina: era uma explosão branca. A luz converteu-se em uma espécie de passadiço, quase um escorregador longo, que abria caminho da árvore em que estava até o chão. Uma ponte translúcida. Somente o tempo acumulado, escondendo-se sem trégua, justificava que Mariah se mantivesse agachada. *De onde vem essa imagem?* Sua vontade era ver de perto, gritar, tocar aquela ponte... Aquela criança Especial como ela.

Com um salto quase acrobático, outra criança se jogou sobre e dentro da ponte formada pela primeira, mesclando-se a ela. Os dois conformaram uma passagem aparentemente mais forte, com uma cor mais encorpada, quase leitosa. Uma a uma as crianças das árvores mais próximas à ponte verteram o conteúdo de seus cestos no passadiço. Por ele, frutas escorregavam até o chão sem que houvesse necessidade de fazer o esforço de descida com todo aquele peso.

Mariah não compreendia e, ao mesmo tempo, algo dentro dela aceitava a possibilidade. *Fazer algo útil com o Dom. Como? Como seria possível?* Não havia ninguém para servir de suporte, ninguém para fornecer lembranças; não havia, aparentemente, imagens de que se alimentar. *Uma maneira não parasitária de usar o Dom.* Sim, porque, se Mariah ousasse usar a palavra, certamente se classificaria como uma parasita.

Seria possível usar o Dom para algo mais que autodefesa? Uma frase-memória, escrita no breu de sua mente, voltou-lhe à tona por alguns segundos. *Primeiro, é preciso admitir que estamos fugindo.* Quem havia dito isso a ela? Quando? Só lhe restava a frase, solta, sem contexto. Por que se lembrar daquilo naquele momento?

O medo venceu a curiosidade. A precaução venceu a intuição. Ela precisava correr, nem sabia por que, mas devia fugir. A precaução era a chave de sua sobrevivência desde quando podia se lembrar. Duas outras pontes humanas surgiram ao longe, mais para dentro do bosque, à medida que outras duplas terminavam seu trabalho. A voz da monitora seguia parabenizando e encorajando aqueles que se transformavam. Mariah esgueirou-se pelos arbustos próximos, margeando a área do bosque em que as crianças trabalhavam e, em pouco tempo, conseguiu erguer-se um pouco e avançar lateralmente em direção a um ruído de água corrente. Possivelmente, um riacho. Tudo em seu ser pedia-lhe que ficasse, que aprendesse mais sobre o que estavam fazendo ali, mas o instinto de sobrevivência falava mais alto.

Quando sentiu estar a uma distância segura, começou a correr ao máximo de sua velocidade, apesar das pernas doloridas. Chegou ao rio e atravessou-o como pôde, apoiando-se nas pedras mais firmes que despontavam de seu leito.

Teria de se contentar com saber que um dia talvez pudesse descobrir como tornar seu Dom tão útil quanto o daquelas crianças. Provavelmente, teria de fazer isso sozinha. Não podia confiar em ninguém. Além disso, a lembrança de um lugar — *um esconderijo, talvez* — que lhe servia de casa começava a voltar, fragmentada, à sua mente.

⁘

Quando Paulo terminou seu prato frio de sopa, em meio ao grande salão em que aconteciam todas as refeições da Comunidade, sua intuição já lhe mandara sinais de que encontraria o quarto de Mariah vazio. Era uma bela escolha de nome: Mariah. Deixou-se descansar sobre a cama em que a menina estivera, o corpo estirado, sentindo o cansaço acumulado dos últimos dias. Fechou os olhos por alguns segundos, lembrando-se da dor de dizer adeus, uma vez mais, aos fantasmas de seu passado. Seu grande amor, o vestido vermelho — fresco em sua memória — e seu melhor amigo, o sorriso cálido perdido no escuro do beco em que a jovem Especial os trouxera de volta à vida. Sua filha, uma memória dolorosa e escondida, nunca reconciliada, contornada com muito custo. O simples fato de que Mariah tivesse enxergado a filha dele em sua mente era uma prova de como seu poder era maior do que o dos Especiais que acompanhara até aquele momento.

Alguém precisava dar sentido àquele Dom.

Apenas depois de alguns minutos de dor, pontuados pela tensão muscular exacerbada, Paulo levantou-se e começou a perguntar se alguém vira a menina franzina, suja e assustada que deixara o quarto de hóspedes sem nem saber ao certo por quê.

Não posso forçá-la a parar.

CAPÍTULO 2

sonho lúcido

O Celta administrava um dos servidores alternativos mais requisitados da Rede. Ninguém tinha como saber ao certo que tipo de tecnologia ele usava para camuflar seus protegidos. Aqueles que conheciam um pouco mais seus métodos sabiam que começara como um hacker de porão, prestador de serviços para empresas não muito satisfeitas com os caminhos legais da burocracia latino-americana. Fabricava documentos, registros, perfis e alterava cadastros por quantias absurdas de dinheiro. Dizia-se que, em algum ponto de sua promissora carreira, ele decidira que seus conhecimentos altamente específicos estavam sendo desperdiçados com a gentalha da humanidade: os representantes do Sistema.

Havia diferentes versões sobre o porquê de seu súbito ativismo: uma irmã Especial levada a um Centro de Detenção Governamental; um encontro com membros de um Grupo Não Oficial de Especiais, raivosos por terem confundido seu trabalho com apoio ao Sistema; um pai famoso e inescrupuloso que esperava que ele seguisse seus passos sem reconhecer seus talentos como deveria. Outros diziam que o Celta havia sido torturado por Especiais que se revezaram trazendo-lhe os piores momentos de seu passado, até ele que prometera se dedicar à proteção de todos aqueles que possuíssem o Dom.

Não havia, no entanto, certezas quanto ao porquê de sua conversão.

O que se sabia era que, ao se decidir pela causa dos Especiais, o Celta desenvolvera um vírus extremamente poderoso cuja função era replicar arquivos-chave que permitiam que computadores insuspeitos se convertessem em provedores remotos das pessoas a quem ele protegia. Assim, ele administrava uma rede não oficial dentro da Rede, formada por computadores pessoais de usuários comuns que ele tomava para si, por assim dizer, por meio da contaminação com o vírus-provedor. Várias vezes seus quartéis-generais tinham sido invadidos por membros nada educados do Rastreio Virtual, que não encontravam nenhum sinal de sua identidade nem conseguiram impedir sua operação normal simplesmente desabilitando suas máquinas.

O Sistema Celta de Facilidades e Comodidades em um Mundo Cão (conforme título em seu site na Rede) jamais parava de funcionar completamente. Tinha o dinheiro, os contatos e o conhecimento necessário para fazê-lo. Seu plano de financiamento provinha única e exclusivamente dos trabalhos realizados a grandes empresas, no que ele chamava de desapropriação de bens a favor dos excluídos. Sorte dos desvalidos que ele só se interessasse em comprar equipamento, biscoitos e camisetas de antigas bandas de rock.

O efeito colateral, cada vez que o Celta passava a operar apoiando-se em computadores periféricos, era a perda de históricos de mensagens. Isso não gerava maiores problemas, já que, para grande parte dos seus usuários subversivos, uma das maiores vantagens era justamente ter seu histórico completamente apagado de tempos em tempos. No entanto, os contatos de correio eletrônico, comunicadores instantâneos e sites de relacionamento pessoal eram preservados.

Mariah não sabia quem era o Celta. Nem se era um homem ou uma mulher. No entanto, conhecia seus cem usuários pelo nome (e um deles pessoalmente) e precisava certificar-se de que sua casa ainda era um lugar seguro. Se o Celta permanecesse em funcionamento, poderia voltar a seu apartamento. Se não, a essa altura, o Rastreio já teria localizado seu IP e mapeado os lugares de uso constante. Nesse caso, suas roupas, seus livros e o que restara de sua vida teriam sido vasculhados e ela teria de começar do zero em algum outro lugar.

A Rede era a única forma de obter ajuda. Sem a Rede, ela nada mais teria a fazer no mundo. Quantas vezes havia pedido socorro e quantas vezes conseguira abrigo, mantimentos, dinheiro e contato humano no mundo virtual? No mundo real, ninguém era confiável. Mariah sabia que não tinha amigos, mas a Rede permitia, ao menos, que ela se comunicasse com Especiais que já haviam passado por todo tipo de dificuldade e que colaborariam. Restava-lhe apenas conseguir um acesso, já que os comunicadores que trouxera consigo pareciam ter sido esquecidos em algum lugar do beco escuro em que se transformara.

O único usuário do Celta que ela conhecia pessoalmente era Carmem. Essa era uma das poucas lembranças úteis que lhe permitiriam seguir seu caminho. E era nos fundos da casa de Carmem que Mariah estava parada, agachada entre dois muros, naquela noite chuvosa.

Ao sair da Comunidade, Mariah levou três dias cruzando o bosque. Por sorte, as árvores frutíferas se multiplicavam por ali e ninguém decidiu segui-la. Um mapa eletrônico de beira de estrada informou-lhe que estava bem distante do centro da cidade e ela teve de transformar-se uma vez mais para convencer um motorista a trazê-la de volta. Era um senhor simples, de aparência bondosa, cuja carreta deslizava a poucos palmos do chão, parecendo bastante velha e sobrecarregada. Sua carga era composta por livros antigos, ainda do tipo que usava encadernações plastificadas e folhas de papel jornal.

Quando ela fez sinal, a carreta pousou, desengonçada, revelando a precariedade de seus propulsores. Mariah imaginou que teria de concentrar-se em encontrar um grande amor na mente do velho senhor. Um grande amor perdido, uma mulher ou homem que o tivesse abandonado, algo romântico e nunca bem resolvido. Personificar amores era a forma mais fácil de manter alguém sob controle quando ela precisava estar com a pessoa por mais de alguns minutos. Tinha dormido pelo menos dez horas, abrigada sob uma frondosa pereira, para ter forças para aquela transformação.

Quando começou a rastrear a mente dele, observando-o através da janela lateral engordurada, surpreendeu-se com o que encontrou. A lembrança da mãe dele era a memória que mais lhe pesava e foi naquela senhora gorda e simpática, de longos cabelos brancos que caíam pelas dobras do vestido verde, que Mariah se transformou. Não pôde deixar de pensar em como tinha sido difícil, no início, manejar corpos muito diferentes do seu. Se aquela fosse uma de suas primeiras transformações, teria perdido o equilíbrio físico e a calma necessária, simplesmente porque ter outro formato trazia sensações tão inebriantes, tantas informações novas do próprio intracorpo, que ela teria ficado perdida. Seria apenas um fantasma imóvel do passado de alguém.

Ao chegar à cidade e desvencilhar-se do motorista, Mariah desabou na garagem de uma casa abandonada e dormiu por não sabia quantas horas, até recobrar consciência de quem era. Roubou pão e frutas de uma vendinha humilde, desculpando-se internamente, pedindo pela prosperidade de seu dono, e começou a caminhar em direção à casa de Carmem.

Carmem morava em um triplex, um tipo de construção muito comum naqueles dias, para gente com menos recursos ou sem destino certo. Tratava-se de uma casa com três andares e cinco ou seis quartos. Dois banheiros, uma cozinha ampla e um espaço de convivência compartilhado, geralmente com aparelhos de vídeo e áudio de alguma espécie. Cada quarto era o espaço reservado de um morador ou de um casal, ainda que, às vezes, famílias inteiras se abrigassem naqueles cômodos. Ter mais de duas pessoas comprovando residência em um quarto de triplex era considerado moradia ilegal. Dadas as dificuldades crescentes da época, muitas famílias subsistiam assim.

Não era comum ver uma Especial morando em um triplex, lugar em que a convivência forçada deixava pouco espaço para segredos. No entanto, Carmem considerava isso um adendo a suas medidas de segurança. Preferia abster-se do uso do Dom, trancar-se em seu quarto praticamente todo o tempo, manter um emprego de agente de viagens — que, ironicamente, permitia que ela não saísse de casa — e nunca navegar na Rede de seu computador de trabalho ou do computador de uso comum do triplex.

Mariah escalou a parede lateral do prédio, apoiando-se como pôde no peitoril das janelas. Não era muito alto, e logo alcançou a janela do quarto de Carmem.

Não estava preparada para o que viu.

Havia um menino — *tão indefeso!* — deitado na cama de Carmem e o quarto era uma confusão: roupas reviradas, o computador atirado a um lado, uma estante jogada ao chão, pratos quebrados, enfeites arrancados das paredes. O menino parecia dormir, seu corpo branco como o leite coberto por hematomas, cortes e sangue pisado, como se tivesse acabado de sair de uma briga. Não parecia ser um Especial. Era difícil para Mariah distinguir Especiais de Comuns quando havia mais de um Especial presente, por mais que seu corpo se pusesse em estado de alerta em meio a seus semelhantes. Mas o menino parecia ser apenas uma testemunha acidental, vítima dos acontecimentos. Sua expressão era pacífica — *tão indefeso!* —, quase infantil, com um sorriso no canto da boca, como se seus sonhos fossem o oposto de tudo o que o cenário a seu redor representava. Ela mal teve tempo para registrar o fascínio que aquela figura adormecida em meio ao caos lhe causava.

A porta se abriu. Mariah encolheu-se o mais que pôde, temendo que isso não fosse suficiente. Eles sentiriam sua presença. *Mas talvez também tenham dificuldades em reconhecer outro Especial... Com Carmem aqui.* Contou com isso. Eram três. Eram GNO. Usavam braceletes de identificação — Faixa Delta. Um grupo de Especiais especializado em assaltos e tortura de Comuns. Tinham um líder em algum lugar cuja palavra de ordem era: "O mundo aos que a ele se adaptam". Aparentemente, tinham encontrado Carmem onde o governo não conseguira encontrá-la. *Dom atrai Dom.*

Eram bem diferentes entre si. Dois deles eram altos e fortes, um moreno e outro de pele mais clara, e agiam como capangas: revistando a sala com os olhos, cruzando os braços sobre o peito em postura ameaçadora e postando-se ao lado do terceiro. Este parecia ser o líder. Mais baixo, bem mais magro, caminhava lentamente e ajeitava os óculos sobre a face sardenta. Os três vestiam mantos comuns de viagem, escuros, e pantalonas largas, surradas. A princípio, não repararam no par de olhos castanhos que espiava de fora do quarto. Mariah equilibrava-se precariamente em um adorno da fachada do triplex, logo abaixo da janela, uma espécie de relevo floral antiquado.

O pequeno chefe do grupo caminhou em direção ao canto esquerdo do quarto e começou a desferir violentos chutes em alguma coisa ou alguém.

— Tá na hora de acordar, princesinha!

Carmem levantou-se com dificuldade de onde estivera, encoberta pela cama. Mariah viu a amiga levar a mão à cabeça e retirá-la suja de sangue. Seu olhar vagava pelo quarto como quem não entende o que está acontecendo. Era alta e negra, os cabelos curtos encaracolados emoldurando o rosto assustado. Havia lágrimas em seus olhos.

— Vamos lá, vamos lá... — disse o pequeno chefe. — Não precisa chorar. Não há nada a temer. Afinal de contas, somos parte da mesma família, não é?

Sorriu e seus capangas o imitaram. Como capangas fazem. Como em um filme ruim.

— Do início, então... — disse ele. — Seu nome é Carmem, não é isso?

— É... — a voz dela era falha, um sussurro.

— Quantos anos você tem?

— Vinte, vinte e poucos.

— Você sabia, Carmem — disse ele, caminhando ao redor dela — que a maioria dos Especiais não chega aos vinte poucos anos?

— Não... Não sabia...

O pequeno virou-se de repente e agarrou-a pelos cabelos, puxando sua cabeça para trás.

— Você sabia que se a maioria de nós não sobrevive é por causa de covardes como você que querem *conviver em paz*?

Ele soltou-a e começou a caminhar pelo quarto. Carmem tombou de joelhos e, imediatamente, os capangas postaram-se ao lado dela, como se temessem que ela fugisse.

— O governo nos caça como animais, como se fôssemos aberrações, e nos tranca em Centros de onde ninguém que eu conheço jamais voltou. Querem nos estudar, nos cortar em pedacinhos, pra ver o que é que está faltando... para nos completar! Usar-nos como armas em suas guerras absurdas, ganhar dinheiro com o Dom. O DOM É SAGRADO E NÓS TEMOS UMA MISSÃO!

Ao ouvirem o tom do líder, os capangas fizeram um sinal de prece, levando a ponta unida dos dedos ao coração. Mariah tinha de fazer alguma coisa. Carmem representava o mais perto que ela jamais chegara de ter uma amiga. Sem dúvida, ela seria maltratada até ser convencida a servir aos GNO ou morrer lutando contra eles. Talvez houvesse outros espalhados pela casa. E havia o menino. *Indefeso! O sorriso ainda nos lábios.*

Procurou concentrar sua mente no menino. Poderia rastreá-lo? Conseguiria estabelecer contato com alguém inconsciente? Era, ao mesmo tempo, um risco e uma tentação se colocar a ler a mente dele. *Somente os fortes sobreviverão*, ecoava a voz do líder. Seus pés estavam dormentes e ela temia cair. *Tudo bem, eu sou pequena.* Um esboço de plano começou a formar-se em sua cabeça. Buscaria, na mente do menino, uma memória em que se apoiar. Buscaria uma forma maior, alguém ameaçador, alguém que pudesse desorientar os GNO. Assim como tinha visto na Comunidade, buscaria uma imagem que a ajudasse a sair dali. *Algo útil para essa situação.* Se outros Especiais conseguiam direcionar suas transformações, ela também conseguiria.

A contradição em suas intenções a assustava. Tinha de salvar Carmem, mas nunca pensou em se meter numa luta de Dom contra Dom. Era o certo a se fazer, mas ela não podia se dar ao luxo de ter amigos. Sempre fora ela, sozinha, e sua prioridade era fugir. Sobreviver. E havia aquele menino.

O menino a atraía e fazia brotar certo desconforto em seu peito. Lá estava a mulher que a ajudara a entender sua condição e a abrigara, naquele mesmo quarto, algumas vezes. Teve vergonha de admitir, mas sabia que, se o menino não estivesse ali, por mais que gostasse de Carmem, já teria fugido. Quis sentir-se culpada, mas, em sua curta vida, não havia muito tempo para culpa. Era preciso focar-se na mente do menino.

Havia apenas um pequeno problema: na Comunidade, quando assistira à transformação em pontes de luz, todos eram Especiais e pareciam ter recebido algum tipo de treinamento. Mariah nunca tinha feito nada parecido antes: apenas lia mentes e deixava-se atrair pelo que encontrava nelas. Como seria buscar intencionalmente uma imagem? E na mente de um Comum?

Você virá por bem ou por mal, disse um dos capangas. Mas Mariah já estava longe, muito longe. Buscava o espaço em si mesma a partir do qual conseguia conectar-se com outra mente. Concentrou-se em sua respiração, relaxando o quanto pôde. Estar em outra mente só era possível desde um determinado estado interno, um determinado clima. Mariah chamava essa sensação de "seu lugar". Era uma zona de conforto em que ela se sentia bem e centrada, quase um espaço físico. Um lugar em que tudo se integrava. Conectar-se com outra mente só era possível a partir da conexão profunda consigo mesma. Não havia ruído, não havia pequeno chefe, não havia capangas, não havia Carmem, nem menino, nem Mariah. Sentiu que estava pronta e direcionou sua mente, com um último lapso de dúvida. *Nunca quis entrar em uma briga de Dom com Dom.* Quase perdeu a concentração.

Era a hora da Escolha.

Mariah nunca explicara essas coisas a ninguém. Era difícil falar sobre o que se passava dentro dela. Mesmo em conversas com outros Especiais, a força dos argumentos jazia no não dito, no inexplicável. Naquele momento, tudo estava integrado. Todos, Tudo era Um. A Escolha era clara. Ela podia aprofundar-se no sentimento de conexão com a Vida, com o Mundo e sentir sua força, percorrendo seu corpo, interligando seu corpo, seu coração e sua mente com o mundo. Ou...

Dissolver-se.

Usar a conexão e toda sua energia para dissolver--se. Transformar-se na sua representação do Nada. Largar-se, desvencilhar-se do ego e da casca física que o abrigava. Concentrar--se em ser o Nada.

Era a Escolha entre estar conectada a Tudo e dissolver-se no Nada que permitia que seu corpo se transformasse. Naquele momento, era possível rastrear a mente do menino. Era possível apegar-se a qualquer forma externa e dissolver-se para remodelar. Naquele momento, parecia não fazer tanta diferença que forma assumir, quando, como ou onde. Depois da Escolha, vinham os passos: buscar memórias fortes fixas na mente de seu alvo; converter-se no coloide transparente que fazia com que ela se sentisse derretendo (dissolvendo) e remodelar.

Mas, agora, ela queria escolher sua memória-base.

Foi tudo muito rápido. Logo no início do rastreio, Mariah percebeu que tinha se enganado. Não era um menino indefeso. A sensação de estar em sua mente era bem diferente da sensação deixada por uma mente infantil. Foi tomada de assalto por uma série de imagens e sons. *Não há nada que possamos fazer por ele*, pontuava uma voz masculina triste. Uma moça sorridente com um pedaço de jornal na mão. *Corra! Já!* — gritava uma criança assustada. Cinco homens se aproximando lentamente com olhares ameaçadores. Um ambiente clínico, hospitalar, paredes muito brancas. *Eu vou cuidar de você, neném*, dizia uma voz suave, feminina, mas o sentimento que acompanhava essa memória era doloroso, sofrido. Em um clipe frenético de imagens, sons e sensações, as lembranças pareciam invadir a mente de Mariah, e não o contrário, em fragmentos muito menores e mais difíceis de interpretar do que os que ela estava acostumada a encontrar. Cada caco de lembrança parecia levá-la a outro ainda mais pontual, em cadeia associativa, e todos estavam tingidos pelo mesmo sentimento de vingança.

Mariah não se sentia rastreando. *Ele é um Especial também!* Era quase como assistir a um filme cujo único tema era uma profunda raiva e um profundo sentimento de injustiça. Eram muitas lembranças pesadas, muitas possibilidades de transformação, uma sensação de vertigem, embriaguez e excesso. *Ele está me controlando!* Quando estava quase se retirando, sem conseguir focar em nada, viu o monstro.

Era um dragão gigantesco: púrpura, vermelho e azul. As asas estiradas batiam nervosamente, ainda que não estivesse voando. Patas esverdeadas abriam-se e fechavam-se em esgares, como se tomadas por choques, um muco escuro brotando das membranas entre suas garras. Toda região do tronco parecia inchada, as veias grossas jaziam prensadas contra a pele intumescida, e um movimento em ondas tomava-lhe o corpo como se algo se agitasse dentro de sua enorme barriga. A cada onda, o dragão se debatia ainda mais, sem, no entanto, sair do lugar. Parecia preso por correntes invisíveis das quais tentava se libertar. Por um momento, a criatura baixou a cabeça e Mariah pôde ver seus olhos. Deles, brotava luz.

Sentiu medo. *Os dragões são serem míticos!* Como aquele menino podia ter uma lembrança tão assustadora? Ela jamais seria capaz de transformar-se em algo tão grande, tão diferente, tão inumano...

Vem, pensou ter ouvido ela. Uma voz suave, uma brisa.

O dragão a atraía. Nunca sentira nada semelhante. *Ele não está inconsciente! Está fingindo!* Nunca antes estivera na mente de outra pessoa sentindo-se tão indefesa. Normalmente, ela mantinha o controle de toda a situação, por mais que para isso tivesse de se mesclar até quase desaparecer. Sempre havia um limite. Sempre havia um resquício de consciência que a lembrava de seu objetivo e, naquele momento, ele estava cada vez mais distante. *Um dragão seria perfeito aqui*, disse a voz que não era sua e continuava: *Eu sei fazer, basta me seguir!* Ela já estava voltando e se transformando. *Você virá por bem ou por mal*, ecoava ainda a voz infantil de um dos capangas.

No quarto, o menino se levantou da cama de olhos fechados. Seguro e com movimentos precisos, dirigiu-se à janela e deu a mão a Mariah, puxando-a para dentro. Juntos, eles se liquefizeram, sob os olhares dos GNO, tão concentrados em Carmem e tão crédulos no estado lastimável do menino, que mal tiveram tempo de largar sua presa e dar a volta na cama: uma grande poça viscosa, gelatinosa já se espalhava sob a janela e depois...

O Dragão.

Não havia Mariah nem menino. Somente fúria. Sentiram algo queimando por dentro, algo prestes a implodir, e, em instantes, uma labareda de fogo ilusório se alastrava pela parede oeste do quarto. Nada queimava, mas o efeito era pavoroso.

O pequeno chefe caiu, atordoado, e seus asseclas fugiram, passando por cima da cama, quase se jogando em direção à porta. Carmem tentava recobrar o movimento das pernas quando o dragão estirou as asas, arrastando com elas parte dos destroços no chão do quarto. Golpeando com o pescoço colossal o teto do triplex, a criatura abriu um buraco no forro, fazendo chover pedaços de massa corrida, madeira e gesso. Carmem conseguiu alcançar a janela, esquivando-se de uma das asas do animal que buscava espaço para abrir-se ainda mais. Ao pular o parapeito, conseguiu agarrar-se onde Mariah estivera equilibrada para logo tombar de costas no chão da passagem lateral.

O pequeno chefe assistia a tudo quase sem reação. Fogo frio escapava em espiral da janela do quarto, e essa foi a última imagem que Carmem viu antes de sentir a dor lancinante que subia por sua perna direita, indicando que estava realmente quebrada. Arrastou-se como pôde até a porta de entrada do prédio e respirou fundo, buscando coragem para subir de novo.

Havia um casal a resgatar.

· · ·:•:· •••

O pequeno chefe se chamava Leon. Tinha vinte anos e a última coisa que conseguiu fazer, antes que uma viga de madeira lhe acertasse a cabeça, foi tentar rastrear a mente do monstro.

Viu apenas fogo e ódio.

· · ·:•:· •••

Monitores e luzes bruxuleantes. Tudo estava fora de foco. À esquerda, uma maçaroca de cabos amarrados com um laço de fita roxa e vários maços de ervas enrolados em papel machê caseiro. Uma mesinha de madeira e um antigo pufe de veludo, roxo-batata. À direita, o teto descascava, o amarelo da tinta dependurado por cima de um cinza frio. Dois laptops, um deles desmontado: o monitor tombado para um lado, preso por uma haste improvisada ao teclado. Tudo jogado sobre uma bancada, com uma placa de circuitos exposta, um livro de filosofia e três tubos de remédios.

Mariah fechou os olhos.

Depois de recuperar seu nome e a noção do que acontecera, vieram as perguntas. Não conseguia se concentrar o suficiente para buscar respostas. Em seu longo semissono, entremeado por breves momentos em que despertava tentando localizar-se, ela revivia as memórias da mente do menino, misturadas às suas, misturadas à sensação de ser uma só pessoa com ele.

Isso era inédito, ao menos para ela. Breves pensamentos conscientes mesclavam-se às labaredas e à fisionomia assustada do pequeno chefe. E perguntas. *Quem era aquele menino? O que fazia na casa de Carmem? Como ele podia ter a memória de um dragão? Como conseguimos dar vida a algo que não existia? Um ser mítico, completamente distante da realidade?* Lembrou-se das crianças colhendo frutas e construindo pontes no local aonde Paulo a levara para recuperar-se. Elas usavam o Dom de maneira diferente, única, assim como aquele menino. *De que ele queria tanto se vingar?*

É claro que ela sabia o que era vingança e qual era seu sabor interno. Claro que, às vezes, queria entregar-se a ela. Mas aquele menino... *Por que não consegui ver o nome dele em sua mente?* Havia perguntas e o calor constante. A febre. Como se seu corpo sofresse com uma implacável mudança de temperatura. Até então, todas as suas transformações tinham sido ilusões inofensivas. Aquela, no entanto, havia sido diferente. Por mais que o fogo tivesse sido apenas uma projeção inócua, lembrava-se de ter quebrado paredes e arrastado objetos. Tinha sido uma transformação mais real do que as outras de certa forma.

Tão real quanto a incerteza em relação a ter matado ou não uma pessoa.

Ela precisava saber o que acontecera com o pequeno chefe. Não era uma assassina. A simples suspeita de que ele pudesse ter morrido — *e quantas outras pessoas, naquele triplex!* — causava-lhe náuseas. Ânsia de vômito. Toda a raiva e o medo que sentira por ele desapareciam diante do terror de que ela pudesse ter tido participação em sua morte.

Ouviu um zumbido — algo mecânico. Em seguida, vozes abafadas que pareciam estar do outro lado da parede e algumas batidas. Abriu os olhos.

O rosto de Carmem ocupava todo seu campo de visão. Ela sorria.

— Está tudo bem, linda. Você... Nós estamos a salvo... Pelo menos por enquanto.

Mariah sentiu a boca abrir, sentiu um movimento na garganta arranhada, mas não conseguiu produzir nenhum som.

— Estamos na nova central do Celta. Ele nos encontrou a tempo.

Ela esforçou-se o máximo que pôde e produziu um sussurro:

— E o chefe?

— Ele conseguiu fugir...

E, como se soubesse o que a menina pensava:

— Vocês não o mataram.

Mariah não pôde evitar um sorriso de canto de boca. Fechou os olhos novamente, relaxando.

— Juliano não está muito bem. Nós... não sabemos se ele vai resistir.

O menino finalmente tinha um nome. Uma vez mais, o mundo apagou-se pelos cantos, deixando Mariah às voltas com a escuridão. Depois, vieram os sonhos. Sonhar podia ser um bom indicador e aquele era um sonho lúcido: sabia que estava sonhando e sabia que isso significava que estava dormindo. O cenário não era inteiramente novo: havia visto um lugar semelhante entre as memórias fragmentadas de Juliano.

Paredes brancas ladrilhadas, com um aspecto um tanto engordurado, foscas. Ela estava deitada em uma cama flutuante, os braços conectados a um sem-número de sensores intravenosos, mas não sentia dor. Pulsos e tornozelos estavam presos por bandas metálicas magnetizadas, do tipo que acionariam um alarme ou moveriam a cama em direção à enfermaria mais próxima caso houvesse movimentos bruscos. Não tinha certeza de como sabia disso — apenas sabia — e procurou ficar imóvel. Mesmo sabendo que era um sonho, a sensação de estar presa era profundamente desagradável e algo lhe dizia que seria importante explorar melhor o lugar em que estava. Buscou Juliano, virando lentamente a cabeça para ambos os lados. Sentia sua presença, mas ainda não o havia localizado. Havia câmeras acima de sua cama, bem como diferentes botões alaranjados, marrons e vermelhos ao longo da cabeceira.

O menino devia estar por perto. Havia um cheiro de violência no ar.

Passos. Algo rangendo. Uma tela postou-se à sua frente. Era um modelo antigo de tela robótica, com longos braços e pernas que se ajustavam à altura dos olhos de quem fosse sua audiência. O monitor aproximava-se ou afastava-se por comando de voz. A luz da tela feria seus olhos de tão brilhante, mas Mariah não se atrevia a falar. As vinte e nove polegadas em plasma se converteram na imagem de uma mulher.

— Olá, querida.

O tom era distante, frio, contrastando com a frase. A imagem vestia branco e estava ligeiramente desfocada.

— É bom tê-la de volta. Você está no Centro de Tratamento Axion, Plataforma Treze. Nossos observadores relataram condutas sociais inadequadas relacionadas à sua condição de saúde e daremos início ao tratamento em instantes. Não há por que se preocupar. O tratamento pode gerar algum desconforto, mas faremos o possível para garantir sua total reintegração à sociedade em tempo hábil. Seus pais foram avisados de sua transferência para este Centro e não há motivos para descontrole.

A mulher desfocada piscou. Parecia ser uma das atrizes virtuais de gerações anteriores que, apesar da aparência humana, ainda não conseguia gerar padrões adequados de resposta emocional. Mariah seguiu buscando Juliano, sem mover muito a cabeça, mas percebia apenas sombras de outras camas flutuando a seu lado, algumas protegidas por cortinas, em um espaço que parecia não ter fim. O teto era bastante alto e ela não conseguia identificar portas ou paredes, não importava para onde virasse os olhos.

— Relaxe e divirta-se enquanto aguarda sua próxima sessão terapêutica — disse a mulher com uma nova piscadela, e a tela passou a transmitir um desenho animado antigo em 3D.

Um compartimento na cabeceira da cama se abriu produzindo um visor, e a imagem de dois ursos em um parque pulou diante dela.

— Afastar cinco palmos — disse Mariah, e a tela se afastou.

Com o visor sobre seus olhos, não podia mover a cabeça. Do canto esquerdo da tela, um aviso em letras multicoloridas destacou-se bem devagar, flutuando: "Sua próxima sessão começará em" e logo um contador substituiu as letras. "Cinco segundos." *É apenas um sonho.* "Quatro." *Um sonho lúcido.* "Três." *Juliano?* "Dois." Talvez ela estivesse enganada e ele não estivesse ali. "Um." E a Dor.

Os ursos ainda corriam pela floresta, diante de seu nariz, com cestas de piquenique. Seus braços ardiam. Cada sensor em suas veias as inundava com algo quente e volumoso demais para estar ali. *Concentre-se nos ursos. Na piada.* Um pássaro materializou-se na frente deles, aparentemente querendo roubar uma das cestas. Sentia como se suas veias estivessem prestes a explodir.

Isso é só um sonho. Um sonho lúcido. Mariah ouviu um grito rouco e logo percebeu que era ela quem gritava. O volume do vídeo à sua frente atingiu o máximo, abafando todo o resto. Estava prestes a perder a consciência — *como posso perder a consciência em um sonho?* — quando Juliano surgiu, entre ela e a tela, a imagem escurecida pelo visor. Pôde perceber, antes de se entregar à Dor completamente, que ele era a própria personificação da raiva.

Então, a Dor se foi.

Lágrimas de alívio brotaram no canto de seus olhos. Em poucos segundos, percebeu que o visor jazia quebrado sobre seu peito, a tela robótica tinha desaparecido e Juliano apertava dois botões laranja em sua cabeceira. Ele arrancou as bandas metálicas que a aprisionavam à cama, mas pressionava firmemente sua barriga, impedindo-a de se levantar. Seus olhos brilhavam de fúria.

A expressão decidida e a violência de suas ações contrastavam ferozmente com o rosto e o corpo de menino franzino.

Mariah logo percebeu por que ele a segurava contra a cama. Levantando ligeiramente a cabeça, ouviu os alarmes começando a tocar, sirenes desproporcionadas, altas, que ecoavam pelo amplo espaço da suposta enfermaria. Os braços dela — no local exato em que os sensores intravenosos plugavam-se a eles — estavam translúcidos, como que se recuperando de uma inesperada transformação.

— Um segundo e poderemos sair — disse Juliano. — Preciso te mostrar mais uma coisa.

Preciso? É você quem está me trazendo aqui? Mariah levantou novamente a cabeça e viu que seus braços recuperavam a consistência natural. Juliano sorriu. Apertou outro botão da cabeceira e os sensores começaram a se retrair, provocando uma sensação extremamente desconfortável. Novas lágrimas escorriam pelo canto de seus olhos e ela sentia por ter de dar tal demonstração de fraqueza diante do menino. *Como ele pode me fazer sonhar com alguma coisa?*

— Não se preocupe — disse ele, sorrindo. — Isto é mesmo um sonho. Um sonho lúcido. Desculpe-me se te causei certo desconforto e... dor. Mas precisava te mostrar isso. E não acabou ainda.

Ele deve ter percebido a sombra de medo nos olhos dela, pois acrescentou:

— Sem dor daqui pra frente, eu prometo. E não se preocupe com o alarme. Ninguém vai aparecer. Por enquanto, não estão preocupados com fugas. Maravilhas da informatização: sem estar plugada à cama, não há nada que possam fazer com você. Eu prometo.

Mariah ergueu-se sozinha, cansada de sua posição de dependência e, tentando descer da cama, perdeu o controle das próprias pernas bambas e foi parar no chão. Juliano parecia divertir-se com isso e levou mais do que o necessário para ofertar-lhe o apoio de seu braço e seguir com ela pelo imenso corredor que levava à saída.

Era um galpão imenso, circular. No centro, uma cabine de controle composta por um atendente robotizado e alguns painéis por trás de uma bancada de fórmica envelhecida. Ao redor, camas flutuantes — dezenas, talvez centenas delas — pairavam em fileiras mais ou menos organizadas, algumas protegidas por cortinas e outras deixando entrever o corpo de crianças e jovens, presos como ela estivera. Alguns pareciam estar catatônicos, desligados do mundo. Alguns choravam. Alguns pareciam dormir. Mariah viu o compartimento da cabeceira de uma das camas se abrir e produzir um prato de comida e um par de braços mecânicos. Uma espécie de sopa. O menino deitado na cama ergueu a cabeça depressa, mas, por um defeito de regulagem, as colheradas de sopa eram oferecidas ao vazio e ele chorava, sem conseguir alcançá-las, vendo o líquido escorrer por sua cama.

Mariah virou-se para ajudá-lo, mas Juliano a impediu, os dedos enterrando-se em seu braço.

— Sonho, lembra? — disse com um tom condescendente.

Quase como para comprovar o que ele dissera, toda cena ao redor deles começou a desvanecer, borrar, desestruturar-se, como quando Mariah rastreava a mente de alguém e passava de uma memória a outra. Ela se assustou, mas procurou controlar sua reação, sem querer testar a paciência do menino a seu lado. Logo, estavam em um lugar completamente diferente.

— Vamos conhecer uma Guardiã — disse ele.

Era uma colina florida, a própria representação do auge da primavera, e a simples mudança de ambiente fez com que Mariah percebesse que, até então, estivera prendendo a respiração.

— Guardiã? — perguntou ela.

— Uma Guardiã de Memórias.

Fileiras de árvores se estendiam mais abaixo da colina, à esquerda, e, à direita, um grande rio entrecortado por barragens autômatas seguia seu curso rumo a uma estrada. Eles continuaram por uma espécie de caminho natural, entre a grama alta e as flores selvagens que os rodeavam, em direção às árvores.

À medida que se aproximavam, Mariah percebeu que algumas árvores pareciam contorcer-se em uma estranha formação, um portal natural. Por trás desse portal, divisou paredes caiadas de branco, um tipo de habitação. A paisagem converteu-se uma vez mais — *por que levar-me a sonhar com isso?* — e o novo cenário era tão confuso, tão repleto de informações, que a deixou sem reação.

Tratava-se de um salão oval com teto abobadado. Uma claraboia gigantesca vertia a iluminação natural externa, mas também havia luzes flutuantes em diferentes pontos. O lugar parecia estar dividido em seções, obedecendo a alguma lógica que Mariah tentava desvendar. Havia fotos. Fotos antigas, impressas em papel fotográfico ou mesmo em folhas comuns. As fotos estavam presas às paredes com fita adesiva e cobriam uma enorme franja do salão que chegava quase à claraboia. Em outro ponto, havia documentos: escritos em diferentes cores, tipos de letra, alguns escritos à mão. Também havia um espaço dedicado a objetos: roupas, brinquedos, enfeites. Outra sessão estava repleta de telas — de variados tamanhos — mostrando ícones de pastas amareladas cujos nomes ela não conseguia ler. Cada seção expunha, como em um museu, seus artefatos. Mariah divisou ascensores flutuantes empilhados em um canto do salão: pequenas plataformas dobráveis que, provavelmente, serviam como acesso aos objetos mais próximos da claraboia.

Mariah rodopiou lentamente, tentando obter uma visão global do salão, mas o excesso de informação causou-lhe vertigem e ela quase perdeu o equilíbrio. Sentiu um braço oferecendo-lhe apoio, mas Juliano estava parado à sua frente, parecendo divertir-se com sua surpresa e suas reações. Sentiu uma chispa de raiva turvar--lhe os pensamentos, antes de virar-se para ver quem a apoiava.

Era uma mulher. Seu rosto estava coberto por desenhos, grafismos marcados com tinta branca sobre seus olhos, têmporas, sobre as maçãs do rosto e o queixo. Eram linhas e círculos que pareciam seguir suas marcas naturais de expressão. Apesar do impacto da pintura, sua expressão era bondosa e preocupada. *Alguém que está aqui para servir aos demais*, foi a primeira coisa que Mariah registrou. Vestia uma túnica verde-esmeralda que contrastava fortemente com sua pele negra, reluzente. Seu rosto era largo; as formas de seu corpo, redondas, rechonchudas; e havia algo de maternal na maneira como seus olhos castanhos pareciam examinar Mariah, como quem busca certificar-se de que um filho está bem.

— Pode ficar à vontade — disse a mulher e sua voz era suave e antiga.

Aparentava ser bem mais velha do que eles, ainda que a menina não pudesse atribuir-lhe uma idade exata.

— A casa é sua, literalmente.

Pontuou a última frase com um sorriso. Juliano observava a cena, ainda postado à sua frente, braços cruzados, expressão superior.

— Foi assim que eu te conheci, Mariah, muito antes de você me conhecer — ele disse, indicando as paredes do salão e seus artefatos, convidando-a a examiná-los.

Mariah aproximou-se lentamente da pilha de ascensores. Posicionou um dos quadrados na palma da mão e apertou o único botão azul em seu centro. Logo, segurava uma plataforma suficientemente grande para dar suporte a uma pessoa. Posicionou-a no chão diante de si e a plataforma flutuou. Subiu, posicionando os pés no local indicado por solas estilizadas, e quatro braços mecânicos retráteis se desdobraram até chegar a seu tronco, formando um cinturão de segurança a seu redor.

— Direita — comandou Mariah, e a plataforma flutuou em direção à seção de fotos.

A princípio, enquanto subia lentamente, Mariah sentiu que havia algo em comum nas imagens pelas quais passava, algo que não alcançava compreender. Havia fotos em todos os tipos de suporte existentes, alguns bem antigos: instantâneos, fotos impressas em preto e branco e em cores, algumas delas borradas ou descoloridas. Tipos muito diferentes de retratos: uma família em um parque num dia de sol, um dos cantos do retrato chamuscado como se tivesse sido retirado de um incêndio; uma menina sorridente, muito novinha, posando como em uma foto oficial de escola; um cachorro deitado em um gramado, dormindo; uma festa de aniversário com bolo e doces, convidados ao redor de uma mesa decorada e uma criança soprando as velhinhas... Uma menina. Em quase todas as fotos, a mesma menina.

Havia bebês, havia fotos de uma mesma casa, fotos de um cachorro em diferentes contextos. Fixou sua atenção nos olhos das fotos de bebê e nos olhos da menina. Era a mesma pessoa. O ascensor movia-se lentamente, subindo. A frase de Juliano voltou à sua mente. *Foi assim que eu te conheci, Mariah, muito antes de você me conhecer.* Seria verdade? Havia fotos da menina desde os primeiros meses — uma foto na banheira, sorrindo — até algo em torno de seus seis anos. Fotos escolares, festas, um casamento, a menina com uma fantasia de super-heroína. Seria ela?

Mariah postou-se diante de uma foto em que a menina estava mais crescida. Cabelos encaracolados, castanhos com reflexos dourados. Olhos castanhos, escuros. Rosto ovalado, bochechas proeminentes. A pele, cor de café com leite. Não pôde deixar de levar a mão ao próprio rosto. Não se lembrava da última vez em que se olhara em um espelho. Colecionava uma série de reflexos em vitrines, superfícies espelhadas, imagens sempre distorcidas de si mesma. Sentiu o relevo da cicatriz em forma de pera pouco abaixo da boca. A menina das fotos não tinha cicatriz alguma. Puxou uma mecha de cabelo diante do nariz: estava engordurado, escurecido, embaraçado. Era difícil compará-lo às mechas iluminadas e brilhantes da fotografia.

Buscou as fotos em família. Buscou um pai e uma mãe. Encontrou apenas uma mulher baixinha, de pele muito branca e olhos castanhos. Longos cabelos cor de cevada. Em todas as fotos, como se por ironia do destino, o rosto dela estava desfocado, arranhado ou manchado. *Seria parte do sonho?*

Bem perto da claraboia, tingida por raios de sol, havia uma foto esverdeada, como algo proveniente de uma câmera antiga de segurança. A parte de cima estava dentada, como se tivesse sido salva por pouco de ser picotada. Mostrava uma mulher — *minha mãe?* — em frente a uma grade com as mãos erguidas e uma expressão irritada. Tampouco a reconheceria se a encontrasse na rua. Do outro lado da grade, um jovem homem uniformizado.

— Isso é tudo o que temos — disse a mulher, a Guardiã. — Pistas, pistas recolhidas ao longo dos anos.

Mariah virou-se bruscamente para baixo, sentindo a plataforma tombar levemente para a direita, sob o peso de seu corpo. A imagem da mulher e de Juliano começava a se desvanecer. Ela tentou formular suas perguntas. Tentou perguntar se aquela menina era mesmo ela, se aquela era sua mãe, onde estavam aquelas pessoas...

Quando acordou, viu o teto da central do Celta novamente e uma sensação de frustração a invadiu. Fechou os olhos, tentando memorizar todos os detalhes do sonho, mas já sentia muita coisa escapar-lhe e procurou relaxar. *O sonho voltará se eu precisar dele.*

Uma espécie de mingau estava sendo empurrado gentilmente por entre seus lábios. O rosto de Carmem invadiu seu campo de visão. Sentia-se melhor e buscou apoiar-se nas mãos para sentar.

— Juliano? — perguntou.

— Ainda muito enfraquecido.

Carmem ofereceu-lhe outra colher da comida: uma espécie de creme de milho que lhe recordou quanta fome sentia. Não demorou a comer o restante, sem tirar os olhos de uma cama, do outro lado do quarto, em que Juliano dormia.

— Ele andou falando coisas durante o sono — disse Carmem. Recados para você. Você sabe que eu me preocupo com você, de verdade, não é?

Mariah sorriu.

— Ele disse que, quando você acordasse, esperasse por ele... Eu nunca vi o Dom ser usado daquela maneira antes...

— Você está com medo de mim?

Carmem beijou-lhe a testa e sorriu.

— Tenho medo do que pode acontecer se você decidir mesmo esperar por ele. Não sei se gosto desses acordos feitos em sonhos...

— Não há nada para gostar ou deixar de gostar — retrucou Mariah, incomodada com a invasão de privacidade. — E como você sabe que sonhamos juntos?

— Porque, minha querida, você me contou. Enquanto dormia. Pediu minha ajuda.

Mariah ficou sentada imóvel sobre a cama, enquanto Carmem deixava o quarto com um último olhar na direção de Juliano. O menino ainda dormia e parecia respirar com dificuldade.

— Sinto muito, Carmem, eu não quis ser...

— Tudo bem.

Ela suspirou.

— Sabe, Mariah, às vezes é bom admitir que estamos com medo e precisamos de ajuda. Você pode parar quando quiser. E não se esqueça: eu estou sempre do seu lado.

A porta se fechou, deixando Mariah e Juliano sozinhos novamente.

Ela não iria esperar ninguém.

Não tinha amigos.

CAPÍTULO 3

o beijo

Havia um parque no centro da cidade, um jardim circular onde as famílias da região gostavam de fazer seus piqueniques. O jardim jazia suspenso em três níveis de armação de concreto que conformavam o símbolo da paz. Ao redor dele, havia um cinturão de pequenas árvores e arbustos de um metro e meio de altura. Poucas pessoas sabiam que o parque tinha sido construído sobre galerias que originalmente abrigavam uma espécie de centro de convenções. Antigos alçapões de manutenção, escondidos sob a grama malcuidada, davam acesso a ele.

Nas galerias, havia somente sujeira, ratos e carros.

Leis haviam sido criadas contra veículos terrestres que contribuíssem para o alarmante nível de poluição no planeta e o petróleo já não era abertamente comercializado. No entanto, certos comerciantes não muito honestos guardavam alguns galões de gasolina como preciosidades e estavam dispostos a negociar sua troca não por dinheiro, mas por serviços ou bens que eles considerassem especialmente raros, como o reviver de experiências perdidas para sempre.

Havia pessoas tão viciadas em reabilitar sucessos passados que não conseguiam passar nem um dia sem alguém que os incorporasse. Assim nascera a troca: Especiais personificavam as memórias em que estavam viciados em troca de proteção, comida, algum serviço de conexão com a Rede, além de combustível para fugas. A vantagem de usar gasolina naqueles tempos era o fato de não ser facilmente rastreável. Porém, a maioria dos Memorabilia, como eram chamados, não se contentava com o reviver de memórias positivas. Queriam reinventar o passado.

Era possível — com muito esforço e um efeito colateral devastador — apresentar versões ligeiramente diferenciadas daquilo que o Comum via como verdade: personificar uma amante um pouco mais carinhosa do que de costume, uma mãe um pouco menos exigente, um amigo um pouco mais agradável, sem alterá--los completamente. Isso às vezes levava à insatisfação por parte dos clientes, cujas expectativas podiam ser maiores do que o Especial conseguia fornecer. Também havia casos de Especiais que viviam em regime de semiescravidão, pois eles mesmos se tornavam dependentes daqueles que consumiam seu Dom. À medida que se acostumavam com os benefícios que obtinham, transformavam-se mais e mais, a ponto de perder quase todas as suas memórias e referências de identidade.

Sérgio Ribeiras era o dono dos últimos galões de gasolina conhecidos na cidade. Também descobrira maneiras de chegar às galerias por baixo do Parque Central, seguindo o sistema subterrâneo de esgotos. Seus funcionários oficiais e não oficiais proviam identidades falsas, comida, alojamento em três cidades diferentes ao redor e conseguiam colocar passageiros em algumas linhas comunais de naves de transporte. Oficialmente, Sérgio era dono de uma farmacêutica cujo principal produto, ironicamente, eram Pastilhas do Esquecimento — a última moda em relaxamento personalizado. Tudo o que ele exigia em troca de seu inesgotável manancial de serviços era ter seu filho, Mário, de volta.

Mariah subiu as escadas do hall de entrada escoltada por dois Especiais: um homem e uma mulher cujas expressões eram inteiramente vazias. A mulher era alta, magra, com longos cabelos negros e pele morena. Ele era mais baixo, ruivo e sardento. Estavam ali há anos e já não tinham ideia de quem eram. Moviam-se como zumbis, realizando tarefas básicas de governança da casa. Não olhavam ninguém nos olhos.

Chegaram ao quarto de Mário. O cômodo era mantido exatamente do mesmo jeito que o jovem o deixara. Tinha dezessete anos quando desaparecera e, apesar das inúmeras pistas seguidas pela polícia em relação a possíveis inimigos, sequestradores e motivos para fuga, a única coisa que todos sabiam concretamente é que, numa certa madrugada, o jovem herdeiro fora visto correndo pelo jardim de casa com uma mochila a tiracolo e pulando o muro. Sérgio acionara todos os seus contatos em busca do filho.

Até aquele momento, o caso seguia sendo um mistério. Essas e outras informações foram fornecidas a Mariah para que pudesse realizar seu trabalho.

Foi deixada só, sentada na cama do menino. Era uma cama flutuante comum, a colcha formando um triângulo à altura do travesseiro inflável. Havia algumas infografias animadas de bandas adolescentes presas à parede, uma tela robótica desligada e algumas gavetas embutidas ao lado da cama. Um cubo multiúso, conectado à porta, descansava desligado e luzes-próprias demarcavam os quatro cantos do quarto, sem chegar a iluminá-lo completamente. Um híbrido de planta-holograma, conectado a um painel próximo à janela, simulava pequenas gotas de orvalho ao longo de suas folhas verde-escuras.

Era instruída a transformar-se assim que ouvisse a maçaneta da porta girar. Sérgio entrava vendado, acompanhado por sua assistente pessoal, uma Comum chamada Norma, e ela só retirava sua venda quando a transformação se completasse. O vício de reviver memórias dependia de que Sérgio esquecesse que aquilo era uma ilusão ou a transformação perderia seu efeito e ele estaria às voltas com algum Especial assustado em quem descontar sua raiva. A capacidade de tornar-se um Memorabilia estava intimamente relacionada à capacidade de autoilusão.

Rastreando Norma em busca de mais informações, Mariah percebeu que já estivera ali e deparou-se com uma lembrança assustadora: ao se transformar, voltara à consciência coberta de arranhões e hematomas, escondida em um canto do porão daquela casa, aos cuidados da assistente. O medo quase a fez desistir. Naquele momento, no entanto, precisava colocar alguns quilômetros de distância entre ela e a cidade. Estava muito em evidência e o Rastreio a encontraria em um par de horas se não fugisse. Na pior das hipóteses, a casa de Sérgio era um porto seguro, já que ele abrigava pelo menos dez Especiais em tempo integral e seu prestígio e influência impediam que o governo tomasse quaisquer providências a respeito.

O plano era simples. Conseguir alguns litros de gasolina, um guia até os limites da cidade e depois... Depois, fazer outros planos. Quando a maçaneta girou, ela já estava na mente dele. Naquele negócio, personalização era tudo: conhecer o gosto do cliente, mais do que ele mesmo. E conhecer seu gosto significava buscar memórias pesadas, mas felizes. Sua versão de Mário era inocente. Sobrancelhas grossas, pele escura e um corpo extremamente frágil. Mariah gostou da sensação de habitá-lo, pois não era muito diferente dela em termos de peso, o que facilitou a adaptação inicial na hora de se mover. Naquela lembrança, Mário sorria, estendia a mão ao pai e pedia:

— Conte-me como tudo começou.

Sérgio sentou-se com ela na cama e falou sobre como sofreu com a pobreza e com a violência de seus pais quando era criança, como conheceu a mãe de Mário, como começou a trabalhar em um laboratório e descobriu, por acidente, a fórmula de uma pastilha que manipulava sonhos, como conseguiu convencer um dos cientistas de que ficariam ricos se conseguissem estabelecer um processo por meio do qual as lembranças mais dolorosas fossem esquecidas sem risco aparente para seus usuários.

Mariah/Mário permaneceu sentada, ouvindo e buscando manter-se cordial, apegar-se à lembrança dos dias em que o menino ainda estava interessado em ouvir as histórias de seu pai, vendo-o ainda como um herói. De alguma maneira, sentia prazer vivendo o personagem e embarcando nas emoções de alguém que — ao menos na lembrança imaculada de seu pai — sabia o que era admirar outro ser humano.

Sérgio terminou a história abruptamente, mencionando a morte do cientista/sócio e o fato de que a Pastilha do Esquecimento acabou sendo produzida por outra empresa que ele posteriormente tinha comprado. O conto se transformava em uma preleção acerca da força de vontade, da necessidade de persistir acima de tudo, da coragem e dedicação que constroem o caráter de um grande homem.

Era difícil, para Sérgio, crer no menino tão atento a suas lições de moral, depois do período negro de brigas que haviam vivido e que, no fundo, ele acreditava serem a causa de seu desaparecimento. Mas permaneceu conectado a seu falso filho até que Norma o vendou novamente. Mariah se liquefez assim que o tecido escuro cobriu os olhos de Sérgio.

Acordou quarenta e oito horas depois, mas, dessa vez, não estava no porão da casa. Era o banco de trás de um carro, ela estava deitada e um homem uniformizado aguardava com as mãos no volante. Estava coberta apenas por um lençol branco. Sobre sua barriga, havia um bilhete.

"Suas roupas estavam destruídas. Roupas novas no porta-malas e alguma comida. Bateria nova em seu relógio. O motorista se chama João e é de confiança. Vista-se, diga a ele aonde quer ir e boa sorte."

Mariah sentou-se o mais rápido que pôde, sentindo-se corar. Enrolou-se melhor no lençol e meteu o braço no vão aberto do porta-malas, tateando. Descobriu uma bolsa com duas maçãs, um pedaço de queijo e um bife dentro de uma lata de leite. Uma calça masculina, grande demais para ela, uma camiseta com um "Por quê? Porque sim!" estampado em letras furta-cor, uma corda-cinto do tipo que estivera na moda há algum tempo e um casaco de lona preto. Percebeu que alguém havia lhe dado banho e que seus cabelos estavam trançados. Puxando a trança diante dos olhos, lembrou-se da foto da menina do sonho. *Cabelos castanhos, encaracolados, reflexos dourados. Como os meus.* Imediatamente, sem nem saber por quê, agradeceu por não ter perdido aquela lembrança em especial.

O motorista virou-se, apoiando os braços cruzados no assento, e sorriu timidamente. Tinha olhos bondosos. Mariah relaxou.

— Vou sair pra você se vestir, tá? Meu nome é João. Tenho ordens de levá-la para algum lugar fora das fronteiras da cidade. Depois você me diz.

João saiu do carro. *Ele está tão incomodado com isso quanto eu.* Mariah vestiu-se o mais rápido possível, enquanto o motorista lhe informava que viajariam de madrugada e seguiriam pelas galerias do antigo centro de convenções até uma rampa ao norte do Parque Central, entrada do estacionamento original. A partir dali, o caminho a ser seguido dependia de onde ela quisesse ficar. Ao perceber a confusão da jovem na hora de dar-lhe uma direção, João pareceu desconcertado. O carro seguia por salões de teto baixo, cujos portais de acesso permitiam a passagem com tranquilidade. Não havia cheiro de mofo ou sujeira nos bancos, o que indicava que alguém fazia a manutenção periódica dos veículos justamente para situações como aquelas.

— Sabe, eu tenho uma filha assim, da sua idade... Janaína é o nome dela — disse João.

Mariah tinha o rosto colado à janela e observava o caminho.

— Ela acaba de entrar na Escola Superior. Quer ser mecânica de aeronaves. Acho que deve ser culpa da mãe, sabe? Temos uma pequena oficina perto de casa e a Jana cresceu vendo a mãe consertar naves de passeio e até algumas transportadoras maiores... Ela pediu um guia de motores novo de Natal! Estranho, não acha?

— Ah... É... O senhor pode me dizer que dia é hoje?

— Quinta. Quinta-feira. Por quê?

— Não, digo, dia do ano...

— Quinze de dezembro.

— Obrigada.

— Não há de quê.

O carro avançava por um espaço repleto de pilastras numeradas: o antigo estacionamento. Algumas carcaças de carros ainda estavam por lá, em péssimas condições. A única iluminação provinha do farol dianteiro, mas João parecia conhecer bem o caminho.

— Talvez o senhor possa me ajudar com uma coisa...

Era um tiro no escuro, mas valia a pena tentar.

— Eu gostaria de ir a um lugar próximo daqui em que há uma colina, um rio cheio de barragens eletrônicas e uma estrada bem longa. E uma espécie de bosque...

O carro freou subitamente. Estavam em frente à rampa de acesso. João virou-se para encará-la.

— Eu imagino... — começou ela, hesitante — que não existam muitos lugares como esse por aqui.

— Filha, o que é que você está procurando?

Mariah não respondeu. Algo na expressão da menina fez com que João seguisse falando.

— Os únicos lugares em que ainda há bosques, colinas abertas e rios são muito distantes daqui. Estamos no centro de uma megalópole. Os únicos lugares em que você ainda encontra, digamos, natureza...

— Sim? — encorajou ela.

— Áreas governamentais fechadas.

— Centros de Detenção?

— Centros de Pesquisa, áreas militares, zonas francas...

Isso não era totalmente inesperado. Mariah suspirou buscando reavivar a imagem da Guardiã de Memórias. Não tinha claro como nem quando o sonho acontecera. Lembrava-se somente do salão com suas memórias e da Guardiã que o guardava. Sabia que tinha sido um sonho, mas alguma coisa lhe dizia que aquele era um lugar real. Não sabia por quê, mas tinha a sensação de ter sido levada a sonhar com aquilo. *Alguém...* Alguém que conhecera e que lhe mostrara coisas. A chave para sair daquela vida de esquecimento e fuga. *Primeiro, é preciso admitir que estamos fugindo.* A frase ecoava em sua mente, como um lembrete. Teria sido Carmem a pessoa que a guiara à Guardiã de Memórias?

— Filha, escute o que eu vou te dizer.

João parecia nervoso.

— Temos pouco tempo, questão de horas. Eu... eu não tenho nada contra vocês, contra as pessoas do seu tipo... Mas você me parece tão nova e tão... perdida! Não há ninguém que possa te ajudar, te apoiar? Não conhece ninguém, nenhum amigo? Tem certeza que quer sair da cidade?

— Tenho. Você sabe onde fica o lugar que eu descrevi?

— Você está em busca de uma Guardiã.

— Como? Como você...?

— Só existe uma estrada saindo daqui que encontra o Otto Marc. É o único rio que eu conheço que passa pela divisa de São Custódio... A uns cento e cinquenta quilômetros daqui. Eu tenho amigos como você e sei que eles buscam a Guardiã. Não sei muito mais do que isso, mas você não é a primeira pessoa que me pede para ir até lá. Eu não tenho combustível suficiente...

— Qual é o nome... da cidade em que estamos? — cortou ela, arrependendo-se imediatamente de sua demonstração de fraqueza.

— Claridad. Estamos em Claridad. São Custódio é uma cidade vizinha. Eu posso te levar até lá, mas não posso cruzar a cidade. Posso, no máximo, te deixar no início da estrada, no início do Rio Otto, e indicar a direção.

— Obrigada.

— Como é seu nome, menina?

— Sílvia — disse ela, desviando o olhar.

— Tudo bem... Digamos que seja Sílvia. Você está em Claridad por um motivo. Talvez viva aqui, talvez tenha amigos aqui...

— Não tenho amigos.

Dito isso, João virou-se para o volante e não tentou mais puxar assunto.

Subiram a rampa e o carro já não seguia tão devagar. João corria por ruas pequenas, vielas, e Mariah percebeu que, vez ou outra, consultava um mapa eletrônico em seu relógio de pulso, provavelmente indicando os lugares em que o Rastreio não operava. Imaginou como Sérgio conseguia ter acesso a tais informações. Percebeu que muitas das ruas por onde passavam eram habitadas por gente mais pobre. Eram repletas de prédios estilo triplex e algumas luzes públicas estavam quebradas. Em um determinado momento, reconheceu a vizinhança onde Carmem morava. Na mesma hora, percebeu que já não sabia onde havia sido seu último esconderijo.

Tampouco sabia por que seu sonho com a Guardiã estava tão vívido em sua mente, nem por que sentia que alguém de quem já não se lembrava a induzira a sonhar com aquilo.

Entraram em um grande canteiro de obras. João desviava de enormes buracos de onde despontavam os alicerces de futuros edifícios. Sem dúvida, estava acostumado com a rota clandestina. Saíram do canteiro por um portão entreaberto, que João desceu do carro para abrir e fechar. Passaram pelo que parecia ser uma das avenidas centrais da cidade e voltaram a se embrenhar por ruas menores.

— Se quiser, pode dormir. Sei como vocês ficam depois de se transformar. Não vou te fazer mal.

Seus olhos se cruzaram novamente no retrovisor. Vendo sinceridade em João, Mariah relaxou. Fechou os olhos e ainda demorou bastante até conseguir cochilar. Lidava com o fato de não saber mais onde era sua casa.

Acordou com o tranco do carro parando. Lembrava-se vagamente de ter despertado durante a viagem para comer o que Norma havia lhe deixado. Percebeu que João empurrava o veículo para trás de um casebre, aparentemente abandonado. Tentava escondê-lo sob um telheiro coberto por uma lona grossa e tão comprida que chegava a arrastar no chão. Viu quando o motorista sorriu timidamente para ela, através do vidro traseiro, em meio à lama e aos pedaços de folha que a viagem deixara no carro.

Estavam em um lugar muito pobre e o céu apenas começava a clarear. Havia uma dúzia de casebres de madeira, todos iguais e bastante depredados, que ela reconheceu como uma Área de Habitação Popular. Áreas como aquela eram, geralmente, construídas logo após a divisa de cidades grandes, esquecidas pelo governo e invadidas por rastreadores ocasionais que os moradores conheciam bem. De algum canto de sua mente, surgiu a memória de um jantar, alguns anos antes, em que estava com uma família que sabia não ser a sua, quando três deles invadiram a sala e... Nada.

João empurrou o carro até deixá-lo perfeitamente coberto pela lona. Em seguida, abriu o porta-malas e sacou dali três bolinhas, que emanavam uma luz azul como Mariah nunca tinha visto antes, ordenando-lhes algo que ela não chegou a ouvir. Ela saiu do carro, sentindo as pernas doloridas, mas já descansadas. Percebeu que as bolinhas flutuavam — uma em cada canto do telheiro —, como se demarcassem o espaço em que o carro estava. A luz que emanavam estava mais intensa.

— Despistadores — disse João, acompanhando seu olhar.

O motorista levantou a aba de um dos lados da lona e convidou a menina a segui-lo. Logo em frente ao casebre, havia um caminho estreito de barro vermelho. Mais adiante, uma pequena praça, ao redor da qual se amontoavam casas como aquela, a maioria com varais improvisados e algumas com galinheiros e mini-hortas como quintal.

— Cruze a praça e siga em frente por aquela rua — disse João apontando para a esquerda. — Você tem que sair dessa Área Popular antes do sol raiar, entendeu? Não há cordialidade ou compaixão entre eles. Todos já sofreram muito nas mãos do governo e os da sua espécie são considerados moeda de troca. Eles acordam cedo. Corra.

Ela assentiu.

— Saindo daquela rua, você verá o início da estrada que te levará à Guardiã e também um muro alto, branco, que é a barragem em que deságua o Rio Otto Marc. Se você seguir a estrada, com certeza será encontrada. Precisa achar uma maneira de atravessá-la sem ser percebida, passar a represa e cruzar a ponte. Depois, fica mais fácil: você vai ver que à sua direita, saindo da ponte, há uma Área de Triplex. Para chegar à Guardiã, você terá que passar São Custódio até chegar à próxima Área Popular. Não tenho ideia de como fará isso. Eu vou dormir aqui mesmo, dentro do carro, e voltarei assim que a noite cair novamente. Agora, vá!

Mariah correu em direção à praça. Ouviu João dizer:

— Você precisa de amigos. Não pode fugir a vida inteira.

— Obrigada — disse ela, sem voltar a olhar para trás.

A primeira parte do trajeto, como João previra, foi fácil. Teve de se esconder de famílias que começavam a acordar e saíam de casa, mas chegou rápido aos limites da Área Popular. Entrando em um dos quintais, encontrou uma casa improvisada de tábuas, montada no tronco de uma árvore e subiu nela para ter uma visão melhor do caminho que a esperava. Por sorte, não havia nada além de brinquedos que já tinham visto dias melhores: bonecas sem braços ou pernas, uma cadeira despedaçada, uma bola murcha. Pé ante pé, sem confiar na estabilidade da construção, aproximou-se de uma das paredes mais ao norte e espiou por uma falha entre as tábuas.

Pôde ver claramente onde a Área Popular dava lugar à enorme estrada que começava bem perto dali. Como todas as estradas naquela época, seguia o padrão antigo para veículos terrestres com asfalto e marcações amarelas em linhas contínuas, mas estava rodeada por pilares negros, que geravam campos de força nas duas margens. Dentro desses limites, as naves de uso pessoal podiam trafegar, respeitando as normas de espaço aéreo. Os campos de força chegavam a vinte metros do chão e a maioria das naves pessoais não conseguia voar além dessa altura. Havia portais — demarcados por tubos de neon violeta — por meio dos quais pedestres podiam atravessar o campo de força e cruzar a estrada. Um placar eletrônico indicava: Autopista 132. Havia poucas naves, circulando a dez ou quinze metros do chão. Do outro lado, um enorme muro branco que parecia estender-se infinitamente. Considerou suas opções e percebeu que, sem uma nave, seria difícil chegar a algum lugar.

Ouviu um ruído metálico, como o de chaves balançando. Postou-se rapidamente na outra extremidade da plataforma e viu um homem sair da casa e ganhar a rua de onde viera. Estava perdendo tempo. Deslizou o mais silenciosamente que pôde pelo tronco da árvore, notando uma menina, de uns cinco anos, que coçava os olhos, apoiada na janela da casa. Correu para fora do quintal pela rua até chegar aos limites da estrada, ainda a tempo de ouvir a menina gritar "Tem gente na casinha!", acompanhada por um ruído confuso de passos e abrir de portas. A estrada era larga e cruzá-la a levaria à exposição total. Correu em direção ao portal mais próximo, sabendo que passar por ele acionaria o Rastreio. Entre confiar em gente que não conhecia e cruzar o portal de neon violeta, Mariah optou pelo portal.

O Rastreio Virtual era como uma ducha de água fria. A leitura de sua pele causava um formigamento estranho nas extremidades de seu corpo. Assim que passou pelo portal, sabia que havia sido descoberta. O violeta do neon assumiu uma coloração esverdeada naquele e em todos os portais ao longo da estrada, que prontamente começaram a se fechar, com finas lâminas vidradas descendo sobre a passagem. Não tinha outra opção senão atravessar em direção ao portal oposto antes que a estrada fosse completamente bloqueada para pedestres. Pelo menos, isso manteria os vizinhos, que já corriam em seu encalço — incluindo o pai da menina que dera o alarme —, do lado de fora. Cruzou o portal seguinte em segundos, arrastando--se por uma fresta pouco antes que se fechasse. Estava de frente para o muro branco e, seguindo a direção indicada por João, virou para a direita margeando a represa. Já não sentia suas pernas.

Sabia que, em menos de dez minutos, uma viatura policial ou nave de pesquisa estaria ali, buscando a Especial que o sistema integrado rastreara. À medida que avançava, pequenos robôs-vigia deixavam seus postos na parte de cima da enorme parede branca e voavam em sua direção, registrando cada um de seus movimentos ao som de bipes e espocar de flashes. Tentava abaná-los como a moscas, mas suas pernas perdiam velocidade cada vez que um deles se aproximava. Já estava se entregando à ideia de ser capturada quando percebeu que, mais adiante, o muro começava a curvar-se. Correu com força renovada e chegou ao lugar em que o Rio Otto se libertava da barragem e uma ponte imensa sobrecruzava suas caudalosas águas em direção à cidade, com seus prédios altos e torres de segurança. A estrada era bifurcada: um ramo seguia sobre a ponte e o outro seguia reto, rumo a uma espécie de praia às margens do rio.

Uma voz que a fez gelar e que parecia ecoar por todo o quarteirão dizia:

— Detectada Especial 203456 — série Alpha/322. Por favor, fique onde está para que possamos encaminhá-la ao Centro de Tratamento mais próximo. Não tenha medo, trabalhamos para seu bem-estar!

Mais adiante, Mariah viu duas naves paradas perto de um dos acessos à autopista, próximo à ponte. Uma linha prateada delimitava o espaço retangular de ingresso, destacando-se do campo de força. Para arrombar uma nave pessoal, era preciso desativar seus circuitos de reconhecimento de voz. A maioria das naves possuía um alerta que, em caso de falha nos circuitos, a energizava automaticamente, estonteando aquele que tentasse entrar nela. Mariah não tinha tempo para se preocupar com choques. Nem com o fato de estar roubando. Foi direto ao compartimento emborrachado na parte traseira da nave, junto ao motor, e tentou desconectar os cabos azuis, emaranhados entre outros de diferentes cores. Os robôs-vigia ainda a seguiam, dificultando seus movimentos. Suas mãos não tinham força suficiente e o alerta voltou a ecoar pelo quarteirão.

— Detectada Especial 203456 — série Alpha/322. Por favor, fique onde está para que possamos...

Ouviu passos e vozes vindo do final da ponte, apressados. Precisava correr. Lembrou-se do cinto de corda que estava usando e pensou que, se conseguisse entortar os cabos em vez de desconectá--los, talvez produzisse um curto circuito. Era uma última esperança, muito distante, mas, quando arrancou o cinto da calça, percebeu que suas pontas tinham um brilho de metal. Eram pequenas fivelas prateadas, muito finas. Puxou uma das fivelas com os dentes até conseguir soltá-la das cordas e enfiou-a em um dos conectores de um cabo azul: isso teria de resolver. Forçou a fivela o máximo que pôde até conseguir afrouxar o cabo de seu soquete.

Ordenou à nave que abrisse e observou, com alívio, que a porta frontal se retraía. Fechou os olhos e se jogou no assento duplo, segurando o manche com força e percebendo que não levara choques. Os robôs-vigia haviam sumido e, ao olhar brevemente para trás, em busca de uma explicação, viu uma espécie de robô-vigia--pai prestes a avançar sobre a nave, abrigando as versões menores de si mesmo em um compartimento do que poderia ser seu tronco. Além disso, três viaturas de polícia avançavam pela autopista.

Decolou, ajustando-se à frequência do campo de força e entrando na estrada em velocidade máxima. Ganhou altura e logo voava junto ao fluxo normal de veículos a dez metros do chão. Alguns pilotos seguiam em maior velocidade na chamada área de livre trânsito, a vinte metros. Aquela pequena nave pessoal não parecia do tipo que tinha condições de voar por muito tempo àquela altura, mas ela não tinha escolha. As viaturas abriam espaço facilmente e já estavam quase a ponto de cercá-la.

Vinte metros de altura e velocidade máxima: à sua frente, o marcador de energia declinava. Uma das naves policiais destacou--se das demais, aproximando-se perigosamente. Se conseguisse encostar nela, seu sistema de tração eliminaria qualquer chance de fuga. Mergulhou então no entrefluxo — a mais ou menos quinze metros do chão —, onde ficavam os avisos e placares eletrônicos e por onde era proibido trafegar. A cada trezentos metros, um novo placar indicava os percursos disponíveis e ela tinha de se desviar rapidamente para uma das laterais da pista, sem, no entanto, atingir o campo de força da estrada, o que faria com que a nave se desenergizasse, podendo derrubá-la.

A nave policial mais próxima seguiu-a no entrefluxo. Perdeu as outras duas naves de vista: com certeza, uma perseguição daquelas exigia riscos que os parcos salários de seus pilotos não cobriam. Mas quem quer que a estivesse seguindo parecia decidido. Mal havia tempo antes de divisar o próximo placar para embicar a nave para a direita e retornar antes de atingir o campo de força. Mariah estava cansada e o marcador de energia indicava uma sobrevida de apenas alguns minutos — *talvez dez?* — caso ela seguisse naquela velocidade. A ponte estava quase chegando ao fim e ela começou a flertar novamente com a possibilidade de se entregar. De alguma maneira, isso parecia mais promissor do que entrar sendo perseguida em um centro urbano como o de São Custódio, onde com certeza já estariam avisados de sua presença e haveria um sem-número de maneiras de detê-la, além do tráfego mais pesado de naves.

Foi quando avistou as linhas prateadas que indicavam um acesso à autopista e pensou que talvez, apenas talvez, ainda não tivesse sido bloqueado. A sorte estivera do seu lado até então, realizando milagres e, quem sabe, naqueles minutos de perseguição, os policiais não tivessem ordenado o fechamento da estrada. Um acesso de autoconfiança a invadiu e ela embicou para o portal o mais rápido que pôde: sair da estrada era expor-se totalmente, estar em todos os noticiários em pouquíssimo tempo e despertar a cobiça de todos os que não se sentiam particularmente identificados com Especiais. Uma nave voando fora das rotas-padrão era alvo fácil. Não tinha outra escolha.

Ao passar pelo portal, um alarme começou a soar e ela soube que a autopista tinha sido fechada: agora, para veículos. Isso significava, por um lado, que aquelas naves policiais não poderiam mais segui-la e, por outro, que o resto do mundo seria avisado de sua existência e a estaria caçando. Sobrevoou a margem do rio e logo divisou a seção da cidade onde estavam os triplex. Diminuiu a velocidade e escolheu um campo de vôlei como área de pouso, não sem antes perceber que já havia um grupo de cinco pessoas aguardando sua descida. A essa altura, todos os jornais-holograma já deviam estar indicando sua localização. Ela pousou e ordenou que a nave se abrisse.

Ao sair, percebeu que o grupo era composto por três mulheres jovens e dois homens. Os homens traziam pedaços de madeira nas mãos que empunhavam como porretes:

— Não queremos te machucar — disse um deles. — Precisamos do dinheiro, é só.

— Você vai ser detida de qualquer maneira — disse o outro. — Tem outras pessoas vindo. Policiais e gente daqui. Entregue-se a nós e não vamos machucá-la.

Mariah observava a cena, sem saber para onde correr. O triplex mais próximo estava a trezentos metros de distância. Talvez ela conseguisse correr até lá e escalar as paredes como quando...

Sentiu a mão em seu ombro e quase morreu de susto. Era um menino. Muito jovem, talvez um pouco mais velho do que ela apenas, franzino, aparentando ser tão frágil que um abraço mais apertado lhe quebraria os ossos. Ele segurou sua mão com firmeza e, em seus olhos, havia um ar imperativo que fez com que ela o seguisse sem pensar, assim que ele a puxou, correndo para o lado oposto do bando que a enfrentava.

Eles saíram da quadra, embrenhando-se por ruas menores e mal iluminadas. Direita, esquerda, direita, direita e ela já estava perdida e não poderia voltar à nave nem que quisesse. Passaram por outra praça, correndo em zigue-zague entre os triplex que a rodeavam, nunca seguindo pelas ruas principais. Tinha certeza de que ele sabia aonde estava indo.

Atrás de um dos triplex havia um prédio com ares de fábrica rodeado por um muro alto. Uma torre de segurança despontava do teto. Seguiram o muro até encontrarem um compartimento, uma entrada em sua base, onde havia caixas empilhadas e alguns sacos, uma espécie de ascensor. Mariah viu que, nos quatro cantos do ascensor, flutuavam despistadores semelhantes aos utilizados por João.

— Subir — ordenou o menino, com voz de homem.

O compartimento fechou-se e se descolou do muro. Mariah sentiu o movimento de subida. O menino não largara sua mão, mas tampouco a encarava. Logo, sentiu um estancar e o lado interno do ascensor abriu-se para um dos salões da suposta fábrica. Grandes máquinas de prensa trabalhavam convertendo sucata em tijolos que seguiam por uma esteira até uma pilha do lado direito do salão. Dois robôs supervisionavam o trabalho e Mariah agachou-se automaticamente, mas o menino tornou a puxá-la.

— Eles não perceberão nossa presença — disse ele, apontando despistadores que pontuavam cada canto do salão, com sua luz azulada.

Seguiram por uma escada no canto esquerdo do salão que levava ao piso inferior. A escuridão era total, mas o menino a guiava com segurança.

— Nova escada. Cuidado. Degraus estreitos.

O menino descia de costas, pé ante pé, segurando as duas mãos dela, guiando-a. Mariah contava os degraus para superar o nervosismo. *Vinte, vinte um...* e sentiu o piso aplainar-se. Havia uma luz tênue, proveniente de três velas presas a copos no chão: era um quarto vazio. Mariah observava as chamas bruxuleantes — não se lembrava de ter visto velas antes, a não ser em infografias. Chamas hipnóticas.

O menino percebeu sua surpresa.

— São mais seguras — comentou.

Havia uma porta do outro lado do quarto e um elevador de carga antigo, convencional, com dois grandes botões vermelhos indicando subida e descida. Entraram e desceram.

Quando a porta se abriu, Mariah percebeu que devia estar na casa do menino. Era um espaço amplo de teto muito baixo, organizado como um lar: em um canto, uma cama flutuante; em outro, uma espécie de cozinha com termocontrolador, um aparelho que servia tanto para cozinhar quanto para refrigerar; um sofá e um cubo multiúso. Havia caixas espalhadas com roupas, livros-holograma e arquivadores digitais.

— Seja bem-vinda— ele disse, enfim, soltando sua mão.
— Esta é minha humilde morada. Não vão nos encontrar aqui. A fábrica está mais abandonada do que ativa, os robôs fazem todo o serviço.

Mariah sentiu o peso da viagem, da fuga e da fome alcançar seu peito. O menino sorriu novamente e sentou-se no sofá, jogando os braços para cima, alongando as costas. Ela quis acompanhá-lo, mas suas pernas falharam e ela caiu sentada, no chão, no lugar mesmo em que estava. Confiava nele por algum motivo. Gostava dele. Sentia-se aliviada por poder confiar sua vida, assim, a um perfeito estranho. Ainda que quisesse estar na defensiva, não podia mais e, antes de que pudesse controlar seus instintos, estava chorando.

Eram lágrimas grossas e quentes. Escorriam por seu rosto e seu colo. Ela estava fugindo e estava cansada. Estava fugindo de tudo e de todos, sem direção. Não importava quantas boas razões tivesse para se manter afastada de qualquer vínculo, não conseguiria mais. Cada lágrima lhe dizia que tinha chegado a seu limite: precisava de ajuda. Ia pedir ajuda. Não importava a quem. Aquele menino estava bom para começar. Gostava dele e não podia mais seguir sozinha. Aquele estranho, que agora se levantava do sofá e caminhava em direção a ela, com um olhar que parecia cheio de compaixão, seria seu primeiro amigo.

Ele ajoelhou-se em frente a ela e segurou-lhe o rosto.

— Você sempre foi teimosa, não é?

Seu tom era carinhoso, íntimo.

Ela quis se desvencilhar, perguntar do que ele estava falando, mas não teve forças.

— Se você tivesse me esperado, como eu lhe pedi, nada disso teria acontecido — completou ele, com um olhar condescendente, a mão acariciando-lhe a bochecha.

Mariah percebeu que ele não estava mentindo. Ela estava diante de mais uma memória perdida. Queria falar alguma coisa, perguntar alguma coisa, mas só conseguia pensar no gesto de carinho da mão dele em seu rosto, o primeiro gesto de carinho que ela recebia em muito tempo.

Ele a estudou por alguns instantes e acabou por se afastar um pouco, retraindo-se.

— Você não se lembra de mim!

Novo jorrar de lágrimas. Já havia sido confrontada pela sensação de ter esquecido algo ou de achar um objeto vagamente familiar sem conseguir localizar sua história. Porém, nunca antes uma lembrança viva, personificada, a confrontara daquela maneira. Pelo menos não que se lembrasse. Sentiu vergonha. Armou-se da melhor maneira que pôde, enxugando as lágrimas com as costas das mãos.

— Qual é seu nome?

— Juliano. Mas não importa... Não fique assim. Você se lembra da Guardiã, não é?

— Sim, estava... Vou... procurá-la.

— Claro, por que outro motivo estaria aqui? Iremos juntos!

Foi ela quem se afastou dessa vez. Levantou-se e caminhou pela sala, examinando as caixas e abraçando o próprio corpo, tomada de um súbito frio. Pegou um cubo multiúso e, sem querer, acionou uma pequena tela: ícones da Rede e de pastas de arquivo flutuaram diante de seus olhos em 3D. Baixou a tela com um pouco mais de força do que necessário, virando-se para Juliano.

— Desculpe, eu...

Ele estava a centímetros de distância. Seus olhos se encontraram.

Mariah teve medo e vergonha da atração que sentia por ele. O medo falava mais alto. Paulo surgiu em sua mente e ela não sabia por quê. *Paulo era confiável. João era confiável. Será que eles estão bem?* Seus pensamentos estavam fora de controle, rápidos, fugidios, e a proximidade de Juliano a incomodava, mas ela não queria ser a primeira a romper o momento, virar-se novamente, fugir. Não queria mais fugir. Estava prestes a mover-se em outra direção. Seria tão fácil, tão mais fácil do que ficar ali sustentando aquele olhar e perdendo-se em pensamentos ansiosos, quando...

O contato de seus lábios fez com que um calafrio percorresse suas costas, da nuca à base da espinha. Os lábios se entreabriram, quentes e um tanto ásperos. Sentiu a mão dele apoiando sua cabeça, acariciando seus cabelos, desatando sua trança. Abriu os olhos e viu que os dele estavam fechados, apertados, e que seu rosto se virava suavemente, pendia, lábios se encaixando, sugando, pressionando, devagar. Cada movimento, um experimento. Fechou os olhos e sentiu a invasão da língua dele, tateando sua boca. Já não sabia o que fazer. Sentiu seus ombros se tensionarem, a boca abrindo mais, o medo de se entregar e...

Os dentes dela se chocaram com os dele.

Afastaram-se. Ele parecia outro — vivo, olhar brilhante. Ela não precisava de espelho para saber que corava, o calor subindo pela face. Riram e, quase imediatamente, foram buscar ocupações que escondessem o desconforto da cena.

Juliano preparou uma espécie de sopa de legumes em pó, enquanto ela revirava infografias e infojornais em suas caixas, preguiçosamente jogada no sofá. Em determinado momento, pediu--lhe para se conectar à Rede. Acendeu novamente a tela do cubo multiúso e desabilitou o modo 3D, esperando não ofender Juliano. Queria privacidade. Todas as vezes que seus olhares se cruzavam, trocavam sorrisos um tanto desconcertados.

Mariah se conectou ao Celta, a partir de uma página de emergência fornecida aos que estivessem em situações de risco. A página supostamente era de um canil e o login tinha de ser realizado por meio de um formulário de "Fale com a gente". Havia somente uma nova mensagem em sua caixa de entrada. Do próprio Celta.

— Isto é um adeus, querida. Fomos rastreados. Ainda não sei como. Saia de onde estiver imediatamente.

CAPÍTULO 4

a guardiã das memórias

A estrada que levava à Guardiã era agradável, mas o clima sofrera uma alteração súbita: chovia torrencialmente. Juliano explicou que o efeito podia estar relacionado às sondas enviadas à cidade para gerar distúrbios ambientais, já que vários jornais holográficos indicavam que os cidadãos de bem deviam permanecer em casa. O governo proveria suas necessidades em termos de alimentação e saúde. As empresas locais estavam operando por acesso remoto, para que todos pudessem se dedicar a seus ofícios básicos de casa. Robôs realizavam as tarefas mecânicas, para desespero dos trabalhadores temporários, que não receberiam por esses dias de sítio. A propaganda oficial buscava manter-se positiva como se tudo fosse passageiro, uma série de inconvenientes que em breve dariam lugar a dias de bem-estar. Bem-estar esse que estava diretamente relacionado à captura de Mariah e Juliano.

A habitação de Juliano nada tinha de indefesa. Havia caixas com despistadores — dez dos quais eles agora utilizavam ao redor de seu veículo —, ferramentas para compatibilização de voz, tinta temporária para cabelo e roupas, com as quais poderiam viajar tranquilamente. Havia ainda um aparelho que Juliano chamava de Especial de bolso: sua função era atordoar momentaneamente qualquer pessoa mal-intencionada que cruzasse seu caminho. Segundo ele, era o acompanhante número um de foras da lei que desejavam ultrapassar fronteiras, já que as pessoas atacadas por ele não apresentavam sinais físicos de sua confusão, além de um olhar perdido e uma súbita incapacidade de se lembrarem do porquê de estarem onde estavam. Mariah não gostava de se sentir uma fora da lei nem gostava muito de pensar sobre como Juliano tivera acesso a tais equipamentos. No entanto, estava cansada de fugir sozinha. Além disso, tinha de lidar com esse sentimento novo toda vez que olhava para ele: admiração, vontade de cuidar e, ao mesmo tempo, uma sensação de estar protegida.

Agora, eram irmãos ruivos, vestindo pantalonas largas e túnicas azuis. Caso alguém perguntasse, chamavam-se Laura e Luiz e estavam voltando de uma colônia de férias. Estavam limpos e maquiados para parecerem mais saudáveis. Pilotavam, revezando--se, uma nave arrombada por Mariah, em uma casa próxima à fábrica. Segundo Juliano, a família estava viajando há bastante tempo e, com sorte, não dariam conta do sumiço de seu veículo até que os dois pudessem chegar às margens da represa.

Não conversavam muito nem voltaram a se beijar. A menina ainda podia sentir o gosto do encontro de seus lábios e sua mente buscava mais uma chance. Todo tipo de dúvida lhe ocorria: teria ela feito algo de errado, algo que justificasse o fato de que ele simplesmente ignorava o beijo que haviam compartilhado? Seria ela apenas uma diversão para ele, alguém que ele quisesse ter perto somente para aproveitar melhor uma longa viagem? Que outros tipos de comportamento ele poderia esperar dela, sem que ela ao menos soubesse? E havia, é claro, o fato de que ele já a conhecia anteriormente, ou seja, podiam ter vivido juntos uma série de coisas das quais ela nem sequer desconfiava.

Mariah descobriu também que ele não era exatamente uma pessoa bondosa. Sentia-se segura em relação a ele como companheiro de viagem, dada a autoridade com que decidia seus próximos passos, mas percebia que ele se divertia com sua incompetência para as coisas mais simples. Ria-se dela ao perceber que não sabia como tingir o próprio cabelo ou como abotoar a sandália: ria-se por um longo tempo antes de ajudar. Apesar de achar que isso pudesse ser considerado normal e até mesmo um alívio diante do perigo que estavam enfrentando, tendia a não confiar inteiramente nele. E isso doía. Havia ainda uma memória de fogo e fumaça, que invadia sua mente de tempos em tempos. Achava que podia estar relacionada com Juliano, embora não soubesse como.

Ao chegarem às margens do bosque que o menino indicara como sendo a morada da Guardiã, pararam para se refrescar à margem do rio, com uma dúzia de despistadores a seu redor. Mariah sentiu que aquele era um teste a qualquer resquício de pudor que ainda pudesse ter diante de seu companheiro. Ele estava animado em despir-se completamente e mergulhar nas águas geladas. A chuva havia diminuído, transformando-se em uma garoa agradável e quente, ainda que nuvens negras seguissem se acumulando no céu. Nadou por alguns instantes, sem fazer menção ao fato de que Mariah permanecesse vestida, apenas lavando as mãos e observando sua expressão nas águas correntes. Em seguida, aproximou-se da margem em que ela estava e perguntou, sorridente:

— Em que você está pensando, linda?

— Em um homem que conheci. Paulo. Por mais que eu tente, não consigo me lembrar muito bem de seu rosto. Conhece algum Paulo?

O resultado de suas palavras foi assustador. Juliano levantou-se, expondo toda sua nudez, mas a raiva em sua fisionomia não permitia que Mariah se concentrasse em nada mais do que o medo. Ele se vestiu rapidamente e indicou que, se ela não pensava em banhar-se, nada mais tinham a fazer por ali e estavam simplesmente perdendo tempo. Voaram sem trocar nenhuma palavra pelo que pareceu uma eternidade. Mais tarde, enquanto ela pilotava, Juliano indicou que parasse. A composição estranha de árvores em forma de portal era vagamente familiar. Antes que pudesse abrir a porta e desembarcar, Juliano segurou-a pelo pulso com tanta força que ela achou que fosse deixar marcas:

— Eu não sei com quem você andou enquanto estivemos separados... Não sei que planos mirabolantes andou fazendo ou o que esse tal de Paulo prometeu para você. Quero que você se lembre e se lembre bem do que eu vou te dizer agora: não existe Comunidade, não existe nenhum lugar em que possamos ser livres neste planeta!

O rosto dele chegou a milímetros do dela e seus olhos eram fúria incontida:

— Você se lembra do que eu posso fazer quando fico chateado, não é? Ou será que também se esqueceu disso?

Juliano fechou os olhos, respirou fundo e uma série de imagens invadiram a mente dela: um dragão, uma mulher, a sala de um Centro de Detenção com uma tela-robô destruída — *A Dor!* Os dois correndo depois de uma grande explosão. Mariah deitada, sem forças, em uma cela escura e suja, tateando com os dedos sem encontrar nenhum ponto de referência. Juliano assumindo a forma de uma mulher — a mesma mulher que ela escolhera como mãe, anos atrás, e guiando-a para fora de casa, enquanto a mulher jazia sentada no sofá, diante da televisão ligada.

— Quem é você? — perguntou Mariah, tentando se livrar da mão em garra que a imobilizava no assento. Seu corpo tremia.

— Você sempre foi a mais frágil de nós, *Mariah* — ele pronunciava o nome com desdém. — Eu sou seu único guia de verdade. Não ouse me trair de novo! Você jamais teria sobrevivido por tanto tempo se não estivesse sob minha proteção...

Trair de novo. Mariah tentava guardar cada vestígio de informação que pudesse vir a ser útil no futuro para compreender o quebra-cabeça em que se encontrava. *Ele consegue compartilhar memórias!* Em meio ao choque, começava a compreender o quão poderoso Juliano era. Seriam as memórias verdadeiras ou apenas ilusões para amedrontá-la? E de onde vinha a ideia de que ela o havia traído? Não conseguia decifrar o enigma de seus olhares: ora carinhosos e protetores, ora imperativos, julgadores e sarcásticos.

Quando ele finalmente a soltou, aguardou que desse a volta e abrisse a porta para seu desembarque. Sua atitude imitava, jocosamente, a de um cavalheiro que dá passagem à sua dama. *Primeiro, é preciso admitir que estamos fugindo.* Com rara clareza, Mariah percebeu que estivera, sim, fugindo dele.

Juliano cobriu a nave com uma manta escura e empurrou-a suavemente para trás de um arbusto de folhagem densa. Não pareceu se incomodar com o fato de que ela nada fazia para ajudá--lo. Cortou alguns galhos de árvores ao redor para disfarçar a parte do manto que ficara a descoberto. Em seguida, ativou despistadores, um para cada ponto cardeal ao redor da nave, e puxou-a pela mão em direção àquela que Mariah ansiava por conhecer.

Caminharam bastante ainda depois de atravessarem o portal de árvores: a habitação da Guardiã estava a pelo menos um quilômetro de distância, ainda que as baixas colinas em que se aninhava dessem impressão contrária. Mariah sentia os pés doerem e procurava não olhar para o hematoma que escurecia em seu pulso, onde Juliano a agarrara, temendo despertar a ira dele novamente. Ele, no entanto, comportava-se como o menino risonho que pulara no rio mais cedo. Ninguém que os visse suspeitaria de que eram mais do que um casal de irmãos ou jovens namorados em férias, passeando pelo campo.

A cem metros de distância, já podiam avistar a casa, mais comprida do que alta. Era apenas um paredão branco com uma porta bem centralizada, de madeira escura e apresentando os sinais da exposição ao tempo. Um grande puxador em formato de argola, de metal enferrujado, reluzia no canto direito da porta. Mariah notou que, acima da casa, os galhos de dois grandes carvalhos, carregados de folhas muito escuras, formavam uma espécie de teto natural que não permitia ver nada além. Buscou os troncos das árvores, mas encontrou somente um: uma tora colossal aninhada no canto direito da casa. A porta se abriu com um rangido.

— Detectores de presença — indicou Juliano, diante da surpresa da menina. — Espalhados pelo gramado. Se alguma presença inconveniente decidir checar que simpática casa é esta, encontrará somente um galpão abandonado. O lugar é cheio de truques!

Ao trespassarem a porta, foi exatamente isso o que encontraram: um galpão de tábua corrida e muito empoeirada, de teto muito baixo, quase asfixiante. Um rato correu para trás da sala. Na parede oposta à entrada, duas janelas com películas protetoras já descascadas, pelas quais parecia filtrar-se a luz do sol, e outra porta de madeira, com vários cadeados e fechaduras antiquadas, próprias de uma antiga fazenda. Fora isso, o galpão estava vazio.

Juliano dirigiu-se à porta traseira e encostou levemente a mão direita em sua madeira, concentrando-se de olhos fechados por alguns instantes. Sua mão se converteu em um coloide branco — *como o meu!* — e a porta se abriu.

— Bem-vindo, meu filho! — disse uma voz suave, mas poderosa, partindo do fundo do aposento seguinte.

A Guardiã, Mariah reconheceu, sem saber como.

Reconheceu também o aposento abobadado e sua luz peculiar — não tão intensa como a de suas recordações —, proveniente de uma claraboia e de glóbulos posicionados em diversos cantos do salão oval. Parecia mais artificial do que natural e Mariah deduziu que isso estava relacionado às condições climáticas. Deduziu também que os grandes carvalhos serviam para disfarçar o salão da vista de curiosos que encontrassem o lugar. Uma construção como aquela certamente chamaria muita atenção.

— Bem-vindo? — respondeu Juliano, ironicamente. — Tem certeza, ó grande Guardiã das Memórias? E desde quando eu sou seu filho?

— Desde quando eu queira, já que sei mais sobre você do que você mesmo — respondeu a voz.

Mariah podia vê-la agora. Lembrava-se das seções em que as paredes do aposento estavam divididas: uma para fotos, outra para objetos, uma para telas de computador... A Guardiã surgiu da penumbra — *deve haver alguma passagem escondida na parede* — e veio ter com eles no meio do salão. Era uma senhora negra, alta, de aparência muito cansada, ainda que não pudesse estimar-lhe a idade observando seu rosto pintado de branco com belos símbolos que não compreendia. Nem um único fio branco estava visível no grande coque em que se amontoava seu cabelo. Usava óculos e trajava um vestido longo, verde, acinturado por uma faixa púrpura. Um colar pesado, de metal, adornava-lhe o colo, com o emblema de um triângulo embutido em um círculo. Uma infinita bondade e paciência se expressavam em sua maneira de se mover e se aproximar deles. Sua presença fazia com que Mariah se sentisse segura, apesar de Juliano.

A Guardiã dirigiu-se a ela em primeiro lugar, apertando suas mãos entre as dela, o que fez com que se sentisse reenergizada:

— Seja bem-vinda, querida. Sei que você está confusa, mas tem se saído muito bem, minha pequena, pode ter certeza. Tenho orgulho de como você se arranjou até agora.

Mariah não conseguiu suprimir um sorriso e sentiu-se infantil, boba.

— Então, Grande Mãe — disse Juliano. — Somos todos bem-vindos ou só aqueles que não te causam mal-estar pessoal?

A Guardiã se desvencilhou de Mariah, deixando a jovem com uma saudade imediata de seu toque. Postou-se diante de Juliano e disse calmamente:

— Como você sabe bem, todo Especial é bem-vindo aqui. Não é de meu interesse, nem daqueles que me apoiam, afastar ninguém que tenha o Dom deste recinto. Por mais... — interrompeu-se por um instante — ... *equivocados* que eles possam estar.

— Sei bem como isso funciona — disse Juliano, arregaçando as mangas da blusa. Uma cicatriz em forma de cruz tomava quase toda a parte anterior de seu braço esquerdo. A mulher puxou um frasco pequeno de dentro de um bolso escondido em sua saia e destapou-o, espalhando seu conteúdo sobre o braço do menino. A cicatriz despareceu. Juliano tremia quando ela passou as mãos sobre seu braço limpo, suavemente, dizendo:

— Minha intenção foi somente defender-me. Este é um espaço aberto a todos vocês, mas nem sempre os que aqui vêm têm intenções puras.

— Magia? — perguntou Juliano.

— Lembranças, truques mentais — explicou ela,

deixando que se afastasse. — Se o corpo acredita que algo realmente aconteceu, ele providenciará seu correspondente físico. Se a lembrança desaparecer ou for comprovadamente ilusória, não há cicatriz que resista.

A Guardiã devolveu o frasco a seu bolso.

— Apenas um estimulador neural. Sua cicatriz era tão ilusória quanto sua lembrança de meu ataque. Eu sinto muito, meu jovem, mas da última vez em que você esteve aqui suas intenções não eram as mais dignas. Hoje, por sorte, não são suas intenções as que contam: temos aqui uma jovenzinha muito corajosa que o acompanhou e ajudou desde sempre. Gostaria de saber o que a traz aqui, o que ela gostaria de me pedir...

Mariah conhecia o mecanismo por meio do qual pessoas que não queriam sentir dor implantavam memórias de tatuagens, piercings e até mesmo de alterações estéticas mais complexas, que pareciam totalmente reais para quem as via, mas eram facilmente removíveis mediante a aplicação do estimulante químico correto. Nada disso a assustava, mas tinha certeza de que a Guardiã cometera algum engano: Juliano a trouxera até aquele lugar, ele tinha um plano. A mulher parecia acreditar que ela estava no comando.

— Você deve estar brincando! — disse Juliano. — Essa aí não saberia nem o que comeu no café da manhã se não fosse por minha ajuda. Acha mesmo que ela sabe onde está e de onde veio? Ela brinca de se transformar a cada esquina, tem medo até da própria sombra... Vive exaurida e nem é capaz de se lembrar direito da última vez em que estivemos juntos antes que eu a resgatasse da vigilância. *Mariah* é o nome dela, acredita? Mariah! Sabe por quê? Pode imaginar? Tomar para si o nome de um personagem de ficção?

— Somos todos personagens de ficção, de certa maneira, meu jovem — disse a Guardiã.

Apesar das palavras gentis, Mariah não conseguiu evitar as lágrimas que a enchiam de vergonha. Esse era o mesmo menino que a beijara, que a fizera sentir-se segura, que a atraíra para aquele lugar. Que tipo de traição ela poderia ter cometido para que ele a desprezasse dessa forma? Que tipo de pessoa cruel e sem sentimentos ela devia ter sido para gerar nele tamanha repulsa? O sentimento tinha estado lá, vívido, cheio de esperança: o sentimento de ter encontrado alguém com quem pudesse compartilhar coisas boas, ainda que não houvesse muitas em sua vida.

— Já se esqueceu de que eu tive de resgatá-la do conto de fadas que estava vivendo? — continuou o menino. — Acredita que ela se enfiou na casa de uma mulher qualquer, uma prostituta virtual comum, e começou a viver como se fosse sua filha?

É dele que estou fugindo. A Guardiã abraçou a menina, como se lesse seus pensamentos.

— Estava lá, em um apartamento imundo, decidida a chamar a pobre diaba de mãe e viver como uma pessoa comum. Pode imaginar a bagunça quando ela viu o que sua *filhinha* era capaz de fazer, não é?

Um único pensamento dominava a mente de Mariah: *Por favor, diga que eu não a matei!* Lembrava-se claramente da doçura da mulher, de como ela a punha em seu colo e trazia os biscoitos de que ela gostava todo dia após o trabalho.

— Uma vez mais, eu tive de ir lá, resgatá-la e limpar a bagunça! Eu sempre fui o único protetor dela! O único!

— Eu não a matei! — disse Mariah, levantando o rosto para encarar o menino. — Eu nunca teria matado aquela mulher! Ela foi a única mãe que eu conheci!

Juliano parecia saborear o momento.

— Gosto muito mais assim, sabia? — disse ele. — Essa coisa de quieta e bem-comportada não combina muito com você.

— Eu não a matei! — gritou a menina, postando-se a centímetros de distância de Juliano.

— Não precisou, lindinha, o susto foi mais do que suficiente...

O gosto com que ele a torturava, o sarcasmo em seus olhos, o fato de que ela não se lembrava de algo importante para ela, o conhecimento de que ela fora, ainda que indiretamente, responsável pela morte de sua mãe eleita... Não sabia como lidar com todas aquelas informações novas, não sabia em quem confiar, não sabia quem era...

Então, a escuridão.

— Bom dia, minha querida! Você deve estar cheia de perguntas para me fazer, mas primeiro precisa se alimentar...

Era a voz da Guardiã.

Mariah estava deitada no chão do grande salão, enrolada em uma manta confortável, com um travesseiro fofo sob a cabeça. A seu lado, uma enorme quantidade de frutas e potes de salada, uma jarra de leite que parecia fresco e um copo, à sua espera.

— Onde ele está? — perguntou.

— Ele está bem, querida... Mal sabe ele como tem sorte de ter alguém como você a seu lado.

Novamente, a Guardiã se referia a ela como uma espécie de protetora de Juliano. A confusão devia estar estampada em seu rosto, pois a senhora riu e comentou:

— Eu sei, eu sei... Acalmá-lo pode ser bem difícil e há muito ainda que você não sabe. Mas, querida, se não for pedir muito, alimente-se. Sei que você deve estar com fome... Posso garantir que ele está bem e não sofrerá nenhum arranhão até podermos terminar de conversar... Temos muito o que conversar!

A menina sentou-se e, sem muita hesitação, começou a comer vorazmente o conteúdo dos potes a seu lado, mal sentindo o sabor da comida. Estava verdadeiramente faminta. Antes de deixar o salão, por uma passagem embutida na parede ovalada, a Guardiã comentou baixinho:

— Posso garantir também que você não está perdida. Está exatamente onde deveria estar. Você veio até aqui, entende? Foi uma escolha!

Dizendo isso, saiu.

Mariah não se lembrava da última vez em que passara mal de tanto comer e, por mais que seu estômago doesse, a sensação de plenitude, acompanhada por um leve enjoo, era um alívio. Ainda sem conseguir analisar nada, sem conseguir encarar os fatos das últimas horas, voltou a dormir. Um sono sem sonhos.

Acordou com alguém a sacudindo e uma voz masculina repreendendo-a:

— Vocês foram muito insensatos arrombando uma nave e trazendo-a para cá!

A Guardiã, Juliano e outro homem, de rosto muito familiar, estavam retirando os vestígios de habitação do salão — sua manta, os vasilhames de comida, os ascensores ancorados nos rodapés da parede. Juliano parecia estar sob controle. Mariah podia ver a passagem retrátil claramente agora: um recorte retangular que dava lugar a um corredor escuro. Do lado de fora, ruídos de passos pesados — *talvez botinas militares*, imaginava — nos tacos de madeira do salão vazio. O homem puxou-a corredor adentro, seguido pelos demais, apertando um botão dourado no teto baixo para fechar a passagem. O corredor era longo e terminava em um recinto cujo chão era forrado por material almofadado, confortável. Enquanto se acomodavam no chão como podiam, Mariah tentava controlar a sensação claustrofóbica, respirando lenta e profundamente. O homem — *tão familiar!* — começou a acariciar seus dedos, como para confortá-la, mas nenhum deles fazia barulho algum. Mesmo o som de suas respirações parecia algo distante.

Mariah ouviu um ruído muito forte acima de sua cabeça, um ribombar semelhante ao de uma porta batida com força. O carinho em sua mão converteu-se em suave aperto, sem, no entanto, machucá-la. Ouviu um clique e uma faísca azul surgiu diante dela: um despistador pairava em meio aos quatro, iluminando-lhes o rosto. A Guardiã estava à sua direita, Juliano estava à sua frente e o homem, à sua esquerda. Quando se virou para observá-lo, encontrou um par de olhos castanhos que estudavam atentamente seu rosto e enrubesceu.

Aquele era Paulo. Mariah se lembrava de seu primeiro encontro, mas não se lembrava de como havia terminado. *Se eu pudesse escolher um pai, como um dia escolhi minha mãe, seria ele.* Paulo começou a escrever uma mensagem na palma da mão dela, letra a letra.

V-A-I-F-I-C-A-R-T-U-D-O-B-E-M.

Sentada, Mariah percebeu que escolhera a posição mais confortável para uma longa espera: a Guardiã estava ajoelhada; Paulo e Juliano, acocorados. O tempo já não fazia sentido e ela precisava se ocupar de alguma forma. Imaginou que podia aliviar o desconforto dos demais e descobriu-se mentalizando ondas de alívio que partiam de seu coração e englobavam a todos eles. A atividade fazia com que se sentisse melhor, mesmo que provavelmente não tivesse efeito algum.

Decidiu levar o exercício mais longe, inofensivo como era, e pôs-se a imaginar quem seriam os invasores do salão das memórias. Configurou as figuras de quatro homens e uma mulher, vestidos com trajes militares verde-escuros e máscaras negras. Viu-os tentando abrir a porta de trás do galpão aparentemente abandonado, usando um maçarico. Imaginou que alcançava a mente deles e deixou-se levar pelas imagens que a invadiam...

Um dos homens pensava no filho, enquanto operava o maçarico gigantesco, mirando um dos cadeados à direita da porta. Outro homem servia como apoio, segurando a parte de trás do instrumento, e pensava na irmã, que estava detida em um Centro de Tratamento desde que ele tinha dezessete anos. Não se sentia bem fazendo aquele trabalho de caça, mas tinha a esperança de que, quanto mais chegasse perto dos escalões realmente poderosos do governo, mais perto chegaria de um dia saber do destino de sua irmã. O terceiro homem examinava o piso de madeira. Aquele piso lembrava muito o galpão que o tio, um dia, havia emprestado para que ele construísse uma nave de sucata.

Uma nova imagem do primeiro homem: seu filho era um Especial que ele buscava, a qualquer custo, proteger do governo. Acreditava que fazer parte da vigilância o elevaria ao nível de "acima de qualquer suspeita". Era um menino alto, forte, que muitas vezes se transformava por acidente e acabava desconhecendo os membros de sua família. A mãe insistia em entregá-lo às autoridades, mas o pai procurava mantê-la sob controle, temendo o dia em que voltaria para casa e descobriria que o filho não estava mais lá. Perdera a confiança na mulher que amava.

O quarto homem examinava o trabalho a distância, junto à mulher. Estava perdidamente apaixonado por ela, mas aparentemente não era correspondido. A mulher se chamava Sarah e desconfiava de qualquer pessoa que se aproximasse dela, pois tinha um histórico de homens abusivos em seu passado, com os quais já sofrera muito.

Mariah procurou concentrar-se em todos e em cada um deles. Enviava mensagens de que aquela seria uma busca infrutífera e de que deveriam voltar para o quartel-general. Por um instante, sentiu-se mal por invadir a privacidade daquelas pessoas dessa maneira e sentiu que sua influência, seu elo com aquelas mentes, diminuía. Mas lembrou-se do risco que estava correndo e voltou a se concentrar. Fechando os olhos, enviou mensagens de bem-estar, somadas a uma certeza de que nada havia naquele galpão abandonado. Aquele não era o lugar em que residiam suas promoções, onde encontrariam o grupo de Incompletos que os faria parecer competentes perante seus chefes.

Os pensamentos do primeiro homem foram se voltando para casa, preocupado, como se uma intuição o informasse de que ele não deveria estar ali. Abaixou o maçarico, enxugando o suor que pingava de sua testa, retirou a máscara e disse:

— Isto aqui é correr atrás do próprio rabo!

O quarto homem, postado junto à mulher, lançou-lhe um olhar de amizade e interesse, e ela, pela primeira vez, correspondeu.

— Também acho... — disse ela — *Vamos parar de tentar chegar ao outro lado do nada, por favor.*

Ela era a chefe. Em poucos minutos, tinham deixado a casa, atrelado a nave abandonada a seu próprio veículo e partido com o informe de que não havia sinal dos detratores na zona sul da cidade.

Quem dera tudo pudesse ser resolvido em sonhos... Mariah sentia-se muito cansada. De repente, ouviu um novo estalo e palmas. A cela se encheu de luz. *O que está acontecendo?* A Guardiã, Paulo e um Juliano muito assustado estavam de pé. *Vamos ser capturados!* Mas Paulo retirou barras de ração de uma caixa em um dos cantos da sala, oferecendo uma a cada um dos presentes. A ração tinha gosto de serragem, mas Mariah, a única que permanecia sentada, não reclamou. Devia ser algum tipo de energizante, pois sentiu seu corpo leve e disposto momentos depois de ingeri-la. *Eles não estão mais em alerta.* Não conseguia entender. Juliano ofereceu-lhe a mão, como para ajudá-la a se levantar, e ela aceitou, somente para perceber que suas pernas não respondiam a seus comandos. Paulo apoiou suas costas em um de seus braços e as pernas em outro, levantando-a no colo e gerando um olhar de ciúme em Juliano.

— Acho que podemos subir — disse a Guardiã.

Mariah estava cansada demais para desconfiar da mulher. Precisava se preparar para fugir. Não queria entender a situação. Só queria colocar a maior distância possível entre ela e aquela gente. Alguns dias em companhia de outros seres humanos e ela já estava se sentindo parte daquele grupo. Precisava escapar da armadilha que havia criado para si mesma o quanto antes.

Paulo carregou-a por todo o trajeto até o salão abobadado. Sentia-se zonza e sonolenta, mas não o suficiente para ignorar a mudança sutil na expressão de Juliano. *Ele me respeita.*

— Como você fez aquilo? — perguntou o menino, assustado. — Como você conseguiu afastá-los daqui? Tanta gente? E ao mesmo tempo? Como conseguiu entrar na mente deles de tão longe?

Tinha acontecido mesmo? Era irônico que nunca soubesse ao certo quem era ou o que estava fazendo, a não ser pelas palavras de outros. Mas em que outros poderia confiar?

— Ela tem outra intenção ao usar o Dom, Juliano — disse a Guardiã.

— Isso a torna muito mais poderosa do que aqueles que querem simplesmente afugentar ou assustar alguém — completou Paulo.

Eles acham que fui eu. Paulo depositou-a no chão, ao que ela se encolheu instintivamente.

— Mas foi exatamente isso que ela fez: afugentou os milicos daqui! — disse Juliano.

— É a intenção que conta — disse Paulo. — Ela não tinha a intenção de machucá-los, somente de se proteger...

— De nos proteger, Juliano — disse a Guardiã.

Mariah estava encolhida no chão, ouvindo cada comentário, buscando algum rosto de vez em quando, como quem quer ter certeza do que está ouvindo, e voltando seu olhar para as paredes em seguida. *Acho que já vi essas fotos antes...*

— Não é a primeira vez que ela faz algo assim... — disse a Guardiã. — Você deve muito a essa menina... Nós todos devemos muito a ela. Nem Paulo conhece toda a história. Somente eu posso te dizer como começa e como termina. Se bem que... sejamos francos... ainda está longe de terminar, se eu a conheço bem...

Mariah focou o olhar em uma foto na parede repleta de lembranças... Uma foto, talvez vista em sonhos, em que uma menina de cabelo castanho, rajado de um brilho dourado, sorria. E havia uma mulher, o rosto borrado sob uma mancha escura que podia ser de óleo. *Minha mãe?* Não conseguia desviar o olhar do sorriso daquela menina, puro e inocente. Já não se importava com o fato de não saber quem eram seus pais, qual era seu nome, quem um dia tinha sido. Bastava-lhe a certeza de que, um dia, devia ter sido tão feliz quanto aquela menina.

Tentou sentar-se, apesar da cabeça que parecia rodopiar, e firmou-se com os braços ao lado do corpo. Paulo e a Guardiã dedicavam-se a trazer de volta as coisas que haviam sido retiradas da sala às pressas, entre elas o cobertor com que Paulo voltou a enrolá-la e uma manta que não tinha visto antes, com que a Guardiã enrolou Juliano.

— Todos nós devemos muito a ela, sem dúvida — disse a Guardiã. — É chegado o momento de dar-lhe um pouco de paz. Quem sabe responder a algumas de suas perguntas.

Mariah viu que a mulher se aproximava e trazia algo em sua mão, algo reluzente. Sentiu a picada antes de poder fugir e seus últimos pensamentos foram sobre como tinha sido idiota deixando-se ficar em companhia de estranhos por tanto tempo. Antes que perdesse a consciência, seu olhar voltou a buscar a foto da menina feliz abraçada pela mãe.

Um dia, com certeza, tinha sido feliz assim. E isso tinha de bastar.

CAPÍTULO 5

a comunidade

— Especial 203456 — série Alpha/322.

O chamado, feito pelos alto-falantes da estrada, ecoava em sua mente. Tinha sonhado que estava em uma sala de aula e a professora explicava a ela e a todos como funcionavam os códigos atribuídos a cada um de sua espécie. O único problema é que a mulher utilizava uma língua estranha, rebuscada, e a única coisa que fazia sentido era sua identificação escrita no quadro. Ela tentava fazer perguntas: "Havia mais de vinte mil Especiais espalhados pelo mundo? O que significava série Alpha?". Mas a professora não entendia seus questionamentos.

Acordou sabendo que não se tratava de uma lembrança. Ao abrir os olhos, viu um teto branco, desfocado, que aos poucos ganhou contornos. Viu postas de massa aplicadas como para resolver vazamentos ou retocar falhas na pintura. Rachaduras e marcas negras que podiam ser insetos pousados. O teto parecia limpo, apesar das falhas: não via teias de aranha nem indícios de poeira.

Não conseguia mover o pescoço, coluna ou membros. No entanto, sabia que não estava presa: sentia o toque de um tecido suave, que poderia ser uma camisola leve, e o corpo pesado, talvez sob o efeito de drogas. Lembrou-se da injeção.

— Você não é quem pensa que é — assegurou-lhe a voz da Guardiã.

— Eu não penso ser ninguém. Não sei quem sou — disse Mariah.

Como não conseguia se mover, não podia virar-se e reconhecer o ambiente. Sabia que a voz vinha de seu lado direito, mas não alcançava ver sua dona.

— Tem algo que queira perguntar? — disse a voz feminina.
— Sim.
— Pergunte.
— Qual é seu nome?

Ouviu uma risada leve, gostosa, o que a deixou profundamente irritada. Estava farta de ser contida, aprisionada, confundida e dopada por pessoas de quem nem ao menos conhecia o nome. Parecia-lhe uma pergunta justa.

— Mariah. Meu nome é Mariah.

A menina queria gritar de ódio diante da brincadeira de mau gosto. No entanto, não sentia na voz da mulher nada que pudesse levá-la a concluir que zombava dela.

— O *meu* nome é Mariah.

— Não, querida, esse foi o nome que você escolheu para você. Não deve ter sido só por causa do filme. Você já me conhecia. Já tinha estado comigo antes. Eu não sei seu nome. Juliano costumava chamá-la de Alpha, por causa do código. Ele é um Beta, mas sempre soube que Juliano era seu nome de nascença. Está muito cansada? Pode continuar?

— Sim.

— Tem mais perguntas?

— Por que a injeção?

— Eu sinto muito por isso. Era um relaxante muscular. Seu corpo dava sinais de fadiga extrema. Também sou enfermeira, sabe?

— Estou em um hospital?

— Não, um hospital comum a deteria imediatamente. Tivemos de trazê-la para o único local seguro para aqueles que são como você: a Comunidade.

— Eu já estive aqui antes.

— Sim, neste mesmo quarto, consegue se lembrar?

— É só uma intuição.

Ficaram alguns instantes em silêncio. A menina pensou ter visto a sombra de alguém cruzando o ponto em que a parede chegava ao teto. Sentiu frio quando uma brisa bateu onde estava deitada e calculou que havia uma janela no lado direito, onde

Mariah estava sentada. Era difícil pensar na Guardiã como sendo Mariah e nela mesma como não tendo um nome. *Alpha, sou apenas Alpha...* No entanto, acreditava na mulher.

— Paulo mora aqui?

— Moro — disse a voz masculina de que tanto sentira falta, sem saber por quê. — Tenho uma casa na cidade, uma profissão, todo o necessário para não parecer suspeito. Mas meu real trabalho é aqui...

— Por que me ajudar?

— É meu trabalho. Eu treinei para não ser afetado pelo Dom e me dedico a recuperar aqueles que andam perdidos por aí e trazê-los pra cá. Também estudo formas diferentes de usar o Dom, que não envolvam perda de memória, gasto excessivo de energia...

— Por que eu estava fugindo de Juliano? — interrompeu a menina, sem entender bem a que ele se referia.

Silêncio. Ela podia ouvir o ruído de brisa entre árvores em algum lugar lá fora e continuava sentindo frio. Alguém deve ter reparado, pois logo sentiu um tecido mais grosso cobrir-lhe do peito para baixo, enquanto mãos hábeis prendiam as pontas por baixo de suas pernas.

Sentiu que sua pergunta permaneceria sem resposta, o que era uma pena, já que estava gostando de ter algumas respostas diretas pelo menos uma vez na vida. Confiava no que lhe diziam, ainda que parecesse não ter motivos para isso.

— Aquelas fotos... no salão oval... são da minha mãe?

— Achamos que sim — disse Mariah.

— Mas não têm certeza?

— Não podemos ter, querida — respondeu a mulher. — Só guardamos tudo o que conseguimos encontrar quando um Especial é detido. Esta é a minha função real: existem outras Guardiãs como eu, espalhadas pelo mundo, que se dedicam a guardar esses fragmentos de memórias para aqueles que venham em busca delas.

Você deve ter percebido que nossas portas têm um mecanismo que só um Especial, transformando-se parcialmente, pode ativar. Claro que, eventualmente, caso você não tivesse interferido, a porta teria cedido. Consegue se lembrar do que passamos juntos, naquela sala?

— Sim. Juliano uma vez me mostrou em um sonho que me conhecia por causa daquelas fotos.

— Isso era o que *ele* conseguia lembrar — disse Mariah. — É claro que ele também era afetado e acabava perdendo algumas memórias toda vez que se transformava. Na verdade, vocês já se conheciam desde antes. Vocês têm uma ligação muito especial. Por isso conseguem trabalhar juntos, se transformarem juntos...

A menina sentia que seu pescoço formigava, bem como suas pernas e braços. Arriscou mover a cabeça em direção às vozes e viu a Guardiã e Paulo sentados bem perto dela, com uma expressão um tanto confusa, como se decidissem até que ponto revelar o que sabiam. Não tentou levantar.

— Como assim?

— Os primeiros Especiais foram criados em pares... — disse Paulo. — Daí vem a capacidade de vocês de trabalharem seus poderes juntos, em sincronia.

Algo naquela frase não se encaixava bem com nada do que ela compreendia como Dom. Sentiu o cansaço invadir-lhe a mente, mas não podia deixar passar a oportunidade de esclarecer de uma vez por todas em que estava metida. Encarou os dois com a maior firmeza que conseguiu, considerando seu estado, e perguntou:

— Criados?

O casal se entreolhou. Paulo fez menção de falar, mas desistiu. Parecia estar buscando a forma correta de se expressar.

— Fale! — disse a menina, com o resto de autoridade que encontrou.

— Os Especiais, as pessoas que possuem o Dom, como você, foram criados...

— ... pelo governo — completou a menina.

O impacto de suas próprias palavras, atingindo-a à medida que as pronunciava:

— Experimentos controlados...

Centro de Tratamento Axion — Plataforma Treze. As lembranças de um sonho induzido por Juliano, um sonho lúcido, surgiam com força de sua memória profunda. A dor lancinante, sondas intravenosas...

— Por quê? — perguntou ela.

— Na verdade, não temos como saber... — disse Mariah. — Só podemos supor, mas não temos como definir...

— Diga a verdade — suplicou a menina, quase em um sussurro.

— Armas — respondeu Paulo.

Armas invencíveis! Armas que acabariam com as guerras convencionais. Batalhas inteiras travadas na surdina, atingindo somente os altos escalões do poder que, com o pedido de um velho fantasma personificado, acabariam por entregar seus maiores tesouros, sem maiores constrangimentos. *Isso não faz sentido... Se somos vários pelo mundo afora, a que governo pertencemos?* Mas os destinos da política internacional não lhe interessavam em nada naquele momento.

— Como posso ter uma família, então?

Paulo se aproximou e sentou-se na beirada da cama, segurando novamente suas mãos. Lembrou-se da firmeza e gentileza com que lhe acariciara as mãos no escuro, dando-lhe segurança. Ele suspirou. Naquele momento ao menos, era seu pai. Ela podia sentir como era importante para ele contar toda a história, ainda que fosse difícil.

— Houve uma época, há quase trinta anos, em que a violência cresceu absurdamente. Muitas crianças começaram a cometer atos antes impensáveis para pessoas tão jovens: crimes muitas vezes hediondos... Havia os que defendiam que essas crianças tinham nascido com propensão à maldade e sem condições de entender o mínimo sobre a moral e a convivência entre seres humanos. Os pais, professores, os adultos em geral, não queriam ser responsabilizados pelos modelos cada vez mais violentos que estávamos gerando para aqueles que chegavam ao mundo. Começaram a defender teorias de que a violência era natural em algumas pessoas. Defendiam que as crianças que cometessem crimes deveriam ser presas, tratadas à base de medicamentos poderosos, assim como os adultos.

— O número de crianças criminosas atingiu níveis assustadores — continuou Mariah. — Todos estavam apavorados e queriam uma solução rápida e eficiente para o problema. Não conseguiam acreditar que pudessem estar ensinando a violência...

— Não queriam ser os culpados... — disse Paulo. — Preferiam acreditar que era um fenômeno natural ou, para alguns religiosos, o indício do fim dos tempos... Queriam alguém que arrumasse a bagunça que eles mesmos tinham feito, alguém que assumisse a responsabilidade por eles...

— O governo propôs, então, um observatório em cada escola, cada creche, cada espaço de convivência comunitária — disse Mariah. — Lugares em que especialistas pudessem monitorar o comportamento de crianças até os seis anos e indicar quais delas teriam propensão ao desenvolvimento de atitudes violentas no futuro. Esses especialistas eram agentes de saúde, enfermeiros, médicos, psicólogos e psiquiatras, educadores em diferentes áreas, treinados para mapear o comportamento infantil, com base em um estudo dos antecedentes de cada uma das crianças que tinha cometido crimes hediondos nos últimos dez anos. Eu fui selecionada... e achei que estava fazendo um bom trabalho, achei que poderia influenciar certas decisões, por gostar muito de crianças. Sua primeira transformação foi em mim, lembra? Eu estava com duas crianças que acompanhava em uma creche e você se transformou em meu pai...

A menina estremeceu. Tinha claro o registro de ter o corpo esgarçado, brutalmente alterado, pela primeira vez. *Um sanduíche, um músico e a mulher negra com uma túnica multicor...*

— Eu mudei bastante, eu sei... Foi a primeira vez que eu vi uma transformação diante dos olhos... Eu já trabalhava como observadora de crianças havia cinco anos e tinha ouvido boatos. Nunca mais tinha notícias das crianças... nem podia visitar as crianças que indicava para tratamento... Comecei a achar tudo aquilo muito suspeito, mas precisava do dinheiro e ouvia indiretas de que alguma coisa acabaria acontecendo comigo caso eu demonstrasse insatisfação. Havia boatos, entre os observadores, de que as crianças eram levadas para um Centro de Tratamento fora da cidade e nunca mais voltavam. Só que, naquele dia, eu te vi pela janela da lanchonete... Minha primeira sensação foi de estar feliz porque você estava feliz e porque talvez os boatos não fossem verdade. Talvez o tratamento que as crianças recebiam fosse mesmo eficaz e todas acabassem muito bem. Eu te vi e virei o rosto: não achei que fosse gostar de me ver!

— Por quê? — perguntou a menina.

— Porque fui eu quem te indicou para tratamento.

Por isso ela teve mais acesso às minhas fotos do que qualquer outra pessoa. Por isso ela se preocupava comigo. A pior sensação era de não poder se mexer, não poder fazer nada. Pegou-se respirando lenta e profundamente, quase como se tivesse sido treinada para isso. Algo sugeria que ela tinha mesmo recebido um treinamento. *Não sou nada mais que uma arma.*

Procurou afastar o pensamento e se concentrar em respirar.

— Então...você deve saber meu nome...

— Eu não sei! Juro que não sei! Era parte de nosso treinamento não ter nenhum envolvimento com a família das crianças ou saber de detalhes da vida delas... Supostamente, isso deveria garantir um julgamento imparcial, baseado somente nos parâmetros para os quais havíamos sido treinados pelo programa. O Programa Antiviolência... — Mariah completou, em tom triste. — Eu sabia que era loucura, mas achei... achei que era melhor uma pessoa boa, com boas intenções como eu, fazendo esse serviço sujo, do que qualquer um que fosse indicar todos os pobres, todos os desvalidos, aqueles que se vestissem mal ou...

Mariah se desfez: a capa de sabedoria e introspecção transformando-se em horror. Paulo não fez menção nenhuma de ajudá-la enquanto as lágrimas escorriam pelas cheias maçãs de seu rosto e as mãos desalinhavam os cabelos, agora trançados... A menina gostou de saber que ele não a apoiava totalmente: que cada um lidasse com sua culpa, da maneira que parecesse mais apropriada. Sentiu seu corpo voltar a pertencer-lhe, aos poucos: moveu as mãos, os pés, flexionou os joelhos...

— Eu não comia mais! — disse a Guardiã. — Estava desempregada há meses, dependendo de caridade... Precisava do emprego! Você já me perdoou duas vezes pelo que fiz e não sei se vai ter a bondade de me perdoar pela terceira vez... Não importa! O que eu fiz não tem perdão porque eu mesma nunca consegui me perdoar. Mas você precisa me ouvir porque não estou mentindo... eu descobri como as coisas aconteciam e preciso, uma vez mais, te contar.

Ela está certa. Não importava que tipo de sentimento nutrisse por ela; naquele momento, precisava de sua ajuda e, acima de tudo, precisava de suas lembranças.

— Prossiga — disse Paulo — e procure se controlar.

A menina levantou-se. *Sou Alpha, apenas Alpha...* Tocou o chão com um dos pés e conseguiu firmá-lo o suficiente para ficar de pé. Do lado de fora, um sol forte e amarelado tingia a entrada do bosque que ela agora conseguia ver, movendo o pescoço com dificuldade.

— Trabalhávamos em duplas. Conhecíamos melhor as crianças que observávamos diretamente, mas o veredicto final sempre era dado por alguém de outra dupla. Os observadores diretos faziam um relatório sobre as crianças que consideravam suspeitas e nos passavam uma semana antes da visita final. Nós éramos encaminhados de tempos em tempos a observar esses casos já selecionados e dar o voto de minerva. Eu procurava não indicar ninguém, mas minha chefe estava me pressionando, exigindo resultados. Recebi seu relatório há exatos dez anos: você devia ter cinco ou seis anos. Dizia que era uma criança hiperativa e com dificuldades de obedecer a ordens. Gostava de brincar com as imitações de armas que os meninos levavam para a escola e jogava videogames extremamente violentos. Não fazia amigos com facilidade, embora tivesse aprendido a ler com muita rapidez. Em cinco ocasiões, tinha sido violenta com seus colegas: batera na cabeça de um, pegara a mochila de outro sem autorização e se recusara a devolver, enfrentara a professora dizendo que não queria fazer o dever proposto e batera nela uma vez, demonstrando revolta.

As palavras jorravam da boca de Mariah. A menina ouvia, agora muda de espanto, lembrando-se das palavras de Juliano. *Essa coisa de quieta e bem-comportada não combina muito com você.*

— Quando eu cheguei, naquele dia, como observadora externa, um acidente acabou mudando todo o seu destino: você bateu em um colega e saiu de sala, furiosa, porque ele a chamara de algum nome feio, nem me lembro mais do quê... As observadoras diretas me questionaram: disseram que eu não podia deixar esse tipo de comportamento passar. E eu te indiquei. Te indiquei e disse a mim mesma, sem acreditar, que era para o seu bem, era o melhor que eu podia fazer...

A Guardiã desabou na cadeira onde estivera antes: uma velha senhora sem forças para continuar. Respirou fundo, enxugou as lágrimas que começavam a borrar-lhe a pintura do rosto, mas não conseguia seguir falando. A menina sentiu suas pernas fraquejarem. Paulo tentou apoiar suas costas e dar-lhe firmeza, mas ela recusou sua ajuda, sentando-se novamente na cama.

— Você... você me deve isso... ao menos isso... a minha história até o final.

Mariah levantou o rosto, encarando a menina. Havia terror em seu olhar.

— Um ano depois, eu te vi no restaurante e você se transformou. A princípio eu fugi, assustada, mas não fui longe: me encolhi atrás de uma lata de lixo, em uma esquina próxima, e voltei antes de que a ambulância chegasse para recolher o rapaz. Busquei quem te acompanhava, na mesa do restaurante e vi uma criança, da sua idade, que me parecia familiar... Talvez alguma das muitas crianças a quem eu havia observado... Te peguei no colo e te levei à minha casa. Sua pele... estava... diferente e eu acabei te machucando... — disse ela, voltando a chorar. — A cicatriz, no seu queixo, eu tentei limpar a sujeira e... o próprio pano...

A menina levou a mão involuntariamente ao queixo, sentindo a cicatriz em forma de pera.

— O menino... era Juliano? — perguntou ela.

— Sim — respondeu a Guardiã. — Mas eu só descobri isso depois... Eu comecei a organizar minha vida para sair da cidade. Já tinha algum dinheiro guardado e precisava abandonar meu trabalho sem levantar suspeitas. Mas queria recolher o máximo de informações que pudesse sobre você e sobre o que te acontecera, o que verdadeiramente acontecia com as crianças que indicávamos... Descobri que uma das observadoras também estava mais interessada em evitar novas indicações ou ajudar aqueles que ficavam do que seguir o trabalho. Você a conhece: seu nome é Carmem.

— Mas Carmem é uma Especial! — disse a menina.

— Entenda. O trabalho que estávamos fazendo era muito perigoso. Juntamos algumas informações: as crianças indicadas eram levadas ao que chamavam de Triagem — todos os documentos de identificação, fotos, roupas, ficavam por lá. Os pais eram orientados a levar todos os pertences pessoais das crianças, supostamente para que elas se sentissem mais à vontade no Centro de Tratamento para onde iriam depois. Caso não obedecessem, tinham a casa invadida em busca por vestígios da existência dos filhos. É claro que tudo ia parar no lixo, em trituradores, incineradores, e nos dedicamos a conseguir uma licença especial para trabalhar na Triagem e recolher vestígios das vidas que tentavam apagar... Mas Carmem foi descoberta. Foi a única jovem adulta de que eu tive conhecimento a ser levada para um Centro de Tratamento: ela estava com dezenove anos na época.

— Por que nos soltaram então? E por que perseguir algo que eles mesmos criaram?

Paulo, que até aquele momento estivera quieto, segurando a mão da menina, fez menção de falar.

— Fazia parte do plano — ele disse.

Ele também faz parte disso. A menina desvencilhou sua mão da dele. Achava que não suportaria outra revelação.

— Eu sou engenheiro: minha especialidade é a engenharia genética. Fui chamado, há trinta anos, para participar de um projeto de pesquisa que alteraria o genoma humano para que aqueles que sofressem acidentes, perdendo um de seus membros ou afetando o funcionamento de algum de seus órgãos vitais, pudessem se regenerar. Havia indícios de que a regeneração por estimulação nervosa era possível, prática, e, com pequenas alterações genéticas, poderia passar a fazer parte da raça humana, transmitida de geração a geração, permanentemente.

A menina imaginou como seria ver crescer outro braço no lugar de um que tivesse sido amputado. Por mais que estivesse acostumada a habitar outros corpos, seria completamente diferente ver algo assim acontecer, espontaneamente, com o próprio corpo.

— Eu acho que alguns dos cientistas envolvidos realmente acreditavam no projeto — continuou Paulo —, mas os resultados eram mínimos, não impressionavam os investidores e logo passamos a ser uma espécie de centro de captação de cientistas promissores para outros projetos governamentais. No início, recebíamos tarefas tão descontextualizadas que nem sabíamos para que serviriam no final. Só podíamos imaginar... Caso nos negássemos a produzir alguma coisa, diziam que o projeto pelo qual éramos originalmente pagos era um fiasco e que, se quiséssemos defender nossas posições, faríamos o que nos mandassem fazer. Eu era bom no meu trabalho e logo tive acesso a informações mais detalhadas sobre o principal projeto governamental que devíamos agilizar: o Raça Alpha.

Um calafrio percorreu a espinha da menina. *É isso que eu sou.* Paulo buscou novamente sua mão sobre o lençol, mas ela encolheu o braço.

— A ideia era criar mutações por meio das quais agentes secretos pudessem se transformar no pior pesadelo de seus inimigos: literalmente. Fui informado de que realizaríamos pesquisas em elementos da sociedade que já tinham tendências comprovadamente violentas e não se encaixavam em trabalhos de grupo. Fui terminantemente contra: não podíamos experimentar em seres humanos sem consentimento. Só anos depois descobri que, além de tudo, eram crianças...

Ele abaixou a cabeça e seguiu:

— Eu acompanhei muito pouco do processo: questionava, me recusava a participar das reuniões, insistia que estava ali para tratar de regeneração, e não do implante de mutações... Naquela época, eu tinha certa fama, certa notoriedade no meio acadêmico, e acredito que, por conta disso, não puderam me calar com tanta facilidade. Cheguei a dar uma entrevista para a televisão, que obviamente nunca foi ao ar, e depois disso fui retirado do projeto e passei a dar aulas em uma universidade em São Custódio. Não podiam rebater o golpe em forma de reprimenda profissional, mas conseguiram me atingir por meio de meu bem mais precioso...

— Sua filha foi indicada — disse a menina.

— Ela simplesmente desapareceu e, quando fui ao tal Centro de Triagem, descobri que minha casa havia sido arrombada, todos os seus pertences haviam sido levados e, como ela estava em poder deles, eu tinha medo de organizar qualquer campanha pública que pudesse trazê-la de volta. Foi quando conheci Mariah e compreendi de onde vinham as pessoas em que o governo pretendia testar suas descobertas.

— Perceba, querida — disse Mariah, aproximando-se da cama. — O projeto sempre foi este: implementar as alterações e soltar os Especiais no mundo, fora de seu ambiente familiar, longe das pessoas que conheceram, para ver se eles resistiriam como espiões. Somente um espião que pudesse verdadeiramente se misturar aos Comuns, apesar de suas capacidades, seria útil para o projeto. Eles liberaram alguns com famílias adotivas, todas compostas por cientistas membros dos grupos de estudo, pessoas que entenderiam qualquer *acidente*.

— Mas eles subestimaram, uma vez mais, a intenção humana — completou Paulo. — Houve fugas, depredação de Centros... Mesmo entre aqueles que foram liberados em famílias adotivas, houve muitos acidentes. Histórias foram plantadas na mídia sobre um novo tipo de mutação que deveria ser detida e deram início à campanha...

— Um ano para colocar todos nós de volta nos Centros... — disse a menina.

— Os Centros passaram a ser informatizados, mas nem isso impediu as fugas — disse Paulo. — E eles nunca desistiram totalmente do projeto original: de controlar o incontrolável... Produziram as séries Alpha e Beta, complementares, e chegaram a produzir três séries mais. Vocês são milhões no mundo inteiro... O projeto passou a ser compartilhado entre governos e ainda existem aqueles que pretendem se apropriar de vocês para gerar exércitos imbatíveis.

— E Juliano? — perguntou a menina.

— Vocês fugiram — disse Paulo. — Depois de um ano em um Centro de Tratamento, fugiram e conseguiram viver por alguns anos em meio a nós, sem serem pegos. Juliano sempre foi muito bom com a tecnologia e sonhava em criar seu próprio GNO de resistência. Arregimentava reuniões, convocava membros, mandava mensagens pela Rede incentivando Especiais a se verem como superiores e tomarem o poder, mas nunca foi muito longe... Graças a você!

— Por que estávamos juntos naquele dia?

— Vocês tinham acabado de fugir — disse Mariah. — Ou, ao menos, foi isso o que você me contou quando se recuperou em minha casa...

— Por que ele dizia que eu tinha traído sua confiança?

Silêncio, alguns minutos de brisa e folhas de árvore distantes.

— Bem... — disse a mulher. — De certa forma, foi isso que você fez. Você também tinha uma função, querida, da qual não consegue se lembrar agora. Uma missão pela qual era bastante apaixonada. Ninguém era capaz de detê-la quando começava sua busca. Já saíra em missão duas vezes antes, mas nunca tinha ido tão longe. Temi por sua segurança, pensei que não voltaria a vê-la. Juliano pode ser muito perigoso, mas você estava determinada.

— Determinada a quê?

Paulo se levantou e foi até a janela.

— Tenho de te mostrar uma coisa, minha filha... Você precisa tomar novamente uma decisão e ninguém pode fazer isso por você. Mas, para isso, é essencial que você se recupere e bem... Preciso te mostrar o que você fazia antes de se esquecer de quem era...

Houve um momento em que eu sabia quem era e não precisava ouvir a minha história pela boca de outras pessoas. Lembrou-se da foto com sua possível mãe. Ter sido feliz um dia tinha de bastar.

— Minha filha... — disse ele.

Ela se levantou novamente, encarando-o.

— Eu não sou sua filha — e virando-se para Mariah: — Nem seu projeto de caridade!

Caminhou lentamente até a janela, apoiando-se na parede como pôde. Paulo trouxe uma cadeira e ela sentou-se ali, o olhar perdido nas árvores. Havia duplas de crianças colhendo frutas em grandes cestos em cada um dos troncos. *Elas parecem felizes.* De tempos em tempos, duas se transformavam em pontes de luz por onde deixavam as frutas escorrerem até o chão. Nunca tinha visto nada parecido antes, mas, de alguma forma, aquele uso do Dom parecia fazer sentido. *Talvez eu possa ser feliz aqui.*

— Quero ver tudo o que vocês tiverem para me mostrar. Começaremos amanhã.

— Você ainda está muito frágil... — disse Mariah.

— Eu digo, se estiver — interrompeu a menina. E, lembrando-se de uma fábula antiga que ouvira, completou: — E podem, a partir de agora, me chamar de Alice. Gosto desse nome.

Paulo e Mariah deixaram o quarto sem mais comentários. A menina ficou horas observando o trabalho dos catadores de frutas. Pelos seus cálculos e de acordo com os comentários de Mariah, aquela que lhe roubara até o nome, ela devia estar com quinze ou dezesseis anos.

Dezessete, decidiu, e se chamava Alice.

Adormeceu na cadeira e foi deixada em paz. Ninguém veio acordá-la furiosamente, incitá-la a escapar, tentar protegê-la, colocá-la na cama ou cobri-la. Simplesmente a deixaram em paz. Pela primeira vez em muitos anos.

Alice passou os dias seguintes experimentando o que era estar na Comunidade. Não teve nenhuma espécie de contato direto com Paulo ou Mariah, o que a deixou bastante aliviada, apesar de sentir que evitavam contar-lhe o que precisava saber. A maioria dos Especiais que viviam ali era bem mais jovem do que ela: as idades variavam entre seis e doze anos. Eram justamente os mais jovens que vinham chamá-la todos os dias de manhã para o café. Notou que, apesar de brincarem e se divertirem com piadas e implicâncias como qualquer outra criança, todos tinham um senso de dever e cuidado com o coletivo que era impressionante para sua idade. E todos pareciam confiar bastante uns nos outros, além de confiar no espaço em que estavam. Talvez por isso, Alice sentisse um eterno clima de mansidão e alegria, uma energia positiva, perpassando todos os ambientes daquela vila.

Descobriu que, para o mundo externo, aquela era uma fazenda que comercializava frutas com São Custódio, Claridad e uma série de cidades-satélites. Havia despistadores em cada cômodo, ou mesmo área aberta, mas, segundo os meninos, a melhor tática dispersiva era uma pulseira chip que todos usavam no pulso, no tornozelo ou no pescoço, a qual bloqueava o acesso a certos padrões de ondas cerebrais que indicariam que ali havia Especiais. Segundo Bruno, um menino de oito anos que parecia ter um interesse constante em explicar-lhe coisas, Paulo fora o desenvolvedor do chip. Ela demorou a ganhar um: Bruno informou que estavam quase sem sucata eletrônica.

O espaço da Comunidade não era muito grande. Tratava-se de uma casa com um salão comunal, algo em torno de dez quartos atravancados com beliches, dois quartos para visitas — um dos quais ela estava ocupando naquele momento —, uma grande cozinha industrial e quatro banheiros. Pelo que Alice podia observar, não havia camas marcadas para cada criança. Também percebeu que todos ajudavam nas tarefas de limpeza, alimentação e organização da casa, assumindo aquilo que mais gostavam de fazer. Era bastante impressionante observar que, ainda que ninguém se sentisse obrigado a nada e todos se dedicassem somente ao que mais gostavam de fazer, nunca havia sinais de sujeira pela casa. Depois ficou sabendo, sempre com a ajuda de Bruno, que ninguém gostava de limpar os banheiros, por isso todos tentavam mantê-los o mais asseados possível.

Havia aulas. Nada que pudesse ser comparado ao que ela entendia por aulas em uma escola tradicional, ainda que não tivesse lembrança alguma de um dia ter estado em uma. Havia um grande mural em que os professores — que podiam ser qualquer uma das crianças ou dos adultos que circulavam por ali — postavam os temas que queriam ensinar. Logo abaixo, as crianças se inscreviam no tema que mais lhes interessasse. As aulas aconteciam em qualquer espaço combinado anteriormente ou procurava-se o professor do momento para ver onde ele ou ela estavam. Havia aulas no bosque, aulas na grama, aulas nos quartos e até aulas na cozinha.

Além do espaço da casa, havia um refeitório: um gigantesco telheiro nos fundos do prédio, na parte adjacente à cozinha. Cinco enormes mesas de madeira, ladeadas por bancos de assento único, mobiliavam o espaço. Todos os talheres eram feitos do mesmo material. Havia muita madeira na Comunidade: mais madeira do que ela jamais tinha visto na vida! O bosque era o principal gerador de seu sustento e as crianças trabalhavam nele em turnos que iam das seis da manhã até as sete da noite — sempre turnos de, no máximo, quatro horas, deixando o restante do dia livre para aulas, cuidados com a casa e brincadeiras.

Havia ainda uma lavanderia: um casebre no final do terreno com grandes tinas de água, aquecedores e cordas esticadas que iam das janelas até tocos de madeira postados do lado de fora. O trabalho na lavanderia, pelo que Alice entendera, substituía o trabalho na colheita e apenas algumas crianças se dedicavam a ele. Não era muito comum encontrar crianças que não quisessem subir em árvores, mas elas existiam. Alice era considerada uma visita que ainda não tinha se decidido a ficar. Alguém que passara por maus bocados, em fase de recuperação. Portanto, ajudava com a casa e com as roupas sempre que podia, mas, de tempos em tempos, dava-se o luxo de não participar das atividades comunitárias: ficava observando e buscando entender.

Ninguém era obrigado a assistir às aulas, mas Alice estava muito interessada nelas. Assistiu a uma aula de Robótica, teórica, já que não tinham sucatas, dada por um menino de doze anos que aprendera o que sabia com um visitante adulto. Paulo sempre dava aulas de relaxamento e autoconhecimento que eram muito concorridas, mas às quais ela nunca ia, querendo manter-se o mais distante possível dele. Assistiu a uma aula com uma menina de sete anos que estudava dança do ventre em um vídeo portátil que tinha. Assistiu a aulas de desenho, de como caçar marimbondos raros, de como lavar melhor sua roupa, de canto e de como cozinhar macarrão *al dente*.

Um dia, ao passar pelo quadro de avisos, viu Juliano indicado como professor de uma aula de História Pessoal no bosque. Timidamente, marcou seu nome com o pedaço de giz amarrado a uma corda que sempre deixavam por ali. Não tinha tido nenhuma espécie de contato com o menino naqueles últimos dias. Já estava ali há quase três semanas.

A aula seria no meio da tarde. Alice caminhou lentamente por entre as árvores em que as crianças trabalhavam, sentindo-se bem, mas assustada com o reencontro iminente. Juliano estava sentado em uma pedra baixa e uma dúzia de crianças bem pequenas se amontoavam a seu redor, em semicírculo. Ele a viu chegar e pareceu desconfortável a princípio, mas sua expressão era suave, bondosa, quase paternal: uma expressão que ela nunca antes havia visto cruzar seu rosto. Sentou-se junto às crianças, enquanto ele começava a falar:

— Bem, pessoal, todo mundo sabe mesmo de que é esta aula?

— Da história da gente! — gritou um menino.

— Da sua história! — interrompeu outro.

— Muito bem, muito bem... É aula da nossa história! Mas, como a nossa história às vezes é muito difícil de lembrar, eu só posso contar coisas de que me lembro da minha história e esperar que isso seja útil para vocês. Que seja interessante...

Lançou um olhar na direção de Alice. Era um olhar quente, cheio de amizade. *Eu senti falta desse olhar.*

— Hoje eu vou contar uma história que começa há muitos anos, quando eu era um menino bem pequeno, menor do que alguns de vocês... E, como vocês sabem, eu me chamava Juliano...

As crianças menores riram. Alguns, maiorezinhos, reviraram os olhos com desdém, o que provocou uma risada involuntária também em Alice.

— Eu tinha uma família que eu não conhecia muito bem porque eles viviam viajando. Lembro que trabalhavam muito: meu pai, minha mãe e minha avó, que às vezes ficava comigo. Quando estavam em casa era muito bom, mas quando saíam nem sempre era. Não tinha muito o que fazer. Um dia, me mandaram pra escola, e eu gostei muito de tudo lá: eu achava que tudo era meu!

Novas gargalhadas.

— Claro que as professoras não gostaram muito disso e, quando eu menos esperava, me levaram para um Centro onde... virei um Especial, como vocês.

As crianças emudeceram.

— Eu não entendia muito bem por que estavam fazendo tudo aquilo comigo e doía muito. Mas um dia me levaram para um salão em que havia várias crianças como eu e comecei a entender como aquilo tudo funcionava... Sabem?

— Eu sei — disse um menino animadamente. — Tem uma central de controle, um grande salão, quartos para os mais difíceis de controlar, robôs, telas...

Novos risos diante do menino comunicativo.

— OK, OK, Pedro... Isso mesmo! Aquilo tudo que a maioria de nós já sabe... E eu percebi que, mesmo quando eu era levado para um quarto separado, havia sempre uma menina perto de mim... Uma menina linda!

Os olhos dele encontraram os de Alice e ela enrubesceu. Lembrou-se do beijo, da sensação de seus lábios, de sua pele...

— Estávamos sempre juntos porque éramos complementares. Fomos criados assim. Nossa mente se encontrava em sonhos. Em meus sonhos, ela sempre aparecia. Eu tinha muita vergonha, mas ela invadia minha mente, sempre doce e delicada, e me convidava a passear, fora dali, longe da dor, longe de tudo o que vivíamos...

Eu o induzia a sonhos? Ele deve ter lido sua expressão, pois completou:

— Foi ela quem me ensinou a chamar alguém para um sonho, mas entre nós tudo era mais fácil, porque conseguíamos saber o que o outro estava pensando e sentindo. Em nossos sonhos, planejamos fugir. E fugimos.

— Como foi que vocês fugiram? — perguntou uma menina entusiasmada, que devia ter uns oito anos. — Quantos anos tinham?

— Devíamos ter sete anos, mais ou menos... Nos escondemos dentro da central...

— Onde? Onde? Como conseguiram? — ouviam-se vozes de todos os presentes, menos Alice, que permanecia quieta, mas com o coração não menos ansioso por uma resposta.

— Nos escondemos dentro dos robôs maiores.

As crianças foram à loucura. Ouviam-se sons de espanto, incredulidade, admiração e até revolta. Alice percebeu-se boquiaberta.

— Calma, calma! — disse Juliano. — Deixem-me terminar de contar... Nós percebemos que os robôs grandes eram praticamente ocos: vimos isso quando um supervisor foi até lá para consertá-los. Essa menina de quem falei conseguiu ver onde era o centro de energia dele, na mente do supervisor. Calculamos que seria só uma questão de desativar alguns cabos e nos esconder dentro dos robôs. Robôs desenergizados eram levados embora imediatamente.

Naquele momento, Juliano tinha a atenção de todos. A pequena plateia parecia imersa em seu discurso, alguns de olhos fechados, procurando imaginar a situação. Todos haviam estado em um Centro de Tratamento ao menos uma vez. Todos podiam imaginar a grande aventura que aquela fuga representava.

— Foi num dia, de madrugada, quando quase todos os sistemas estavam em stand-by e nós tínhamos sido levados ao salão da central. Não havia sondas em nossos braços, mas estávamos presos por correias. A injeção sonífera que ela tomava estava mal calibrada e acabava lançando seus conteúdos no vazio, sem pegar nenhuma veia. Ela se levantou, me desamarrou e me deu uns tapas para eu acordar. Depois, furou os olhos de dois robôs grandes que estavam desativados e abriu-lhes o peitoral: arrancou as fontes de energia, os cabos e me enfiou em um deles, fechando-se dentro de outro. Ela conhecia bem os sensores de movimento e tomou muito cuidado para não ativar nenhum deles. Eu dormi, ainda sob o efeito da injeção e, quando acordei, estávamos em meio a montes e montes de sucata eletrônica.

Ele parou para respirar, pigarreou e voltou-se para Alice:

— Sem aquela menina, eu com certeza ainda estaria trancafiado lá... Ela era muito esperta. A porta estava aberta: estávamos em um espaço já do lado de fora das cercas eletrificadas, algo como um grande tonel de lixo... Tinha uma rampa e uma portinhola que se abria para a parte de cima do tonel: descemos as escadas e estávamos livres.

Declarações como "Nossa! Puxa! Que incrível!" partiam da boca dos pequenos. Alice já ouvira outros relatos de fuga, mas estes geralmente envolviam a ajuda de adultos indignados com a situação deles ou eram fugas das famílias adotivas. Havia relatos de escapadas por iniciativa própria, mas nunca ouvira falar de um plano tão elaborado.

E pensar que ela havia sido parte desse plano... E não se lembrava de nada. Não conseguia sentir nem orgulho.

Juliano dispensou os alunos, que partiram entusiasmados. Somente Alice ficou, à espera. Não sabia exatamente o quê, mas esperava. O jovem se levantou da pedra que transformara em púlpito: os dias de tranquilidade e boa alimentação tinham alterado seu corpo e sua fisionomia. Não parecia mais um menino, ainda que seus traços fossem finos: sua atual aparência condizia mais com a de um jovem de dezesseis anos. Aproximou-se dela lentamente, cavalheiresco, oferecendo-lhe a mão para que se levantasse:

— Alice, não é? — perguntou com um sorriso.

— Isso mesmo. Alice.

— Boa escolha.

Caminharam mais para dentro do bosque em silêncio por alguns instantes. Não soltaram as mãos. Ambos olhavam para os próprios pés e ocasionalmente a risada de alguma criança acima de suas cabeças chamava-lhes a atenção. Nesses momentos, seus olhares se cruzavam e voltavam a mirar o chão.

— É bem interessante este lugar que vocês têm aqui... — disse Alice.

Ele riu.

— O que foi? — perguntou ela, imitando ofensa.

— É que é engraçado ouvir você falar da Comunidade como se não fosse sua.

— O que você quer dizer?

Ele não respondeu. Colheu um raminho de flor do mato e colocou atrás de sua orelha. Alice sentiu-se corar.

— A história é toda verdade, não é? — perguntou ela, buscando um assunto.

— É sim, inclusive sua participação nela.

— E o que fizemos depois?

Uma suave tristeza pareceu cruzar o olhar de Juliano.

— Você não se lembra de nada mesmo, não é?

— Sinto muito — disse ela. — Não. Eu só imagino que tenhamos ficado juntos, vivendo como podíamos, até o dia da lanchonete... Do acidente... Por causa do que Mariah me contou.

— Sim. Nós passamos por alguns apertos juntos. Naquele dia...

Ele hesitou.

— Fale.

— Naquele dia eu não queria te deixar, te abandonar... mas estava com medo. Quando eu vi que Mariah tinha te resgatado, sabia que era para cuidar de você. Imaginei que você estava protegida, que ela nunca te faria mal. E eu segui vocês. Noite e dia, segui vocês até que ela te trouxesse até aqui.

— Foi quando começamos a brigar?

— O que te contaram? — perguntou ele, com um brilho da antiga raiva no olhar.

— Nada. Nem me lembro de nada. Só imagino.

Ele pareceu respirar aliviado.

— É que esse povo metido a cuidador está sempre tentando fazer sua cabeça contra mim...

— Pode deixar. Eu faço a minha própria cabeça.

Alice sentia o gosto do antigo desprezo, da antiga disputa, voltando às palavras de Juliano. Não, aquele não era só um adorável menino contador de casos ou um pobre incompreendido. Havia algo nele a ser temido: algo que ela já experimentara ou de que fora parte. Não se atreveria a romper-lhes os limites da mente novamente e buscar por si mesma o que tanto a amedrontara. Não agora, pelo menos. Precisava de mais informação:

— Me disseram que, quando saí daqui, eu tinha uma missão e estava muito segura dela. Disseram que ninguém seria capaz de me impedir.

Os olhos dele relampejaram. *Raiva?* Afastou-se dela. O soltar de suas mãos era como um balde de água fria.

— De que você se lembra?

— De nada. Se eu me lembrasse, não comentaria.

— Compreenda isso: eu te impedi! — Juliano esbravejou irritado. — Eu te ajudei, te tirei daquela casa quando você nem lembrava quem era! Onde estavam nossos cuidadores naquela hora, hein? Hein? Eu te salvei! Eu nunca te abandonei, nunca deixei de cuidar de você!

De repente, Alice se sentiu cansada. Cansada de ter de responder àqueles ataques súbitos de posse, mescla de ciúmes e cobrança, baseados em memórias que não dominava e em razões que não compreendia. Cansada de ter uma atitude tão respeitosa e protetora para com alguém que, embora estivesse estranhamente conectado a ela, não parecia ser capaz de demonstrar doçura e carinho por mais do que alguns minutos. Observou o bosque a seu redor: um lugar tão bonito. Pôde ver que algo em sua expressão assustava Juliano. Não sabia o que era, no entanto. Só sabia que se sentia bem, ainda que soubesse tão pouco sobre a própria vida. Sentiu que havia algo dentro dela que permanecia: uma força, uma espécie de ímpeto para fazer o que era certo e uma incrível vontade de viver. Sentia-se segura: como se acabasse de encontrar o lugar em que, em meio a tantas memórias fragmentadas, ela era ela mesma. Não podia seguir esperando uma permissão que talvez nunca viesse para recuperar sua vida.

Aproximou-se de Juliano com a mão estendida. O rapaz se encolheu.

— Não precisa ter medo — sussurrou ela.

Ele relaxou. Alice levou a mão ao rosto dele, acariciando-o. Os olhos do menino estavam marejados.

— Sei que temos nossas diferenças, mas há algo que eu preciso fazer... Uma vez mais.

E beijou sua boca, suavemente. Abraçou-o e sentiu quando ele começou a retribuir o beijo, tornando-o mais intenso, mais profundo. Não era apenas um beijo: a mente deles se alinhava. Podia perceber sinais em seu corpo de como sentira falta disso, desse alinhamento, dessa parceria, dessa comunhão. Percebia que ele também precisava dela, dos pensamentos dela, da simbiose que tornava a mente de ambos uma só entidade.

Alice sabia o que precisava fazer.

Pediu desculpas, internamente, a Juliano e deu início à sua recuperação, sugando seus lábios e as memórias que lhe faltavam, uma a uma.

CAPÍTULO 6

traição

Alice achou estranho ver tudo escuro na Comunidade. Voltava de uma incursão à cidade para conseguir alguns itens de que estavam precisando: sucata, globos de luz-própria, alguns remédios, tecido... Eram seis horas da noite, mas o dia fora tempestuoso, com céu fechado, carregado de nuvens. A noite estava escura como se estivessem no inverno em pleno mês de janeiro. Ficara triste, pois era noite de lua cheia e não havia lugar no mundo para ver a lua como a Comunidade, onde o satélite nascia baixinho e amarelado, um grande disco dominando o céu em meio às árvores do bosque.

Entrou em casa e sentiu alguma coisa estranha no ar. Um clima de antecipação, ansiedade. Talvez algum dos recém-chegados estivesse aprontando uma de suas armadilhas mentais.

— Surpresa!!!

O choque foi imenso: todos os meninos e meninas estavam ali, bem como Paulo, Mariah e Carmem. Duas meninas de no máximo cinco anos seguravam um bolo em que se lia: "Parabéns, Alice!". Havia embrulhos artesanais de presente nas mãos de alguns. Começaram a cantar em coro, desejando-lhe um feliz aniversário, desafinados, alegres e contagiantes. Alice vasculhou os inúmeros rostos em busca do único que provavelmente não encontraria ali.

Juliano não podia ser visto em parte alguma.

Havia uma mesa improvisada com tábuas e latões, onde o bolo foi depositado. Imagens de fotos em que uma menina celebrava seu aniversário, em algum passado distante, vieram-lhe à mente e seus olhos se encheram de lágrimas. *Estou feliz de novo agora.*

Não entendia muito bem o protocolo de uma festa de aniversário — nunca tinha visto uma ali —, mas disseram-lhe que devia soprar as velinhas, não sem antes fazer um pedido. Pediu, com todas as forças, que Juliano um dia compreendesse sua atitude e pudesse perdoá-la. Então, soprou... Soprou com toda a força de seus pulmões. Soprou imaginando que se livrava de todas as lembranças ruins que acumulara nos últimos anos.

Estava completando, acreditava, algo em torno de dezoito anos. Há um ano, naquele mesmo dia, voltara a fazer parte da Comunidade. Um pouco sem graça, procurou dar atenção a todos, propondo jogos, até que se cansassem de tanto brincar. Ela mesma nunca se cansava, talvez porque tivesse passado os anos que deveriam ser cheios de brincadeira lutando, se defendendo ou fugindo. Quando os menores começaram a cair de sono, sentou-se ao lado de Paulo, Mariah e Carmem para saber como andavam as coisas desde sua partida, há duas semanas.

— Não houve nenhum problema que não pudéssemos resolver — disse Paulo. — Eu vou ter de voltar às aulas em breve, mas sinto-me mais seguro deixando você aqui.

— Conseguimos as vacinas com aquela amiga enfermeira de que te falei... — disse Mariah. — Não tivemos mais nenhum surto de sarampo.

— É muito bom estar de volta — disse Alice. — E é muito bom revê-la, Carmem.

— Igualmente, minha querida. Estávamos bastante preocupados. A Rede não é mais segura.

— E Juliano? — perguntou Alice, um tanto tímida e envergonhada.

— Não temos notícias dele, querida — disse Paulo.

Alice abaixou a cabeça, segurando-a entre as mãos.

— Alice... — disse Mariah, abraçando-a. — Você não fez nada de errado. Você sabe disso, não é?

A jovem nunca chegou a responder. Deixaram a limpeza para o dia seguinte e foram para os quartos. Antes de se recolher, fez seu relatório particular a Mariah sobre o real motivo de sua demora: estava em busca de locais para realocação, caso tivessem de deixar aquele sítio. Foi difícil dormir naquela noite. As palavras de Juliano, na última vez em que se viram, estavam gravadas em sua mente.

Você sabe o que está fazendo? Sabe o que fez? Para que você exista assim, gloriosa, heroína, é preciso que eu seja o vilão! Você sabe disso, não é, princesinha? É porque eu vivo isolado, um pária da sociedade, que você consegue seguir, líder e cheia de causas nobres! Você me mata toda vez que faz isso! Você acaba comigo! Você acha que eu não sou tão forte quanto você: já veremos! Tinha sido extremamente difícil manter sua decisão diante daquele espetáculo de fúria vindo de alguém que amava tanto. *E se ele estivesse certo?* Tinha se aproveitado dele para parecer alguém melhor do que realmente era? *Você não é a boazinha, comedida, que aparenta ser!*, ele gritara. E quem poderia conhecê-la melhor do que ele?

De início, fora um alívio muito grande recuperar suas memórias, utilizando-se de sua conexão mental com ele e da intimidade de seu beijo. Viu o dia em que fugiram do Centro, como caminharam milhas e milhas, escondendo-se toda vez que uma nave surgia no horizonte. Como a cumplicidade entre eles fora crescendo e como, aos poucos, com pequenos furtos que lhes garantiam a sobrevivência, foram conseguindo encontrar lugares de refúgio.

Praticavam andar como uma pessoa só, conectados mentalmente. Praticavam trocar de lugar, pondo a atenção no que o outro sentia mais do que em si mesmos. Dedicavam-se a exercícios de transformação conjunta que os exauriam, mas dos quais ele se lembrava com muita alegria. Ele servia como uma espécie de fornecedor de imagens: podia se transformar em qualquer coisa que conseguisse ver em detalhes e ela emprestava-lhe a força que faltava para concretizar suas fantasias.

Juliano tinha sentimentos fortes em relação a quase tudo que tocava ou observava e esses sentimentos serviam como catapulta para as transformações com Alice. Sua maior motivação era impressionar, ser audaz, demonstrar superioridade, mas ela o controlava, impedindo que se transformasse à luz do dia ou diante de outras pessoas. Ele sempre testava esses limites: expondo-a, mais de uma vez, a situações perigosas, diante de estranhos. *Mas sempre conseguimos dar um jeito...*

Era o irmão que ela nunca tivera. Era também seu lado selvagem.

Foi criado para ser assim.

Quando Alice se transformou por acidente sozinha, no dia da lanchonete, Juliano ficou desorientado. Era como se ela o tivesse traído, pela primeira vez, fazendo tudo o que dizia que ele jamais poderia fazer. Transicionando diante de todos, em plena luz do dia, arriscando-se desproporcionalmente. Surgiram as primeiras acusações. Depois que se reencontraram na Comunidade, começou a tratá-la mal: como ela ousava se arriscar daquela forma quando pedia a ele que se controlasse? Acusou-a de querer aparecer. De querer diminuí-lo para se transformar sozinha. Seu ego foi profundamente ferido.

Mas ela estava descobrindo uma nova e mais profunda motivação: ajudar. Ao ver o músico indefeso, todos os seus instintos de preservação haviam sido subjugados pela necessidade de fazer algo produtivo com seu Dom. Juliano nunca compreendera e talvez nunca chegasse a compreender isso. Por mais que adorasse compartilhar tudo com ele, queria aprender a ser mais independente e útil, sem com isso ofender seu inseparável companheiro de sobrevivência. Juliano, no entanto, se sentia preterido.

Viu o ciúme dele ao perceber que ela se fortalecia a cada dia que passava na Comunidade, por estar em um lugar seguro, rodeada de pessoas que a amavam. Ele invadia seus pensamentos, procurando confundi-la. Tentava convencer Alice de que a Comunidade nada mais era do que uma prisão, onde o Dom deles os tornava peões de obra de gente que um dia, à sua maneira, havia participado dos horrores que eles passaram no Centro. Em contato com a mente do menino, Alice viu cenas das quais jamais suspeitara: a maneira como muitas vezes Juliano humilhava os outros meninos que sentiam falta de sua família adotiva e como, mais de uma vez, falava mal dela para os demais.

Ele sabia que Alice se sentia responsável por ele de alguma forma, fato que o irritava profundamente, mas, ao mesmo tempo, registrava como um poder que tinha sobre ela. Começou a organizar uma espécie de motim, ao qual a maioria dos moradores da Comunidade felizmente não aderiu. Mesmo assim, quatro meninos e uma menina tinham se deixado levar pelas promessas de poder imbricadas em seu discurso e decidido que seguiriam o líder rebelde na formação de um GNO.

Eles tinham dez anos.

Alice temia ser abertamente contra: não queria participar, mas tampouco queria revelar os planos de Juliano. O menino começou a ameaçá-la e, por algum tempo, ela acreditou nele. Na primeira fuga, ela estava com eles. Buscou uma forma de avisar os adultos, mas não encontrava maneira de fazê-lo sem que Juliano visse resquícios em sua mente. Tentava explicar aos demais que não havia por que fugir, já que não eram prisioneiros, mas Juliano os incentivava em contrário. O grupo saqueava, torturava com o Dom, e ela era a contentora de danos: sempre buscando convencê-los de que já era o suficiente. Eventualmente, Paulo os encontrara. Com a ajuda de Alice, que se recusara a transformar-se com Juliano em um momento crucial, eles voltaram à Comunidade. Fora sua segunda traição.

Na segunda fuga, o grupo de Juliano estava em menor número. Dois dos meninos e a jovem menina já não aceitavam as supostas verdades propagadas por ele. Tinham passado fome, frio, quase tinham sido presos mais de uma vez e já não entendiam por que se rebelar em um lugar onde tinham tudo e de onde podiam sair a hora que bem entendessem. Alice o acompanhou uma vez mais e, quando finalmente voltou, estava desorientada, gravemente ferida. Juliano a trouxe nos braços: por mais problemas que tivesse, realmente a amava e não suportaria perdê-la por conta daquilo em que acreditava. Durante essa segunda incursão na cidade, ela havia se perdido do grupo, praticamente sem memórias, e encontrado a mulher que adotara como mãe. Estava profundamente desnutrida e tinha se machucado ao cair da nave em que fugiam, na hora da partida.

Quando restabeleceu a saúde, Alice percebeu que Juliano partiria novamente, assim que soubesse que ela estava melhor. Buscou ficar mais na cama do que o necessário, mas sabia que ele não tardaria a descobrir seu fingimento. O único momento em que estava livre de sua espionagem mental era à noite, enquanto ele dormia.

Ver todas essas cenas, com os sentimentos e pontos de vista de Juliano, era algo extremamente doloroso para Alice. Ela podia recuperar também, em parte, o que sentia, já que a conexão entre eles era tão profunda que muito pouco do que ela vivia e scapava a ele.

As lembranças de Juliano chegavam até aí. Isso foi tudo o que conseguiu recuperar com seu beijo apaziguador no bosque. Deitada na parte de baixo de um beliche, Alice se lembrava de como deixara o contato do beijo com dificuldade, enquanto absorvia anos de informações perdidas. Seu primeiro beijo como Alice. Seu segundo beijo como adolescente. Naquele dia, ela poderia ter acreditado uma vez mais que ele mudaria e aproveitado a tarde ao lado de seu amigo, seu amigo mais íntimo. Porém, sabia que essas lembranças eram tão dele quanto dela e que era seu direito recuperá-las. Percebeu que ele também tinha perdido memórias ao longo dos anos e reconstruído o que pudera graças a relatos. Chocou-se ao descobrir que a história de sua fuga tinha sido contada originalmente a ele por Mariah.

O restante das informações foi conseguido em conversas: longas conversas com Paulo, Mariah, Carmem e até mesmo com Bruno. Na verdade, Bruno era o único que parecia saber, do alto de seus oito anos, tudo o que acontecia na Comunidade. Tinha sido o primeiro a falar-lhe sobre o Plano.

O Plano foi sua terceira traição.

Alice buscou a janela mais próxima e percebeu que a lua surgira no céu, já alta, à medida que as nuvens de chuva se dispersavam. Era um bom sinal para seu primeiro aniversário como Alice. Desejava que os projetos daquela nova versão de si mesma fossem mais bem organizados e dependessem menos do esquecimento.

Não pretendia se esquecer de mais nada.

Ele foi detido! Alice levantou-se ofegante, suando frio. Mal teve tempo de se recuperar do sonho vívido. Uma cama no Centro de Tratamento. Juliano atado a uma das macas flutuantes em um quarto isolado: a mesma tela-robô com desenhos animados, as mesmas sondas intravenosas. Só que, dessa vez, ela era Juliano. Estava dentro dele, sentia o que ele sentia: a dor, a confusão e o medo. *Como quando éramos crianças.*

Levantou-se e começou a vestir as calças largas por cima do camisolão de flanela. Os botões pareciam não encontrar as casas, a faixa da cintura ficou esquecida em cima de uma cadeira. Correu pelo corredor de acesso aos quartos, até o salão em que os restos de bolo jaziam despedaçados sobre a mesa. *Foi um pedido de ajuda.*

Alice embarcou em uma das pequenas naves pessoais da Comunidade. Havia um assento de couro sintético e um compartimento cheio de suprimentos, semicobertos por uma manta de feltro. Quando decolou, percebeu que a lua sumira. O rio descansava: uma grande sinuosidade opaca, quase negra, em meio às colinas. Com um código-passe, normalmente utilizado por aqueles que comercializavam os produtos do sítio, sobrevoava uma das rotas de acesso à estrada que passaria por São Custódio, Claridad, El Bispo, chegando finalmente ao Descampado de Varza.

Não chegava a ser um deserto. O Descampado se assemelhava mais à caatinga, com formações vegetais adaptadas à pouca água, tufos em meio ao solo cor de creme. Não havia possibilidade de pousar a menos de quinhentos metros do Centro de Tratamento sem despertar sensores de movimento implantados no solo. E não havia plano.

Ocorreu-lhe que o Centro estaria protegido por alguma espécie de campo de força que indicasse o trespassar de seu espaço aéreo. Já podia avistá-lo ao longe: o Centro Axion era uma construção em forma de T cujos braços menores eram divididos em plataformas. Se houvesse alguma distribuição lógica dos Especiais de acordo com sua numeração, Juliano estaria na Plataforma Treze, como ele mesmo lhe mostrara, há um ano, em um sonho.

Ele pode não estar ali. Carmem estivera duas vezes em um Centro e, nas duas ocasiões, já com idade suficiente para registrar bem mais detalhes da experiência dolorosa pela qual estava passando. Nunca vira um Especial ser trocado de maca ou mesmo de Centro: vira crianças irem e voltarem para a mesma unidade e acreditava que isso estava relacionado com o número de informações armazenadas em cada robô em relação aos experimentos já realizados em uma mesma pessoa.

— Como poderiam controlar de onde recomeçar cada vez que um deles voltasse? Usando a Rede seriam facilmente rastreados! — ela chegou a comentar.

Carmem nunca se recuperara totalmente de sua estadia nos Centros. Além do Dom, desenvolvera uma série de fobias que se apresentavam ao longo do dia nos momentos menos esperados, causando surpresa e confusão naqueles que a cercavam. O número de Especiais adultos era bastante reduzido. Alice sabia que nenhuma das teorias de Carmem era muito confiável, mas algo lhe dizia que Juliano estava realmente na Plataforma Treze.

Ela deu uma volta ao redor do Centro, cuidando para manter ao menos meio quilômetro de distância entre a nave e o que ela imaginava como diâmetro de um possível campo de força. De acordo com sua história de fuga, a torre de lixo eletrônico — um prédio anexo em forma cilíndrica, próximo à base das plataformas — não devia estar protegida por um escudo. Ocorreu-lhe que, se pousasse ali, talvez pudesse encontrar uma forma de entrar. Procurou não se preocupar com como iria sair. *Uma coisa de cada vez*. Não podia deixar de considerar que, se a história da fuga fosse lendária como diziam, talvez a segurança já estivesse mais reforçada. Decidiu arriscar.

Começando a sequência de descida, percebeu que tinha se precipitado. Alarmes invadiram-lhe os ouvidos, ensurdecedores, e, quando efetivamente pousou, havia uma dúzia de robôs de segurança rodeando-lhe o veículo. Os robôs eram modelos recentes — dois metros de altura em titânio, três braços retráteis, cada um deles segurando um dardo que provavelmente estaria carregado com algum poderoso paralisante.

Alice relaxou. Até então, estivera tomada pela adrenalina da impulsividade, mas, diante do evidente fracasso de sua missão e considerando que qualquer ideia que ela tivesse naquele momento seria melhor do que nada, simplesmente se entregou à boa vontade do destino. Sabia que os robôs eram uma medida de segurança primária: não atacariam, a menos que ela fizesse menção de decolar ou desembarcar. Com certeza, caso demorasse a decidir um curso de ação, uma segunda brigada com gás ou fogo a forçaria a sair. Pensou em pedir ajuda a Juliano, mas temeu que ele tentasse se libertar da maca ou atacar de maneira que acabasse nocauteado antes mesmo de chegar a ela. E não conseguia imaginar uma maneira útil de usar o Dom.

Estivera treinando usá-lo de forma não parasitária na Comunidade, como os meninos faziam para formar suas "pontes de colheita". A transformação não parasitária não gerava perda de memória, mas requeria duas ou mais pessoas para atingir o ápice. Precisaria de alguém em quem se apoiar, obtendo uma imagem com carga suficiente para gerar seu personagem. Nada que pudesse fazer usando robôs. Além do mais, ela prometera a si mesma que não se transformaria mais à custa da ilusão de outra pessoa. Nem à custa de sua memória. Se ia morrer de qualquer maneira, não havia por que quebrar sua promessa.

Foi quando ouviu uma espécie de arrastar de tecido atrás de seu banco.

— Eu não deveria estar aqui, eu sei — disse o pequeno Bruno, os olhos brilhando sob a manta de feltro, o corpo escondido em uma das caixas de suprimentos.

Alice estava paralisada.

— Não fale — sussurrou ele. — Eles podem perceber alguma coisa errada.

Ela sentiu o toque da mente dele na sua. A sensação de rastreio, normalmente quente e suave, era um tanto abrupta partindo do menino. Não fluía em ondas mornas, era desritmada e fria. Alice foi ajudando-o a acalmar-se, à medida que se descobria nele. Surpreendeu-se ao ver que, enquanto ela ainda vagava por suas memórias, Bruno assumia a liderança e indicava-lhe a imagem comum: a ponte de colheita, mas uma espécie de ponte viva, que pudesse se locomover. *Precisamos de algo melhor do que isso*, a voz de Alice entrava em sua mente, mas já ouvia o menino dizer que não conseguiria. *Não sei fazer outra coisa. Não temos tempo. Abra a porta*, disse-lhe ele e ela obedeceu.

Liquefizeram-se em Nada. Ela, o mesmo coloide transparente. Ele, uma névoa leitosa. Logo, eram um só caudal branco e luminoso que escorria da nave rapidamente. Passaram por entre os robôs, como uma serpente de luz, sentindo que nada os atingiria. Depois, pensariam que os robôs talvez não estivessem programados em relação a como agir perante um ser como aquele. Mas não naquele momento. Havia somente uma imagem traçadora: Juliano em uma maca, como Alice havia visto em sonho.

Alice e Bruno descobriram-se habitando um corpo que, embora agora se movesse, não havia sido pensado para ver. Apesar de não terem olhos, as pontes de colheita podiam registrar diferentes tipos de pressão, odor e textura, além de monitorar direções: isso ajudava no trabalho de descarga e seleção das frutas. Registraram o contato com a base de alguns robôs e perceberam quando ultrapassaram todos eles. Logo, chegariam aos limites da torre e não sabiam como *ser* a ponte a partir daí. Alice recuperou algum fragmento de memória em que havia uma escada e uma porta de acesso ao bolsão de lixo ao lado do prédio. Mas não havia como aderir à face lateral: naquele corpo não sabiam fazê-lo. Então, circularam o topo, em duas voltas, registrando as bordas de um pequeno muro de contenção até descobrirem uma abertura por onde, uma vez mais, escorreram. Caíram em uma plataforma e registraram uma superfície retangular: uma porta. Tentaram pressioná-la e, sem encontrar resistência, sentiram a ponte verter sobre robôs desativados, telas, processadores e velhas macas. Estavam dentro da torre e novamente eram dois.

Alice não conseguia se mover. Ainda que a transformação compartilhada fosse bem menos traumática, estava em meio a vários objetos duros e pontiagudos e sentia que seu corpo voltava à forma preso neles. Sentiu uma dor lancinante em uma das pernas e, mesmo assim, não pôde deixar de pensar como era melhor sentir apenas dor física, em vez de perder-se parasitariamente sem saber quem era. Ela era Alice, não tinha deixado de ser, nem por um instante.

Não havia nenhuma espécie de iluminação: era como se ainda estivesse cega. Tateando os limites de seu corpo em solidificação, percebeu que sua perna esquerda tinha voltado à forma junto à garra de um braço robótico que jazia parcialmente enterrada em sua panturrilha. Havia arranhões e lacerações leves, mas aquele, sem dúvida, era o pior ferimento.

Apesar da dor, não sabia se deveria retirar a garra ou não: não tinha certeza do que o sangramento poderia causar. Conseguiu levantar a cabeça levemente. Os olhos se acostumavam à falta de luz e viu o vulto de Bruno estendido a seu lado. Calculava quanto tempo levaria para os robôs se recuperarem de sua confusão programática. Tentou chamar o menino, mas não conseguiu falar. Moveu as mãos lentamente, abrindo e fechando, girando os pulsos, buscando acessar o nível de controle recuperado. Então, rasgou um pedaço de sua calça, sentindo-se imediatamente tonta com o excesso de esforço. Enfiou o pano na boca, trincando os dentes, e puxou a garra.

Dor e sangue, muito sangue. Quase se arrependeu, porque se sentiu desfalecer sem energia para mais nenhum movimento. Escuridão. Depois, tapas leves em sua bochecha. Era Bruno.

— Alice? Acorde, Alice.

O menino usara o pano para enfaixar sua perna: ela podia sentir a pressão e a força com que ele o havia atado.

— Lembra-se da história? Para dentro dos robôs...

Bruno havia esvaziado o peitoral de um dos robôs maiores e o colchão de uma maca. Agora, indicava a Alice a abertura do colchão — um buraco esgarçado de um fecho de zíper à moda antiga — e tentava vesti-la nele. Foi um processo demorado: pés, pernas, tronco, peito, braços... Sentindo gosto de espuma na boca, Alice desmaiou.

Acordou não soube quanto tempo depois. Ouvia pássaros. Manhã. Quantas manhãs depois do incidente era algo que não conseguia precisar. Seu rosto estava fora do colchão, mas sentia o resto do corpo imobilizado. Ainda estava na torre. E havia algo de muito errado. Não tinham sido capturados.

— Bruno?

— Aqui — veio a resposta abafada de dentro do robô.

Ele abriu a portinhola lentamente, espiando antes de sair, um par de olhos muito assustados. Alice começou a se libertar de seu esconderijo lentamente.

— Como está a perna? — perguntou o menino.

— Dói.

— Eles estiveram aqui. Os robôs. Primeiro só com luzes, escaneando. Depois, a torre toda vibrou. Depois veio alguém: alguém de verdade. Caminhou sobre o lixo. Caminhou!

Ele parecia apavorado.

— Eu acho que apaguei por algumas horas, mas não veio mais ninguém.

Começaram a observar o entorno. Alice estava cada vez mais certa de que havia sido atraída para algum tipo de armadilha. Podia racionalmente aceitar que os robôs não tivessem compreendido sua ponte de colheita móvel. *Mesmo que isso seja muito estranho, muito amador!* Mas não entendia por que não tinham sido descobertos naqueles toscos esconderijos. *Está fácil demais.* Tampouco entendia por que Juliano não entrava em contato. Por mais que tentasse, não conseguia contatá-lo. *O que fizeram com ele?* Encarou Bruno por alguns instantes e percebeu que o menino compartilhava suas preocupações.

Não havia muito que pudessem fazer além de encarar quem os estivesse esperando. Alice começou a buscar alguma ligação direta entre a torre e o Centro.

— Deve ser do lado oposto à saída externa — disse a menina.

Tatearam pelas paredes até encontrarem um vão. Com uma leve pressão dos dois pares de mãos, a superfície deslizou lateralmente e a luz que invadiu o recinto feriu seus olhos. Era um corredor, não muito largo e de aspecto asséptico. Estavam dentro do Centro.

— Vamos simplesmente andar por aí? — disse Alice.

— Tem algum outro jeito? — perguntou o menino.

— Já se transformou alguma vez quando estava ferido?

Bruno arregalou os olhos, mas ela já estava em sua mente. Novamente, eram a ponte. Eram rápidos como ponte e estavam mais coordenados. Mesmo assim, ativaram cada sensor de movimento por que passaram em uma corrida camicase rumo à cilada em que voluntariamente tinham caído. Passaram por dois corredores até chegarem ao salão principal, onde ficava o centro de controle e a maior parte das macas suspensas. E centenas, talvez milhares de crianças, em diferentes momentos de seu tratamento.

Com a imagem de Juliano em mente, percorreram o salão em direção à ala dos quartos isolados. Gritos de dor misturavam-se a risos, sons de vídeos nas telas robóticas, informes em vozes femininas assépticas, ruídos de braços mecânicos, engrenagens, dobradiças, bipes... Quando entraram no terceiro quarto, reconheceram o menino magro e pálido com um sorriso no canto da boca.

Ele estava acordado, sentado na maca. Não parecia estar preso ou sedado. Seus olhos eram um misto de raiva, tristeza e crueldade. E não estava sozinho.

Bruno e Alice eram dois novamente. Ela conseguia ouvir um discurso em andamento. Era Juliano falando. Reconheceu o tom irônico antes de entender do que se tratava.

E perceberam que ele fazia parte daquilo.

Falava como alguém que ama o som da própria voz. Alice sentia a presença da outra pessoa na sala e se perguntava quem poderia ser. Sabia que havia algo de errado com sua perna ferida: uma indefinição de registros. Podia sentir o restante do corpo recobrando forma e ouvir gemidos baixinhos, de Bruno, a seu lado, como se algo estivesse errado com ele também.

Uma vez mais, a sensação de relaxamento. Estava completamente indefesa, não havia nada que pudesse fazer a não ser prestar atenção, ouvir, tentar entender, se recuperar. As palavras de Juliano eram ainda um discurso irônico disforme. Descobriu-se pensando em como era bom estar naquele lugar por decisão própria: não sabia como sairia, mas sabia que entrara por sua escolha. *Estou viva! Indefesa, mas viva.* Mais uma crença se rompia em sua mente: mesmo que não saísse mais dali, aquele deixara de ser o lugar inacessível que ela tanto temera. Havia meios e, com certeza, para pessoas menos ansiosas e com planos melhores do que os dela, devia haver alguma maneira de salvar aquelas crianças. Era seu último apego a algo positivo.

— ... e ela trouxe um mascote! Que divertido!

Não faça nada com Bruno! Angustiada, Alice tentava não desmaiar.

— Como você pode ver, querida, a genética é mais forte! — seguia Juliano, em seu discurso incessante. — Parece que estamos mesmo... como direi... atados! Um pequeno sonho e minha salvadora corre para resgatar o pobre desgarrado do rebanho. Pois bem, eu tenho uma coisa a dizer em relação a seu rebanho: neste momento, agentes do governo devem estar destruindo sua tão preciosa Comunidade.

A dor provocada por aquelas palavras era pior do que qualquer coisa que Alice já tinha sentido antes.

— Acordou, donzela? — o rosto de Juliano pendia sobre seu campo de visão, desfocado. — Nunca entendi essa sua paixão por aquele bando de...

— Já chega! — veio a voz imperativa do canto do quarto.

Alice reconheceu a voz imediatamente e sentiu que não teria forças para o que estava por vir.

— Chega dessa conversa mole, rapaz! Nossos interesses vão muito além do que uma simples disputa com sua namoradinha. Parece... Alice... — o nome foi dito com certo descrédito — ... que você desenvolveu alguns dotes, alguns dons extras, digamos, que interessam bastante a nossos patrocinadores. Infelizmente, sua mania de heroína pode ter comprometido alguns de nossos experimentos mais caros. Nada que não possamos resolver, obviamente. Esteja segura de que, não importa o que você tenha feito, nosso único interesse agora é sua recuperação. Veja isso... sua perna.

Alice percebeu que sua perna esquerda parecia recuperar a solidez, ainda que tardiamente.

— Você acaba de demonstrar, neste momento, por que estamos dispostos a investir em você, ainda que tenha nos causado tantos inconvenientes — seguiu a voz. — Nunca antes alguém da sua espécie tinha tentado se transformar estando ferido e veja isso: recuperação perfeita! Sua perna está nova em folha, como se nunca tivesse caído naquele monte de sucata.

Era verdade. A jovem sentia sua perna inteira e presente, ainda que instável. Queria poder se mexer, mas teria de estar certa da precisão de seus movimentos antes de tomar qualquer atitude. Tentou desconectar-se da voz e de todas as suas implicações e concentrar-se em acessar as capacidades de seu corpo. *Consigo andar? Correr? Falar?* Não podia demonstrar mais nenhum sinal de fraqueza. Passou alguns minutos concentrada em si mesma, avaliando suas possibilidades. A exaustão era sua maior ameaça.

— E o esquecimento guiado? — seguiu a voz, demonstrando admiração. *Ele me respeita ainda!* — Nunca antes um Especial Alpha havia se proposto a esquecer para libertar-se do vínculo com seu Beta. Foi realmente uma jogada de mestre! Eu devo dizer que acompanhei estupefato seu plano. Queria ver até onde você conseguiria ir e como... Você sempre me surpreendeu positivamente...

Alice rememorou o Plano. *A terceira traição*. Naquela época, tinha decidido que traria Juliano de volta à Comunidade, mas sabia que precisava fazê-lo de maneira que o menino acreditasse que ainda estava no controle. Assim, não correriam o risco de que ele percebesse sua real intenção. Queria aprender a controlar o que esquecia e acreditava que seria capaz de, um dia, escolher que memórias manter e que memórias apagar no momento da transformação. Sua suspeita era de que, como a consciência precisava manter a integridade do eu — proteger a noção de quem ela era quando se transformava em outra pessoa somente para iludir alguém —, ela perdia as memórias que eram contraditórias em relação aos personagens que encarnava. Assim, quando encarnara o pai abusivo de Mariah, perdera as memórias relacionadas à sua bondade para com Juliano. Como se a consciência não conseguisse acreditar em um eu que fosse bondoso e abusivo ao mesmo tempo.

— Você se transformou em uma pesquisadora do Dom mais eficiente do que os próprios cientistas que o produziram! Quem melhor do que um Especial vivenciando o Dom todos os dias para descobrir seu real impacto na vida humana? Nós não sabíamos muito sobre o funcionamento da consciência em si: sabíamos mexer nos genes, no cérebro, impor dados ou lembranças, sugestionar, mas não sabíamos muito sobre aquilo que nos torna verdadeiramente humanos, aquilo que talvez nem tenha localização corporal: o instinto que nos faz seguir e evoluir!

Com certeza, você passa longe de qualquer coisa que eu chame de humano. Alice sentiu o trincar dos próprios dentes e obrigou-se a relaxar para não desperdiçar energia. *Eu confiei em você.*

— E esse idiota aqui...

— Veja bem como fala de mim... — protestou Juliano.

Alice sentiu um cheiro estranho no ar e ouviu um corpo tombando. Juliano fora nocauteado.

— A arrogância é a pior das falhas de caráter, não é mesmo?

Alice viu o rosto que entrava em seu campo de visão, pendendo à esquerda, e sentiu-se tremer involuntariamente. Observou os traços suaves, apesar das grandes olheiras que indicavam noites maldormidas e talvez certa tensão. Os olhos castanhos, profundos, tingidos por um certo orgulho de quem está no controle da situação. Era o mesmo rosto, mas, ao mesmo tempo, outra pessoa. Agora, estava sentado a seu lado, no chão, buscando uma posição confortável para falar com ela.

Paulo ajeitou-se e ficou por alguns momentos encarando a jovem. Podia ver nele ainda alguns dos traços da bondade e da preocupação que vira naquela noite, havia mais de um ano, no beco. Percebeu que ele realmente acreditava que aquilo tudo era, no fundo, necessário e positivo. Ele não a olhava como a uma prisioneira. Podia sentir um quê de inveja e admiração na maneira como observava seu rosto, seus olhos, como se ela fosse uma de suas mais perfeitas criações.

— Até mesmo a adaptação à perda de memória... Se você não sabia quem era, criaria personalidades para si mesma! Manteria sua unidade. Você foi Alpha, Mariah e agora é Alice... Acredito mesmo que recomeçaria quantas vezes fossem necessárias...

Ele estendeu a mão para acariciar-lhe uma mecha de cabelo sobre a testa. Alice fez o possível para não demonstrar repulsa. Precisava ser dócil, agir como quem compreendia e concordava com as palavras dele.

— Você nunca parou para pensar sobre como era possível que existisse um lugar como a Comunidade? Como o governo podia falhar em encontrar vocês? Era um grupo de controle perfeito! A sociedade nunca viveu sem armas, Alice, as armas são necessárias... Armas conscientes, como vocês, seriam heróis, como os personagens de ficção... Impediriam guerras sangrentas, gastos e atitudes imorais... Seriam armas com coração: atingiriam somente aqueles que realmente precisassem ser abatidos.

Ele fez nova menção de acariciar seu rosto, mas interrompeu-se. Algo no olhar de Alice a traíra. *O que significa ser uma arma?* Ela era o instrumento de pacificação de um governo ou de um grupo cujos interesses desconhecia, mas não podia ser só isso! Ela era capaz de tomar decisões, ajudar, influir... Era capaz de seguir seus instintos e lutar por aquilo em que acreditava. O simples fato de que ela acreditasse, tivesse esperanças, apesar de tudo o que fora feito a ela, devia valer alguma coisa. Paulo franziu o cenho e Alice soube que ele percebera.

Percebera que não seria fácil.

— Bem, eu não espero que você compreenda de imediato tudo aquilo que estou te oferecendo — disse ele, voltando ao tom profissional. Levantou-se e afastou-se dela, a voz ecoando novamente na sala quase vazia. — É verdade que você não tem escolha: somos muitos, estamos em todas as partes e sabemos sempre onde vocês estão. Você acha que deixaríamos experimentos de milhões e milhões saírem porta afora sem rastreadores? Acha mesmo que confiamos em um Rastreio Virtual criado por um bando de idiotas que soltaram vocês e depois perceberam que não os controlavam? Nosso controle é total!

Deve haver um chip, um sinalizador, deve haver algo em nós. Se ao menos pudesse saber onde estava instalado, em que parte de seu corpo... Se ao menos pudesse removê-lo... Pensou nas pulseiras que supostamente os protegiam na Comunidade. *Pulseiras para confundir padrões mentais. Se elas são obras da ficção de Paulo...*

— Você deve estar cansada... Precisa dormir. Vou aplicar um sonífero, nada demais, prometo. Meu interesse não é machucá-la.

Você sempre diz isso e sempre acaba me machucando de uma maneira que não consegue nem compreender.

— Juliano? — perguntou ela, com a voz falha e rouca. — Bruno?

— Eles ficarão bem, por enquanto. Voltarão aos lugares de onde não deveriam ter saído, pelo menos não tão cedo — respondeu Paulo.

Alice imaginava os dois, assustados, presos a macas flutuantes com sensores nos braços e pernas, mas, antes que pudesse registrar pena, sentiu uma picada no braço e adormeceu.

CAPÍTULO 7

os criadores

O salão era imenso. Uma mesa ovalada de metal frio ocupava o centro. Ao redor dela estavam sentados onze homens e mulheres vestindo macacões cinza sob jalecos térmicos que faziam com que parecessem bonecos. Entre os homens estava Paulo, sentado à cabeceira, com uma xícara fumegante, um processador cuja tela era menor do que a palma de sua mão, um antiquado bloco de notas e uma caneta. Todos os demais, homens e mulheres, digitavam freneticamente em seus computadores — modelos maiores e mais antigos — como se estivessem fazendo mil coisas ao mesmo tempo.

As paredes a seu redor também eram metalizadas, em um tom escuro de cinza. Havia seis grandes tanques vedados, três em cada parede lateral, cheios de um líquido azulado cuja consistência parecia mais firme que a da água: bolhas lentas se desgarravam do fundo como enormes águas-vivas. Neles flutuavam, em estado de aparente suspensão, os corpos de quatro homens e duas mulheres, nus, contidos por um cinturão de onde saía um braço mecânico que os firmava.

Dois robôs pequenos sobrevoaram a mesa e pousaram ao lado de Paulo. Uma luz vermelha acionada em seus visores indicava que estavam gravando o encontro.

— Alice? — chamou uma das mulheres, sentada à sua esquerda. — Pode nos ouvir?

Ouvia o chamado como que vindo de um rádio. Podia observar a cena através de um visor transparente à altura de seu rosto. Vestia uma espécie de capacete largo, dentro do qual tudo era esverdeado, à exceção do exterior, que aparecia, nítido e em cores, no visor à sua frente. Levantou os braços e viu que havia grandes luvas em suas mãos. Estava dentro de um grande macacão vedado que fazia com que se lembrasse de uma infografia antiga em que vira os primeiros trajes usados por astronautas que chegaram à Lua.

— Alice? — perguntou novamente a mulher.

Havia alto-falantes no capacete, não ouvia nenhum som direto. Ficou alguns instantes observando a cena, descobrindo-se sentada à cabeceira da mesa, do lado oposto a Paulo. Este não parecia dispensar maior atenção a ela do que a seu processador. Levantava o olhar vez por outra, como quem checa o progresso de um procedimento, enquanto a mulher continuava chamado, suavemente. Era jovem e morena. Como todas as mulheres presentes, tinha o cabelo impecavelmente atado em um rabo de cavalo. Seu rosto transmitia segurança.

— Alice, meu nome é Laura — disse ela, forçosamente gentil. — Fui a responsável por sua recuperação e pelos relatórios sobre seu desempenho nos últimos anos, o que chamamos de histórico biogenético. Você é a primeira de sua espécie a ser trazida a nosso ambiente de trabalho, fora do setor de Tratamento, como vocês costumam chamá-lo. Para isso, desenvolvemos esse traje, feito por dentro de uma camada de pele, com as mesmas características de sua própria pele, duas camadas de um composto em titânio e uma camada externa de emborrachado térmico, para garantir que, mesmo que você fique nervosa e pretenda se transformar, a transformação ocorra somente dentro do traje. Esperamos não ter de passar por isso. O traje é experimental, mas com certeza mudar de forma e recuperá-la dentro dele será algo extremamente doloroso. Algo de que talvez você nunca se recupere. Podemos contar com sua colaboração?

— Sim — disse uma Alice muito assustada.

— É importante dizer, minha jovem — disse um senhor calvo à sua direita —, que estar aqui é uma grande honra. Significa que você alcançou um patamar em que achamos que conversar com você pode ser produtivo, enriquecedor.

Significa que eu sei mais do que vocês sobre mim mesma. Talvez isso seja útil no futuro.

— É a criatura encontrando seu criador — seguiu o cientista. — Nós somos seus criadores, Alice. E este é um momento especial.

Sem dúvida. Um momento especial em que posso obter muitas informações se for esperta. Uma coisa estava clara: se ela tivesse realmente um criador, ele não a fizera mutante ou arma, mas um ser humano a mais para viver neste mundo da melhor maneira possível. Aferrou-se a esse pensamento. *Estão tentando me impressionar.*

— Tem alguma pergunta que você queira fazer, querida? — disse Laura.

Alice observou que Paulo, por vezes, colocava seu processador de lado e passava a acompanhar a conversa. Os gestos duravam apenas alguns segundos, depois dos quais ele voltava a suas anotações. *Ele é o chefe e também precisa impressionar a equipe.*

— Sim — respondeu a menina.

— Pode fazer — disse Laura. — Não tenha receios. Não vamos ficar ofendidos com nada do que você possa querer nos perguntar. É seu direito saber.

Cuidado, Alice!

— Por que eu sou tão interessante para vocês?

Paulo arqueou uma sobrancelha. *Orgulho. Orgulho da própria cria.*

— Acho que posso te responder em relação a isso — disse outra mulher, sentada à sua direita. Ela era loira. Coçava o nariz, pontuando o início de cada frase, um tique nervoso. — Meu nome é Ana. Sou responsável pelo setor de Efeitos Colaterais. Quando implementamos a mutação P9...

— Ana, combinamos que... — interrompeu o cientista calvo, um tanto impaciente.

— ... que não usaríamos vocabulário técnico — completou Ana, respirando fundo. — Desculpe-me, Alice, não estamos acostumados a isso.

Bom! Sinais de ansiedade, impaciência... São seres humanos, afinal. Buscou apegar-se a isso para se sentir menos exposta.

— Quando implementamos a mutação que deu origem aos Especiais — continuou Ana —, imaginamos vários tipos de dificuldades: por exemplo, como vocês poderiam utilizar-se das moléculas de suas próprias roupas... Uma coisa é alterar seu próprio corpo, o que já é bastante desafiador, outra coisa é alterar seu corpo e o que vocês estivessem vestindo, por exemplo. Aperfeiçoamos o processo, em meu departamento, mas não nos dedicamos ao que poderia acontecer na consciência cada vez que a estrutura do ego, de quem você mesma acha que é, fosse alterada. Pensamos no externo e no biológico, mas não pensamos no psicológico...

E por que pensar? Somos armas! Quem se preocupa com o bem-estar e a integridade de uma arma?

— Quando começamos a observar que havia perda de memória a cada transformação, buscamos identificar o padrão: de que maneira essas memórias eram atingidas e por que somente algumas delas? Seria um processo ao acaso? Em nossa vasta experiência, raramente vimos processos não encadeados de consciência. No entanto, precisávamos de um Especial que se dispusesse a colaborar com a identificação do padrão. Por livre e espontânea vontade, você se tornou essa Especial. Com seu interesse em salvar seu amigo Beta e levar seus aliados à Comunidade, você acabou descobrindo não somente como funcionava a perda de memória, mas como controlá-la.

O Plano.

— Nosso diretor-chefe, o doutor Hélis... — começou Ana.

— Paulo — interrompeu novamente o cientista calvo.

— Paulo... — corrigiu-se Ana, um tanto a contragosto — ... estava acompanhando bem de perto o projeto Comunidade e já tinha se aproximado de quatro outros Especiais que, como você, desenvolveram o Dom além do esperado. Você precisa compreender, Alice, que nosso objetivo sempre foi tornar a vida de vocês o mais agradável e plena possível... Se permitimos que a Comunidade seguisse com suas atividades, foi porque percebemos que ela se tornou um ambiente seguro e confiável em que vocês podiam aproveitar o restante de sua infância...

— Esse tipo de *mea culpa* é totalmente desnecessário — pontuou Paulo. — Não é com pedidos de desculpas que vamos ganhá-la. Não devemos subestimá-la nunca.

O doutor Paulo Hélis fizera seu comentário quase casualmente, sem encará-la em momento algum. Algo no fato de que ele a mencionava como se não estivesse ali fez com que seu sangue gelasse.

— Bem, tentando ser breve e objetiva... — disse Ana. — A forma como você decidiu que teria de esquecer quem era, esquecer suas características de protetora e, em especial, esquecer que, apesar de tudo, não temia Juliano foi bastante interessante. Você estruturou quantas transformações teria de fazer e de que maneira, para se esquecer daquilo que poderia levantar suspeitas caso Juliano mantivesse uma ligação mental com você. Não sabemos do quanto você se lembra agora...

— Nem eu sei ao certo.

— Bem... — seguiu a cientista —, você se lembra de que Juliano tinha tentado criar um GNO? Você o acompanhou, na tentativa de controlá-lo, e acabou muito ferida, certo?

— Certo.

— Você sabia que Juliano não desistiria de montar seu GNO, mas confiava cada vez menos em você. Quando partisse, partiria sozinho e seria praticamente impossível saber seu paradeiro. Se o rastreasse, ele também teria acesso à sua mente e a seus planos para detê-lo. Então, decidiu aprendeu a controlar os esquecimentos provocados pelas transformações. Se você se esquecesse de tudo o que fosse ameaçador para Juliano e aparecesse em algum lugar indefesa e totalmente à sua mercê, acreditava que ele a resgataria e acabaria se entregando. Seria uma forma de se colocar como isca e, assim, protegê-lo. Acreditava que ele não teria coragem de deixá-la desamparada no mundo.

— Até aí, tudo bem... — disse Alice, quase que para si mesma. — Mas por que ele voltaria à Comunidade se estava foragido?

— Ah, mas era você quem insistia que ele nunca a deixaria

largada no mundo! — disse Paulo, despertando uma vez mais de suas anotações. Parecia intrigado. — Eu também nunca entendi muito bem essa parte. Sempre achei que você estava escondendo algo de mim. De todos nós. Afinal, você sempre foi muito esperta, não é?

Orgulho. Novamente, o orgulho.

— Mas não me importava nem um pouco — continuou Paulo. — Você insistia que Juliano seria fiel a você e a seus desejos. Por mais que estivesse louco por poder, não deixaria de trazê-la de volta ao único lugar que você considerava como um lar. Chegamos a discutir, eu e você! Eu dizia que ele podia até dar um jeito de te entregar a Mariah, mas não se exporia. Mas você disse que conhecia Juliano melhor do que ninguém e que ele jamais perderia a chance de enfrentar a Guardiã e se vangloriar de sua situação, mostrando-lhe como no fundo você era frágil e dependente dele. Ele tinha ciúme de seus poderes. Tinha ciúme da atenção que você recebia.

Isso era verdade, pensou com uma pontada de dor. *Eu o perdi ao me tornar independente.*

— Então, eu descobri como funcionava o padrão de esquecimento... — murmurou Alice.

— Isso mesmo — respondeu Ana. — E nós, é claro, Paulo mais especificamente, observamos de perto. Você tinha apenas alguns fragmentos de informação. Sabia que Juliano ia propor a Leon e seus capangas que subjugassem Carmem como uma espécie de teste de lealdade para que se somassem a seu bando. Precisava se assegurar de que estaria no lugar certo e na hora certa e de que chegaria a tempo de proteger sua amiga. Foi quando teve a ideia de pedir apoio à própria Carmem, é claro, e ao Celta. Você sabia que ele faria qualquer coisa pelos Especiais.

— Você era uma das poucas pessoas que sabiam que o Celta era Mário, o filhinho sumido de Sérgio Ribeiras — disse Paulo com um sorriso debochado. — Ou, pelo menos, achava que era. Ainda me lembro do dia em que nos revelou o grande segredo...

— Então, as mensagens que o Celta me enviava...

Alice começava a entender.

— Tudo estava programado — continuou Ana. — Ele devia apenas rastrear seus avanços, manter todos os seus cúmplices informados e controlar seus passos. Um problema previsto era o de que, assim que suas lembranças desaparecessem, seu estado de confusão fosse tão grande que a paralisasse. Era preciso gerar um sentimento de fuga necessária, para que você se mantivesse sempre em movimento.

Primeiro, é preciso admitir que estamos fugindo...

— Depois que você se esqueceu de tudo — disse Ana. — Mariah a levou a um esconderijo, uma espécie de porão abandonado de um edifício comercial com pouco movimento. Lá, deixaram um computador, algum dinheiro, roupas e comida para uma semana. A partir daí, você ficou quase por conta própria, mas monitorada por Paulo e pelo Celta. O Celta alimentava o pânico em relação ao Rastreio, ao mesmo tempo que buscava protegê-la em situações mais arriscadas de real perseguição.

Alice precisava descobrir como fizera aquilo funcionar, mas temia perguntar qualquer coisa.

Como se lesse seus pensamentos, Paulo franziu a testa e disse, saboreando cada palavra:

— Você não se lembra mais de como fez o que fez.

Alice sentiu-se queimar de vergonha, a vulnerabilidade de não ser dona de seu passado voltando-lhe como há muito não sentia.

— A questão é: se eu te mostrar como foi, você vai me ajudar a preencher algumas das minhas lacunas? — perguntou ele, quase para si mesmo.

— Se eu puder...

— Veja por si mesma, então.

Por alguns instantes, ela não soube o que ia acontecer. Seu corpo se retesou em expectativa e, quando menos esperava, sentiu uma picada, e uma ardência tomou conta de seu braço esquerdo. A imagem dos cientistas foi ficando pequena, distante e borrada, e, por mais que piscasse os olhos, não conseguia fazer o efeito passar. *Estou drogada?* O mais assustador era que todos permaneciam calmos e aparentemente não afetados pelo que quer que estivesse ocorrendo com ela, enquanto o corpo deles se distorcia no visor. Resolveu esperar. *Preciso manter a calma.*

Sem aviso, as paredes já minúsculas e fora de foco da sala tombaram, dando lugar a um torvelinho de imagens quase fotográficas que substituíam umas às outras em velocidade vertiginosa, a ponto de ela não conseguir distingui-las entre si. *Como em um rastreio muito veloz!*

— Considere isso um sonho lúcido, Alice — disse a voz de Ana, invadindo a projeção.

Logo o cenário se estabilizou. Era noite, estava na Comunidade e podia andar livremente. Não havia nem sinal do traje sufocante que estivera usando até poucos segundos atrás. *Mas, se isto é um sonho lúcido, de quem são as memórias? Em que mente estou?* Não conseguia responder, mas cruzou a porta principal rumo ao salão e encontrou Paulo, Mariah e Carmem sentados em círculo e falando muito baixo. Pareciam estar à sua espera.

— Está certa de que quer seguir com isso? — dizia Paulo. — É um plano suicida! Perder as memórias de uma vida para resgatar um menino que nem quer...

— Já está decidido, Paulo — interrompeu Mariah. — E não temos tempo! Juliano tem dormido cada vez menos...

— E te vigiado cada vez mais — completou Carmem, encarando a menina diretamente nos olhos. — Parece que a conexão entre vocês está ficando mais forte...

Alice sentiu uma saudade imensa invadir-lhe o peito. Quis abraçar Carmem, dizer-lhe que, no final das contas, ela estava certa, sempre esteve certa e que Juliano talvez não fosse mesmo alguém em quem ela pudesse confiar. Lembrou-se de como a amiga cuidara dela depois da destruição em seu triplex, mas, antes que pudesse fazer menção de tocá-la, a imagem começou a se desestruturar novamente, dando lugar a uma sala pequena e escura, repleta de papéis rabiscados com esquemas e listas, expostos em paredes rústicas de tronco de árvore. Grossas setas conectavam um esquema ao seguinte, como em um passo a passo. Não se lembrava de ter visto aquele lugar antes. Atrás dela, uma porta se abriu, deixando entrever o bosque, escuro e frio. Paulo e Mariah entraram, um tanto exasperados, observando aqueles mapas de ação rudimentares.

— Como sempre, não temos muito tempo — disse Mariah. — Pelo que entendi, você pretende se esquecer de tudo o que sabe sobre o Dom, certo? Se sua lógica estiver certa, minhas ex-colegas de trabalho podem ajudar. Bastaria você se transformar em duas ou três delas para se esquecer de tudo. A maioria não acredita no Dom e tem total fé no Programa Antiviolência. Acham que essa coisa de Dom é historinha de ficção científica. E podemos resolver como você vai se esquecer de que conhece o Mário usando o Pedro.

— Pedro? — perguntou Paulo.

— Um menininho que acabou de chegar à Comunidade — completou Mariah. — Tem cinco anos. Acha que o Celta é alguma espécie de Deus, sei lá, uma entidade superpoderosa.

— Tudo bem — disse Paulo. — Mas talvez ela precise se esquecer do que sabe sobre o Dom por último ou não vamos conseguir nem mostrar a ela como se transformar.

— É verdade — concordou Mariah.

E, apontando para os esquemas na parede, acrescentou:

— Mas acho que isso já estava previsto, não é?

A ideia foi quase toda minha. Aos poucos, Alice compreendeu que havia sido, de fato, a mente por trás da lógica das transformações.

Não apenas descobrira o padrão de esquecimento, mas desenhara uma ordem para que ele funcionasse de acordo com seus propósitos no resgate de Juliano. *Não é à toa que meus "criadores" estão tão interessados em mim.* Examinando os esquemas, descobriu uma pergunta em letras garrafais, sublinhada de vermelho: "COMO ESQUECER A COMUNIDADE?". Pelo que entendia da conversa que estavam tendo, não bastava se transformar em alguém que ignorasse a existência daquele lugar. Era preciso encontrar pessoas céticas, que tivessem descartado a Comunidade como apenas mais um boato. Essa era a chave. *Se me transformo em alguém com uma crença oposta à minha, passo a viver essa crença.*

Novamente, a cena se desvaneceu e, agora, ela estava diante de uma Mariah furiosa e um Paulo quase tímido, sentados em pedras arredondadas, na mesma clareira em que Juliano lhe contara a história de sua fuga. Mas era noite. *Sempre à noite, sempre enquanto Juliano estava inconsciente...* Mesmo a distância, se Alice captasse algo do Plano neles e Juliano tivesse acesso à sua mente, tudo estaria perdido. Dessa vez, no entanto, não olhavam para ela. Não parecia estar incluída na cena. Percebeu que a pessoa em comum, em todas as memórias até o momento, era Paulo. *Estou na mente dele. Mas como?*

— Você não tinha o direito de interferir! — disse Mariah.

Alice nunca a vira tão irritada.

— Você sabe que eu nunca estive de acordo com esse Plano infantil — respondeu ele, quase se desculpando. — Não podia simplesmente vê-la sofrendo, perdida, à mercê das contingências...

— Contingências plantadas por ela! — interrompeu Mariah. — Planejadas aqui! E por todos nós!

— Planejadas por ela, Mariah? — questionou Paulo, em tom preocupado. — Ela é apenas uma criança apaixonada. Eu tive de ir ao beco. Não tive escolha. Você sabe que ela é mais do que um caso de caridade para mim, ela é como uma filha...

— E você acha que o que eu faço aqui é caridade?

O olhar de Mariah era como gelo.

— Eu não quis dizer isso. Desculpe.

— Bem... — suspirou Mariah —, agora que ela está aqui, vamos deixar que descanse e se recupere minimamente antes de darmos seguimento ao Plano.

Eles foram meus cúmplices. Eles garantiam que eu seguisse.

— Mas não se esqueça — disse Mariah, em tom ameaçador. — Em dez dias, no máximo, Juliano vai abordar Carmem com seu GNO no triplex. Mário vai nos manter a par dos planos dele e a menina *precisa* estar lá quando isso acontecer. Não podemos permitir que Carmem corra perigo e perca sua casa à toa. Precisamos encontrar o quartel-general do Faixa Delta.

— Um nome pomposo para um grupo de crianças... — desdenhou Paulo.

— Um grupo de crianças com poderes para torturar, destruir e até matar... E liderados por um jovem que essa mesma menina que você diz respeitar tanto está tentando resgatar.

Dizendo isso, Mariah deixou a clareira com passos firmes. Assim que se viu sozinho, Paulo sacou um pequeno dispositivo — muito semelhante ao computador de mão que Alice vira na sala de reuniões — e começou a ditar-lhe notas de áudio:

— Tentativa de abortar o Plano, nota 2: não consegui convencer Mariah de que seria mais produtivo trazer a Especial Alpha de volta. O Plano segue. Pontos negativos: o Plano impede a livre ação do Especial Beta conhecido como Juliano e temos interesse em suas respostas de organização e na evolução natural do Faixa Delta. Pontos positivos: possibilidades de avaliação da dinâmica Alpha/Beta quando os dois se encontrarem.

A imagem de Paulo foi sendo substituída aos poucos, enquanto Alice engolia o amargor de lidar com as reais intenções daquele homem. *Para ele, sou apenas um experimento.* Agora, ela estava no Centro Governamental, em uma espécie de escritório, cujas paredes cinza lembravam as do salão de reuniões em que encontrara os cientistas. Paulo e Ana discutiam fervorosamente os resultados das transformações de Alice, diante de uma planilha projetada à sua frente, em que havia um controle de cada transformação pela qual a menina passara. Ele discursava:

— É óbvio que, no beco, quando ela se transformou na minha ex, perdeu um pouco de sua compaixão e, quando se transformou em meu amigo, perdeu ainda mais o instinto de cuidar do próprio corpo.

Ao que Ana completou:

— E, quando se transicionou na mãe do caminhoneiro, ficou mais propensa a proteger outras pessoas do que a proteger-se.

Paulo encarou Ana com admiração.

— Mas isso não estava previsto no plano original, não é? — perguntou Ana.

— Não — respondeu Paulo. — Minha tentativa de parar o Plano e aquele maldito caminhoneiro que Mariah arranjou só para que a menina pudesse chegar ao triplex a tempo acabaram afetando a dinâmica Alpha/Beta posterior.

— Precisamos incluir isso nos relatórios — disse Ana, puxando seu computador de mão.

— Sem dúvida. E há outras variáveis. De fato, se eu soubesse que Leon ia acabar nocauteando Juliano e virar chefe ele mesmo, nem sonharia em impedir a menina Alpha de seguir. Veja: com isso, estamos de posse de um material muito mais rico! Temos a transformação em dragão, o fato de que dois corpos se transformando juntos podem, sim, causar um certo nível de estrago.

— E os danos foram mínimos — completou Ana, sem parar de digitar.

À medida que o fazia, novas observações pululavam como adendos na planilha diante deles.

— Bem como nosso investimento. Descobrimos que

a dinâmica Alpha/Beta suporta sonhos lúcidos compartilhados e isso também não havia sido previsto. De fato, acho que foi uma situação em que ambos os lados ganharam: Alpha e Beta seguem em sua parceria romântica de folhetim e nós ganhamos o material de pesquisa de uma vida.

O escritório foi invadido por um grito agudo de dor, antes que Alice identificasse que outra memória se impunha. Abruptamente, foi lançada em uma sala de vídeo, repleta de monitores. Paulo parecia controlar a exibição, diante de colegas cientistas, com seus macacões e jalecos, que se sentavam lado a lado formando uma plateia. Pareciam assustados com o grito: intenso, estridente, cortante. Alice reconheceu, no pequeno monitor, a imagem do quartel-general provisório do Celta, onde estivera se recuperando ao lado de Juliano: o mesmo teto amarelo descascado e o estranho pufe roxo-batata. Mas não havia monitores, apenas caixas, cinco caixas de variados tamanhos, de onde escapavam alguns fios. Tampouco havia camas ou macas improvisadas. Apenas um quarto escuro — com uma única luz-própria à direita, acima da porta —, em que jazia uma solitária mesa.

E um jovem. Gritando. Deitado no chão.

E Carmem. Apoiando sua cabeça.

— Shhhh... — Carmem tentava acalmá-lo. — Vai passar... Você está fazendo a coisa certa.

O jovem se aquietou por alguns instantes. Parecia bêbado ou dopado. Seu corpo era forte, a pele negra e todos os seus músculos se contorciam em dor. *Ou angústia.*

— Ela vai procurar meu pai — sussurrou ele.

— Também estou preocupada. Mas nossa pequena é forte, Mário.

Mário! Apesar de estar abatido, o rosto lembrava apenas vagamente o jovem franzino em que Alice se transformara na casa de Sérgio.

— Não existe outra maneira de sair da cidade — disse Mário, com muito esforço.

— Você não pode se preocupar com isso agora — continuou Carmem, acariciando-lhe os cabelos crespos. — O importante é que você se recupere e o Plano siga. Nós precisamos muito de você. Ela precisa de você e...

Carmem hesitou.

— ... eu preciso de você.

Um novo grito de dor tomou conta da cena. Alice acreditava nunca ter estado na presença de Mário, mas sentia-o como um amigo. De alguma forma, aquela cena a constrangia. *Por quantas coisas essas pessoas tiveram de passar apenas para que eu seguisse com meu plano? E para quê? Para alimentar pesquisas?*

— Era para ter sido mais simples... bem mais simples... — continuou Mário. — Se eu não tivesse incentivado a paranoia dela, tudo teria acabado aqui. Juliano estaria a salvo. Ela estaria a salvo...

— Shhhhhh... — interrompeu Carmem. — Procure não pensar nisso agora. Seu corpo não vai aguentar. E lembre-se: talvez ainda dê certo! Ela fugiu, mas talvez nós ainda consigamos atrair Juliano. Vamos acompanhar tudo de perto e você vai nos ajudar.

Paulo interrompeu a projeção e começou a desfilar diante de seus colegas.

— Como vocês podem ver, o fato de a menina Alpha ter fugido do esconderijo do Celta não foi proposital — disse ele. — A ideia inicial era que o Plano acabasse no próprio triplex, momento em que o menino Beta veria Alpha indefesa, completamente sem memórias, e tentaria manipulá-la para ingressar em seu GNO. A partir daí, o grupo de cúmplices monitoraria as atividades do grupo até conseguir descobrir seu esconderijo, desativá-lo e, com sorte pacificamente, trazê-los de volta à Comunidade. O interessante no Plano de Alpha era que ela esperava que tudo isso fosse feito de forma que Juliano considerasse cada movimento uma decisão sua ou, pelo menos, uma situação sem saída. Dessa forma, ele voltaria à Comunidade por livre e espontânea vontade. Assim, havia várias indicações, todas pensadas por ela, em relação a como devíamos agir, de acordo com as respostas dele.

Paulo buscou seu computador de mão em um bolso e projetou, a partir dele, um esquema com duas ramificações. A primeira delas, "Retorno Espontâneo", piscou em vermelho:

— A primeira possibilidade era que ele quisesse se gabar de estar de posse da menina perante Mariah, uma pessoa que eles entendem como autoridade no mundinho paralelo deles. Nesse caso, ele voltaria à Comunidade e o Plano nunca seria revelado, devendo ser ela quem o recuperasse, por assim dizer.

O primeiro título se apagou e o segundo, "Saída Forçada", começou a piscar:

— A segunda possibilidade era que ele seguisse seu comando e se acomodasse ao fato de tê-la como uma espécie de agente submissa pela primeira vez. Nesse caso, entraríamos em cena e forjaríamos uma intervenção do governo que destruiria o esconderijo do menino, seguida por uma série de desestabilizações que não deixassem alternativa senão voltar à Comunidade.

A projeção se apagou mediante um comando de Paulo, que seguiu discursando:

— É claro que nada disso aconteceu. O acaso cumpriu seu papel. Na verdade, precisamos investigar se foi mesmo o acaso ou algum tipo de mal-entendido em relação a como a ligação Alpha--Beta funciona de verdade. O fato é que, por mais que a transformação conjunta no triplex, o sonho lúcido e a fuga posterior de Alpha não estivessem previstos, eles funcionaram — com uma ajudinha nossa — muito bem para o Plano.

— Desculpe-me, mas eu não entendo como... — perguntou um dos cientistas.

— Simples — respondeu Paulo, condescendente. — Quando Alpha fugiu usando Sérgio Ribeiras, Mário entrou em contato com Norma. Ela, além de ajudar em sua recuperação, organizou um trajeto com o motorista, João, que deixasse a menina perto de onde seu companheiro Beta se escondia. A essa altura, Mário já havia descoberto, analisando as mensagens que os membros do GNO trocavam entre si via o Celta, que o esconderijo dele devia ser perto de São Custódio. Norma também enviou a Beta as coordenadas aproximadas de onde Alpha estaria, sob o pretexto de querer que ele e seu GNO trabalhassem para ela no futuro. A partir daí, plantamos uma nave manipulada à beira da estrada e... o resto vocês já sabem.

— Nós plantamos a nave?!? — perguntou o cientista.

— Claro! — respondeu Paulo, um tanto exasperado. — Parece que vocês não percebem o quanto estamos aprendendo com toda essa experiência e sem gastarmos praticamente nada. Nossos investidores estão muito satisfeitos! Todos os dados — que, é claro, ainda precisam ser devidamente analisados — indicam que os pares Alpha/Beta são mais do que apenas combinados genéticos que se potencializam. Eles são seres capazes de um nível de simbiose mental que vai além da memória funcional. Não estava previsto que Alpha fosse se esquecer completamente de Juliano ao se transformar em seu oposto, digamos assim, a memória de Mário. E, mesmo assim, algo nela seguiu buscando contato e vínculo. A perda dessa memória não atrapalhou o esquema.

E eu sigo buscando esse vínculo. Mesmo agora sigo buscando...

O pensamento foi interrompido. A imagem da sala de vídeos se apequenou e obscureceu diante de um sem-número de fotografias estanques em espiral, dançando diante dela. Alice não entendia como pudera experimentar as memórias de um Comum. Sim, porque estava certa de ter vivenciado trechos da vida de Paulo. E, por mais que quisesse e precisasse se concentrar, sentia o cansaço por ter de processar todas aquelas informações invadindo-a como uma onda. Estava de volta ao traje, com sua luz esverdeada e a tela que projetava seus criadores diante de si. Ao menos agora entendia melhor o Plano. O Plano que fizera com que Juliano se afastasse definitivamente dela. O Plano que ela construíra para salvá-lo.

Era difícil voltar à sala, imersa como estava em lembranças que doíam e não permitiam que se concentrasse. A sensação sufocante do traje piorava a situação. Percebeu que Ana estivera falando por muito tempo sobre o início do fenômeno de perda de memória entre os de sua espécie, mas não conseguia acompanhar mais nada. E Paulo agora a observava atentamente. *Ele está exausto*. Como tinha conseguido projetar um sonho vívido com base em suas memórias?

— Quer fazer uma pausa? — disse ele, com a mesma voz gentil que usara ao falar com ela no beco.

— Sim. Estou cansada. Posso dormir?

— Claro! — disse Laura.

Enquanto os outros cientistas se levantavam — alguns contrariados e outros com ar de pena —, Ana e Laura se aproximaram dela. Uma maca flutuante surgiu a seu lado. Logo estava deitada. Fechou os olhos, sentindo um leve trepidar de movimento, enquanto a maca se afastava da sala. Esperava que não a drogassem ou a plugassem a lugar algum.

O movimento suave começou a niná-la. Cochilou por alguns segundos. Acordou assustada e manteve os olhos fechados, mas esforçou-se para não apagar. Precisava ficar alerta. Depois de alguns minutos, o movimento parou. Entreabriu os olhos devagar, apenas o necessário para ter uma ideia de onde estava. Descobriu-se em um espaço bastante bem mobiliado, quase um quarto de hotel, e percebeu que seria bem tratada: persianas cor de vinho, uma tela robótica desligada, aparelho de som, cubo multifuncional e até mesmo um quadro 3D, meio cafona, representando as margens do que parecia ser o Rio Otto em um dia de sol.

Assim que sentiu que suas acompanhantes saíam — não sem antes informarem que voltariam em, no máximo, oito horas —,

Alice voltou a organizar suas lembranças. Ainda estava vestida em seu traje antimutação, mas o simples fato de estar deitada fazia com que ela se sentisse melhor.

O Plano quase funcionara. Paulo jamais compreenderia o que Juliano significava para ela. *Não consegui e não consigo, nem mesmo agora, abandoná-lo. Eu achei que ele tinha entendido, amadurecido...* Ao longo daquele último ano, tinha sentido que Juliano começara a respeitar as propostas feitas pela Comunidade. Alice sabia que, por mais que ele a tivesse perdoado, nunca compreendera totalmente sua traição, talvez nem quisesse compreender. Mas Mariah tinha sugerido que eles dois formassem um GNO com atitudes positivas perante o mundo: voltado para resgates e reeducação daqueles que estivessem perdidos em relação a quem eram. Juliano teria um papel importante nessa formação — seria uma espécie de líder, como tanto sonhara — e desenvolveria artefatos tecnológicos, como sempre gostou de fazer, para apoiar a comunicação com Especiais espalhados pelo mundo. Ele parecia especialmente animado com a ideia.

E estávamos apaixonados. Sempre estivemos apaixonados.

Tinha sido um namoro simples, de quase seis meses, com passeios pelo bosque e beijos experimentais. O tipo de amor que sentiam, mescla de curiosidade e uma longa história de sacrifícios em comum, podia durar muito tempo. Alice sentia-se feliz como nunca e só começou a notar alterações no comportamento do rapaz quando disse que sairia da Comunidade por algum tempo. Como eles tinham feito uma espécie de acordo tácito de não mais se invadirem mentalmente, não podia saber ao certo o que se passava pela cabeça dele. Achou que se tratava apenas de uma demonstração de ciúmes, diante de sua iminente incursão sozinha pela cidade. No entanto, ele nunca fez menção de acompanhá-la. E ficou furioso no dia em que ela finalmente partiu, ofendendo-a como havia muito não fazia.

Como quando eram crianças, e ela se transformou, por acidente, sozinha.

E então a cilada.

Ele a traíra e ela não conseguia nem culpá-lo, por mais que achasse que suas supostas traições já tivessem sido perdoadas, por mais que todas as suas mentiras tivessem o objetivo único de protegê-lo. *Será que ele estava planejando essa vingança o tempo todo? Será que planejava me entregar, enquanto fingia que estava tudo bem?*

Mas não conseguia acreditar nisso, não podia. *Ele deve estar iludido!* Paulo sabia que ela viria imediatamente, sem pensar, para salvar seu companheiro Beta. Mas Juliano sempre desconfiou de seus cuidadores e de qualquer autoridade, dentro ou fora da Comunidade. Chegou a odiar Paulo: como podia agora aliar-se a ele? Como podia voltar espontaneamente a um lugar de onde tanto quis escapar? Lembrou-se de seu rosto de menino, quando fora capturada, a perna ainda se recompondo e ele ali, zombeteiro, raivoso. *Acordou, donzela?* Seus olhos se encheram de lágrimas. Queria acreditar que toda aquela arrogância era apenas uma encenação para Paulo. Queria acreditar que Juliano também tinha um plano. Porém, algo dentro dela insistia que não. E a voz de Paulo, confrontando-o, dizendo que tudo aquilo era mais do que uma simples disputa entre namoradinhos, trazia uma perspectiva que ela preferia não encarar.

Paulo continua manipulando a cabeça dele. O cientista podia tê-lo envenenado contra ela, recontado o Plano como bem entendesse, recriado a desconfiança entre eles. *E tudo isso podia ser apenas parte de seu joguinho para entender a dinâmica Alpha/Beta...*

Podia ter lhe prometido prestígio e poder. Proposto algo que pudesse despertar no menino novamente todos os seus sonhos de vingança. Os mesmos sonhos que ela tentava, tão diligentemente, afastar. Se tivesse forças, sentiria ódio. Nunca suspeitara de Paulo. Cochilou involuntariamente, as pálpebras pesando, a cabeça doendo, mas foi assombrada por imagens dos corpos desacordados nos tanques do salão, de seus criadores sentados na mesa ovalada, de Juliano, Bruno... Tornou a despertar. Podia confiar na informação de que a Comunidade fora destruída? Poderia confiar em Mariah, Carmem e em Mário uma vez mais?

Mário. O nome apareceu em sua mente como início de um novo plano. Imediatamente se sentiu marear. *Sou um experimento, e um experimento burro!* Sentia-se presa, usada e sem escapatória. Vigiada vinte e quatro horas por dia por meio de um dispositivo que não sabia como localizar. Mário era a única pessoa, além de Juliano, que podia ajudá-la a encontrar e remover o rastreador.

Não posso fazer novos planos. Não quero controlar mais nada. Juliano estava certo: talvez, no fundo, ela só quisesse ser a heroína. Mas seus planos de heroína não tinham dado em lugar algum. Pelo contrário, provavelmente prejudicaram muitos daqueles a quem amava. Quem era ela para fazer planos? A voz de seu irmão, seu amigo, seu amante ecoava em sua cabeça, raivosa. *Você sabe o que está fazendo? Sabe o que fez? Para que você exista assim, gloriosa, heroína, é preciso que eu seja o vilão!*

Talvez fosse melhor simplesmente seguir seu destino e se entregar...

Pensando nisso, adormeceu.

Acordou novamente na sala de reuniões dos cientistas. O sono, ainda que breve, havia restabelecido grande parte de suas energias e já conseguia se esquecer do traje em que estava vez por outra.

Novamente Laura fez as honras:

— Olá, Alice! Esperamos que você esteja bem descansada. Desta vez, não poderemos parar tão cedo. Queremos saber, antes de fazermos nossa proposta, se há algo mais que você gostaria de saber.

— Como estão Bruno e... Juliano?

Os cientistas se entreolharam, parecendo surpresos.

— Eles estão bem, Alice. No Centro de Tratamento, com os demais.

Quer dizer que estão bem mal.

— Mais alguma pergunta? — encorajou Laura.

Alice temia a resposta, mas perguntou:

— O que... Quem são aquelas pessoas? Nos tanques?

Paulo levantou a cabeça e encarou sua criação. Os demais cientistas pareciam confusos, como se não soubessem até que ponto tinham permissão para responder. Foi o próprio Paulo quem, após indicar que ele assumiria a pergunta, explicou:

— São Especiais adultos, Alice. Pessoas como você, só que mais velhas.

— E por que estão ali? — insistiu a menina.

— Eles estão vivos e fisiologicamente bem. Mantidos em suspensão até que possamos encontrar uma maneira de acordá-los.

Paulo se levantou e pôs-se a andar ao redor da mesa. Observava os tanques com um olhar nostálgico.

— Quando criamos sua mutação genética, sabíamos que não podíamos controlar as variações normais do metabolismo, que vai mudando à medida que todo ser humano cresce e se desenvolve. Em geral, o metabolismo mais acelerado da juventude trabalhava em cooperação com o Dom, tornando-o mais poderoso. Chegamos a testar a mutação em pessoas mais velhas, pessoas que nos interessassem tirar de circulação por algum tempo, como Carmem. Ela hoje tem vinte e sete anos e, apesar dos problemas psicológicos, que são de outra ordem, consegue dominar o uso do Dom bastante bem. Os problemas surgem a partir dos trinta...

Paulo se aproximou do primeiro tanque da fileira à direita, onde uma jovem de longuíssimos cabelos castanhos jazia em suspensão. O homem imponente e poderoso, que controlava a vida de Alice como bem entendia, parecia ter se transformado em um velho senhor, sem esperanças.

— Esses são os seis primeiros Especiais. Eles têm algo em torno de trinta anos de idade e estão em suspensão. Alguns caíram mais cedo, outros resistiram mais tempo. Minha filha durou vinte e nove anos e foi a primeira a ser trazida para cá.

Alice estremeceu dentro de seu traje. Procurou respirar profundamente, mas não conseguia tirar os olhos da jovem que parecia dormir tranquilamente, suspensa pelo cinturão metálico.

— O que acontece... aos trinta? — perguntou Alice.

Paulo estava perdido em seus próprios pensamentos, observando a filha, como se esperasse que ela acordasse a qualquer momento. Laura respondeu:

— Não conseguem manter a forma. A menos que sejam postos em suspensão, no momento exato em que estejam em sua forma original, o Dom toma conta de sua mente e se apega a qualquer imagem mental disponível.

— Minha filha foi a primeira... — disse Paulo.

O cientista falava tão baixo e longe dos microfones da mesa, que Alice mal conseguia ouvi-lo.

— "Por que não testar algo em que você tem plena confiança em sua própria família?", eles me disseram. — "Confiamos em sua capacidade, sabemos que fará o melhor que puder e mais que isso para proteger sua filha."

Ele também foi usado. Havia, então, um fundo de verdade em suas explicações sobre como se envolvera com tudo aquilo. Talvez ele quisesse mesmo trabalhar com regeneração de órgãos, talvez tivesse mesmo sido forçado a fazer os experimentos. Alice percebeu que tentava explicar o comportamento daquele que, até pouco tempo atrás, era a única referência que tinha de pai. Sabia que não podia se deixar levar por esse sentimento, mas isso não a impediu de sentir pena dele.

Ao passo que não conseguia sentir pena de si mesma.

Tenho, no máximo, mais doze anos de vida. Parecia-lhe uma eternidade. Não conseguia ainda atender à magnitude da descoberta nem deixar de lado a esperança de que efetivamente conseguissem descobrir uma forma de resolver o problema.

Paulo voltou a seu lugar na mesa. Alice queria perguntar-lhe sobre como ele conseguira projetar um sonho lúcido, mas sentiu que a pergunta seria arriscada. *Basta saber que eles conseguem fazer isso. Basta me lembrar de que não sou onipotente na mente deles.*

— O que vocês querem de mim? — perguntou Alice.

— Queremos que você nos ajude a gerar memórias de estabilidade e proteção — disse Laura. — Acreditamos que, além dos fatos metabólicos, existe um componente psicológico forte na incapacidade de manutenção do status corporal, do personagem que corresponde ao eu primordial, digamos assim, após certo número de transformações. Na verdade, estamos tentando implementar várias melhorias por meio de sugestão mental e memórias implantadas, mas ainda não temos tecnologia suficiente para manter essas lembranças ilusórias por muito tempo.

O que vão fazer comigo? Como vão descobrir essa cura? Pelo menos, ela seria útil de alguma maneira. *Você já foi mais que útil! A questão é como ser útil à causa certa.*

— Imagine que um Especial conseguisse aceitar como natural sua condição ou, melhor ainda, acreditar que o fato de assumir várias formas sem uma única base seja normal — Paulo discursava. — Não precisamos falar somente de Especiais: imagine seres humanos que assumissem a forma que bem desejassem, sem que isso lhes causasse nenhuma espécie de constrangimento, vergonha ou desconforto. Não há nada de moralmente errado em assumir a forma que seja mais útil a cada momento, há? É claro que tudo depende de quais são suas intenções. Com o experimento da Comunidade, nós percebemos claramente que, quando os de sua espécie aprendem a canalizar o Dom para algo produtivo e independente, não parasitário, gastam menos energia e, portanto, realizam transformações mais poderosas. Ou seja, quando a intenção não é apropriar-se de algo para atacar ou escapar, o Dom funciona melhor. Por que falar em armas? Vocês poderiam ser ferramentas! Ferramentas de trabalho, levando uma vida digna...

Não há dignidade em ser ferramenta de outra pessoa.

— Nós queremos transformar o que você fez artesanalmente em um neuroestimulante que nos permita controlar as memórias dos Especiais — disse o cientista calvo. — Recriá-las quando necessário e programá-las como forma de prevenção à crise dos trinta. Para isso, precisamos de sua cooperação.

— O primeiro passo é aprofundar ainda mais o estudo sobre como as memórias são perdidas nas transformações — disse Paulo. — Precisamos catalogar quais elementos de um personagem são acionados para a transformação, acionando o apagamento de outros. Em seguida, vamos estudar que tipo de transformação poderia levar um Especial a não precisar mais de um *eu central*...

Paulo se aproximou a passos velozes e logo seu rosto estava a centímetros do visor no traje de Alice:

— Se conseguirmos fazer isso, Alice, vocês não serão apenas uma arma, ou uma ferramenta... Serão um tipo superior de ser humano: a própria evolução da raça. Imagine: eu, Paulo, tenho uma série de problemas que me desagradam, particulares do meu eu, intransferíveis por conta de minha vivência, minha história... E se eu puder escolher minha história? E se a integridade da consciência puder ser mantida de outra maneira que não o apego a esses pequenos e irrelevantes acidentes, dramas pessoais, factoides ridículos que chamamos de *nossa vida*? Vocês não vão ser mutantes isolados e caçados, não! Isso nunca foi o que eu visualizei para vocês! Vão ser pessoas capazes de viver mil vidas em uma, capazes de simplesmente desacreditar de uma vida quando os problemas envolvidos nela demandarem muita energia. Nós somos frágeis e morremos cedo: por que nos apegarmos a mesquinhas trajetórias pessoais quando podemos utilizá-las da maneira que bem entendermos? Há coisas muito mais importantes para trabalhar do que o dito em sessões de terapia. Aí sim, poderíamos nos dedicar às artes, à filosofia, à conquista do espaço, a sermos seres ilimitados no breve espaço de tempo que nos cabe sobre esta terra. Nunca mais precisaríamos nos preocupar com o certo e o errado, porque, assim que algo nos machucasse ou machucasse a outros, nos transformaríamos em outra coisa. É o fim do aprendizado: isso poderia ser levado às últimas consequências. Transformando-se em alguém que já sabe ler e fazer contas, você teria totais condições de prosseguir, acumulando experiência e ensinamentos sem precisar vivê-los.

Paulo se afastou, seus passos pesados ecoando através das microentradas de som de seu traje. Os cientistas pareciam um tanto constrangidos. *Se ele não se apegar a isso, não terá mais nada.*

— Nós temos noventa e nove por cento de certeza — disse Laura — de que, caso consigamos produzir algum efeito mental com o qual vocês acreditem que podem ser múltiplos, o problema dos seis primeiros e dos futuros Especiais mais velhos será resolvido.

Alice tomara a decisão bem no início do discurso de Paulo.

— Eu vou colaborar, mas quero negociar algumas condições.

A gargalhada de Paulo foi tão alta que fez com que a menina acreditasse que seria permanentemente nocauteada e posta em um tanque como seus colegas mais velhos. *Nem a morte seria pior do que isso.* Era uma risada alta, debochada e maldosa.

— Condições, é? Humm... — Paulo levou o indicador aos lábios. — Vejamos, vejamos... O que a senhorita deseja? Afinal, estamos à sua mercê, não é mesmo?

Nova gargalhada. Porém, algo dizia à jovem que havia um fundo de verdade na zombaria. *Por que ele acharia que eu tenho poder sobre ele? Ele já me tirou tudo!*

— Eu não quero ficar neste traje — disse ela, com a voz mais segura que conseguiu produzir. — É asfixiante.

— Acredito que isso possa ser arranjado — respondeu Paulo, ainda irônico. — Algo mais, mocinha?

— Sim...

Alice respirou fundo, preparando-se para a ousadia.

— Quero saber como vocês me monitoram... Quero saber onde está o rastreio.

Os cientistas se entreolharam nervosos. Alice tensionou os ombros e o maxilar à espera do golpe final diante de sua petulância. No entanto, não houve gritos, gargalhadas ou ordens bruscas por parte de Paulo. O tempo congelou, deixando-a à espera de alguma reação por parte de seu criador. Paulo permaneceu imóvel por alguns instantes e não traiu seus sentimentos nem no mais mínimo esgar: parecia querer ler a alma de Alice, descobrir suas reais intenções, observando seu rosto por trás do pesado capacete.

— Não vou te responder isso — disse Paulo com firmeza. — Posso apenas dizer que não somos onipotentes nem onipresentes, mas, se realmente quisermos saber onde vocês estão, daremos um jeito. Vocês são investimentos caros, minha querida. Muito caros.

Alice sabia que não podia fazer mais nada. *Talvez Mário possa me ajudar a descobrir... Talvez um dia, quando eu sair daqui... Se eu sair daqui...*

Antes que pudesse completar sua linha de raciocínio, sentiu-se congelar à medida que alguém, que ainda não conseguia ver, abria a parte posterior de seu traje. Um imenso alívio a invadiu, apesar do frio, ao ver-se livre — o traje foi rapidamente enrolado, enfiado em um saco térmico e carregado para fora do aposento por um dos cientistas. Estava com uma espécie de camiseta e pantalonas, tremendo no ambiente refrigerado. Pôs-se a mover os dedos das mãos e dos pés, os braços e as pernas aleatoriamente, apenas para exercitá-los. Seus ouvidos doeram com a mudança de pressão quando o capacete foi rapidamente retirado e seus olhos arderam expostos à nova luz, mais forte e branca do que a versão filtrada a que tivera acesso. Alguém a enrolou em um tecido macio e quente, fofo, talvez um cobertor. Em meio à confusão de estímulos, Alice ouviu a voz de Paulo dizendo que já não tinham mais tempo para longas conversas. Ela ajudaria, sim ou sim.

— É chegado o momento de recompensar nossos esforços, linda Alice.

E ela apagou, antes de poder sentir-se totalmente aquecida.

CAPÍTULO 8

a resistência

Mariah já estava caminhando há quase uma hora. Sua coluna gritava, seus pés ardiam e o vestido colava em seu corpo suado, pesando. Enviara o alerta assim que percebera o sumiço de Alice e Bruno e agora precisava de ajuda, um tipo de ajuda além de suas possibilidades. Sentia-se nua sem sua pintura facial, mas não havia tempo para cerimônias. Cruzou a Autopista 132 o mais rápido que pôde, a bordo da menor nave da Comunidade, deixando para trás tudo aquilo que conhecia como lar. Claridad, São Custódio, Consolação, Santa Ana, Amistad...

Cidades com nome de santos e virtudes, não pôde deixar de pensar. Nomes cujo sentido havia muito se perdera na história, indicando um passado que ela lutava para entender e reconciliar com seu presente. Não podia trazer Carmem. Por mais que a companhia lhe caísse bem e que o Rastreio Virtual fosse menos potente do que Alice achava que era, teria sido no mínimo difícil transitar livremente com uma Especial. Tampouco tinha autorização para explicar-lhe os detalhes de sua missão. Além disso, ainda confiava mais em Carmem para evacuar a Comunidade, caso esse momento efetivamente chegasse, do que em qualquer outra pessoa.

O Plano. Sempre questionara a validade de toda aquela loucura. *E Alice.* Todo aquele esforço apenas para proteger Juliano. Ou, pelo menos, assim pensava a menina. *Minha doce e corajosa Alice.* Por quanto tempo seguiria sem saber a verdade? Por quanto tempo sobreviveria no Centro sem perceber o que o Plano realmente era? Podia apenas esperar que não fosse muito tarde quando a menina caísse em si. *E será que algum dia ela vai poder novamente me perdoar?*

Perdizes era um lugar esquecido pelos homens e assim devia permanecer. Lá habitavam aqueles que não conseguiam se adequar ao excesso de competição, tecnologia gratuita, vigilância e adestramento moral. A dois quilômetros do fim da autopista, onde Mariah deixara sua nave camuflando-a como pôde, a paisagem já indicava o início daquela terra de ninguém, com arbustos esparsos, chão irregular de barro vermelho e montes ocasionais, não muito altos, tomados por pedregulhos e entulho de muitas origens, quase como se aquele fosse um campo de obras abandonado.

Na verdade, pelo que sabia, Perdizes tinha sido uma tentativa de revitalização e saneamento de uma área muito pobre, cujas verbas foram sendo inteiramente desviadas, dando origem a casas insalubres em que os moradores originais da região não aguentaram viver. O espaço fora depredado ao longo dos anos até que não sobrasse nada além de alguns poucos escombros, uma vegetação tateante e um terreno disforme. Com o tempo, grupos de exilados de todas as origens, nômades por necessidade e não por opção, foram começando a usar o lugar, de tempos em tempos, como morada para se restabelecerem. Mariah não chegou a ver ninguém — e, em geral, ninguém ali queria ser visto —, mas havia sinais de presença humana: alguns restos de comida semifresca pelo chão, brasas dormidas em meio a ninhos de galhos, uma blusa estendida sobre um arbusto, como a secar...

Ela estava procurando um monte em particular, um pouco maior que os outros, diferente em apenas um detalhe que a maioria das pessoas não conseguiria perceber: uma pedra perfeitamente quadrada, quase lapidada, de pouco mais de um metro de altura, plantada em sua base. Quando finalmente encontrou o lugar, começou a subida, empregando suas últimas forças para dizer às pernas que se movessem. *Apenas mais um passo, e outro, e outro, quase lá...* O cume também parecia aplainado por mãos humanas e ela se sentou ali, sob um sol que, por sorte, não estava muito forte, aguardando.

As Guardiãs não tardariam a se manifestar.

· · ·:·: ·· ••

Juliano estava trancado em seu próprio corpo e não era uma sensação agradável. Em seu primeiro dia de volta à enfermaria do Centro Axion, não conseguia sustentar um único pensamento coerente. Delirava como quem se recupera de um ciclo terrivelmente exigente de transformações e se apegava a duas ideias apenas: Bruno estava a seu lado — *Não estou só!* — e precisava ajudar Alice. Sabia que Alice era a pessoa mais importante de sua vida. E um rosto acompanhava essa informação. Não sabia quem era Bruno, mas sabia que ele era importante. E bom. Simples assim.

Por isso, quando ouviu a voz do menino — invadindo sua mente sem cuidado, de repente —, incomodou-se, mas abriu-se para mais. *Sou Bruno e você precisa acordar*, dizia. *Sou Bruno, estou deitado aqui do seu lado e você precisa acordar*. A voz se repetia, mas Juliano não sabia o que fazer com aquilo. Não estava sabendo nem como pensar. *Você está drogado*, disse a voz. Juliano ouviu aquela voz se repetir por algum tempo até que conseguiu formar uma resposta sem som: *Drogado?* Tentou conversar mentalmente com aquela voz por não sabia quanto tempo. E era uma conversa lenta. *Bruno não está bem. Eu não estou bem.* Era quase como uma conversa entre crianças bem pequenas, porque eles se perdiam, duvidavam de que estavam conversando, esqueciam-se de conversar. Porém, aos poucos, Juliano entendeu uma coisa importante: os dois estavam drogados, lado a lado, imobilizados, e precisavam lutar contra aquela situação.

De alguma forma, Bruno parecia estar melhor do que ele. E compreender a situação melhor do que ele. Comunicava-se pouco e com dificuldade, mas, quando o fazia, contava-lhe sobre as macas, sobre os plugs intravenosos, sobre os robôs. *Fuja do remédio*, ele dizia. Até que Juliano conseguiu se concentrar o suficiente. Estava recebendo, pelos plugues em seus braços, doses cavalares de algo que o deixava confuso. *Não deixe o remédio entrar em você*, dizia Bruno. Juliano se concentrou nas garras mecânicas que se estiravam de compartimentos na cabeceira de sua cama e conseguiu mover seu braço direito alguns centímetros apenas, fazendo com que a agulha que se aproximava dele perfurasse sem penetrar inteiramente sua pele. Uma solução semiviscosa escorreu logo abaixo de suas costelas, formando uma desagradável poça. Por mais que seu braço esquerdo ainda estivesse imobilizado, aquilo foi o suficiente. Passadas algumas horas, conseguiu reorganizar suas memórias a ponto de se lembrar de por que estava ali, de quem era Bruno, de quem era Alice e, o mais importante, do que precisava fazer para ajudá-la.

Mas Alice não virá até mim! Suas ideias começavam a clarear, por mais que ainda não estivesse de posse de cem por cento de sua capacidade mental. *Só preciso de cinquenta por cento!* Não deixava de ser irônico que ele estivesse novamente no lugar em que tudo tinha começado. *Irônico e assustador.* Mas isso não era o mais importante. Se algum dia já se deixara levar por sonhos de poder, agora só queria terminar o que Alice tinha começado.

Alice! Lembrava-se de como tinha se sentido manipulado ao descobrir o Plano. Ao saber que a menina-mulher com quem queria experimentar o mundo tinha pensado em uma estratégia para subjugá-lo, para entregá-lo às pessoas que ele mais desprezava, à Comunidade. Não queria viver em nenhum espaço em que se sentisse tolhido, por mais que um lindo bosque o cercasse. Sentiu-se como se, depois de tantas traições, não houvesse mais esperança.

Mas ele estava crescendo e estava cansado. Cansado de jogos de dominação que lhe pareciam cada vez mais infantis. Cansado de não ter um lar. E, acima de tudo, cansado de ver Alice tentando desesperadamente convencê-lo a viver com ela de uma forma simples. *E útil.* Dava aulas na Comunidade e se sentia útil. Aprendia sobre o Dom e se sentia útil. *Quanto mais eu souber, mais poderei ajudar.* No início, quis resistir: os sonhos de poder ainda falando alto. Mas entre o poder e estar com ela...

Porque estar com ela é como estar mais comigo.

Então, fizeram o acordo de não se invadirem e aquilo pareceu respeitoso e correto. Difícil, mas necessário. Como se, à medida que se tornavam duas pessoas mais independentes e conhecedoras de seus limites, fossem descobrindo como ser um casal. *E não colegas. Ou irmãos.* Seu desejo por Alice se reacendeu e isso lhe bastava como motivo para não tentar mais nada que pudesse magoá-la ou ferir aqueles que ela tanto amava. O Plano tinha funcionado. *Ela se esqueceu de quem era por mim e eu me esqueci de meus planos de vingança por ela.*

Até o dia em que Mariah procurou por ele com um pedido. Um pedido estranho. Tinham tido uma semana atípica: Paulo andava sumido, Alice viajara para entregar encomendas da fazenda e Juliano estava trabalhando na lavanderia. Detestava aquele tipo de serviço, mas uma das crianças tinha ficado doente e contaminado boa parte da Comunidade, fazendo com que todos se reorganizassem em torno das tarefas mais básicas. Mariah aproximou-se tão silenciosamente que ele se assustou ao ouvir sua voz. E disse que precisava dele.

— Em breve, Paulo vai entrar em contato com você — disse ela. — Ele não é quem você pensa que é. E ele vai te prometer alguma coisa — um cargo, vantagens, algum tipo de poder na hierarquia dos Centros — e você vai aceitar.

Lembrava-se de que demorou a acreditar que Paulo era uma espécie de agente duplo.

— Ah — disse Mariah —, mas ele é muito mais que isso. O que importa é que, em troca de sua glória, ele vai pedir que você atraia Alice para uma armadilha. Que você a leve de volta ao Centro Axion. E você vai aceitar.

Tentou contestar, e entrou em pânico mediante a simples menção ao Centro de Tratamento. Nunca trairia Alice. Nunca a entregaria a alguém em quem claramente não podiam confiar. E nunca se entregaria! Não fazia sentido. Assim que Paulo os tivesse sob custódia, poderia fazer com eles o que bem entendesse. Nunca permitiria isso. Mas todos os seus protestos foram em vão. Mariah apenas esperou que ele se acalmasse o suficiente para ouvi-la. Juliano finalmente desistiu de confrontá-la, respirou fundo e perguntou, temeroso:

— Por quê?

— Porque o Plano não acabou. Porque Alice não vai conseguir terminá-lo sozinha. E você precisa ser a pessoa que comunicará a ela a parte que falta do quebra-cabeça.

Por isso, agora, trancado em seu corpo, ele buscava contato, apesar das drogas, da confusão e do cansaço. *Tudo dentro do previsto*. Mariah tinha explicado que, uma vez no Centro, Paulo provavelmente os manteria afastados e tentaria impedir qualquer tipo de comunicação. Juliano se esforçava por alcançar Alice, enviar-lhe alguma imagem — *pelo menos, dizer eu te amo!* —, mas não conseguia.

— É por isso que precisa ser você — ecoavam as palavras de Mariah em sua cabeça. — Porque tudo estará jogando contra, mas ninguém está nela como você.

Seguiria tentando até a próxima dose. Talvez conseguisse escapar dela.

Ou de duas delas.

Parece que preciso de setenta e cinco por cento da minha capacidade, afinal de contas, pensou.

E apagou, exausto.

· · ·:·: · ·•· ••

Carmem deu o alerta de evacuação assim que recebeu o aviso de Mário. "Quarenta minutos, vocês não têm mais do que quarenta minutos", ele dissera. Dois dias depois da partida de Mariah, o Celta havia recebido uma série de mensagens indicando que o Centro Axion estava preparando sua frota expedicionária para dar incertas ao redor da região. As fontes eram seguras: um dos informantes trabalhava no próprio Centro. Havia indicações de que as ordens vinham de uma instância máxima, um traidor. "Não podemos confiar em Paulo", Mário dissera. Não fosse pela missão de salvar as crianças e as constantes conversas com Mário, Carmem teria apenas se entregado, se deixado levar de volta ao Centro. Era um golpe baixo demais. Alice, Juliano e Bruno capturados, Mariah saindo às pressas em uma missão secreta que ela não ousava questionar e, agora, restavam apenas eles dois — Carmem e Mário —, sempre juntos em uma troca frenética de mensagens e eternamente separados pelas circunstâncias. *Não merecíamos isso. Simplesmente não merecíamos isso.* Em menos de doze horas, haviam se tornado os únicos responsáveis por aquilo que chamavam, nos últimos anos, de Resistência.

Mário! Sabia que ele estava no limite de suas forças. A doença que tomava conta de seu corpo tinha chegado a um ponto em que ele precisava se dedicar integralmente a seu tratamento. *Autoimune.* Era a única informação que conseguia arrancar dele quando conversavam sobre o assunto. E ele não gostava de falar sobre isso. Nem sobre nada que pudesse revelar-lhe alguma fraqueza, aproximá-lo de seu lado mais humano e menos heroico.

Estranhamente, Carmem compreendia. Em muitos sentidos, eles eram opostos. Se ele precisava ser o salvador de todas as pátrias, ela tinha passado boa parte da vida como jovem adulta temendo e se submetendo: temia represálias, respeitava autoridades, era a boa aluna, a boa empregada, a boa moça. Depois de sofrer a mutação, seu mundo viera abaixo. Segundo Paulo, isso ocorrera porque ela já era mais velha quando se tornou mutante. Mas, para Carmem, havia algo mais. No fundo, achava que merecia aquele castigo por ter sido parte de um processo que selou o destino de tantas crianças.

Nesse sentido, Mário e ela eram parecidos. *Ele me entende como ninguém nunca me entendeu.* Porque Mário também se sentia culpado. Por mais que seu pai, Sérgio, fosse movido pelo egoísmo e pela ganância, ele não conseguia se livrar do peso de tê-lo abandonado. Agir incansavelmente como herói era uma forma de compensar isso, dar sentido à sua fuga. Por mais que estivesse doente. Por mais que agora fosse ele quem precisasse de cuidados.

O que começara como a mais improvável das amizades — entre alguém conhecida por ser frágil e instável e o subversivo apoiador da causa Especial — acabara se tornando algo mais. E Carmem sentia por não poder estar mais próxima daquele que a ajudara a recuperar a esperança. *Quando ele mais precisa de mim...* Tinha se assustado ao ver o rosto dele em uma de suas últimas transmissões: encovado e empalidecido. E quase nunca conversavam por vídeo. *Será que ele prefere escrever porque não quer que eu veja como ele está de verdade?*

Mas não havia tempo para pensar nisso agora. *Nunca há tempo*, suspirou. As crianças estavam treinadas para todo o processo e, em cinco minutos, tinham seus pertences essenciais nas costas, incluindo rações para dois dias, caso algo desse errado. Havia três possibilidades de locais de transferência: um casebre, uma construção e um armazém subterrâneo abandonados. Optou pela construção — a mais distante — para a maior parte do grupo. Seis naves decolaram, em intervalos de quatro minutos, com quatro crianças em cada uma, completamente esvaziadas de carga, para darem conta do peso. Tudo precisava ser calculado. Enquanto isso, Carmem despachava grupos de seis a oito pessoas que seguiriam camuflados pelo bosque até o casebre, com tempos diferentes de chegada programados e locais de espera e descanso já mapeados no percurso. Elegeram três líderes entre os meninos e meninas de doze anos, além dela mesma, para acompanhar os quatro grupos.

Assim, cinquenta pessoas migraram rumo ao limbo. Não sabiam por quanto tempo ficariam nesses locais de transferência e nem mesmo quantos conseguiriam chegar. Imaginar o esforço de reconstruir uma fachada para o mundo, como aquela fazenda tinha sido, ainda mais agora que Paulo já conhecia todas as suas estratégias, era simplesmente impossível naquele momento e fazia suas pernas falharem. *Não, agora é um dia de cada vez...* Sabia que podiam mesmo ter de viver, para sempre, clandestinos dali para a frente. Por sorte, Paulo nunca se envolvera nos planos de remanejamento da Comunidade. *Sorte? Mariah nunca quis! Do que mais ela sabe? O que mais ela esconde de nós?* Mas o primeiro quilômetro precisava ser deixado para trás rapidamente, e acompanhar o passo das crianças não era fácil.

Carmem concentrou-se em respirar e imaginar que, a cada pisada, se aproximava de poder descansar novamente.

As Guardiãs aguardavam a chegada de sua conselheira com certa impaciência. Mariah podia sentir-lhes o nervosismo pela forma como falavam sem parar e se moviam freneticamente pelo recinto. Como nenhuma delas era dali, podia apenas presumir que tentavam se ocupar para não pensar no tempo passando. Myrna, a mais jovem, caminhava entre elas, oferecendo-se para redesenhar seus símbolos faciais. A maioria recusava. Não sabiam se teriam de se retirar às pressas. Cada segundo era vital desde que a notícia do fim da Comunidade coordenada por Mariah tinha chegado até elas via Celta. Sim, porque havia muitas Comunidades e Salões da Memória espalhados pelo mundo, tantos quanto havia Centros de Tratamento, mas isso não era algo que interessasse a elas divulgar. No entanto, por mais que Mariah estivesse genuinamente preocupada com o destino da Resistência, seus interesses na conselheira, hoje, assumiam um tom quase pessoal. Sentia-se em dívida com aquela mulher.

Uma dívida que não sei se terei como pagar...

Três dias haviam se passado desde que duas de suas companheiras Guardiãs tinham-na encontrado e vendado em Perdizes, trazendo-a àquele salão. Era um recinto subterrâneo, tomado pelo cheiro de mofo, cuja localização exata era conhecida por poucas pessoas. De fato, até onde Mariah sabia, apenas a conselheira e suas assistentes mais próximas dispunham daquela informação. Assim como em seu salão, havia inúmeras fotos, documentos e monitores com informações acerca dos Especiais levados aos Centros, salvos do processo de triagem. Mas, naquele lugar, o objetivo era tentar identificar onde esses Especiais estavam agora e encaminhar essas informações a eles ou à sua família, um trabalho que poderia levar anos.

Esse processo de encaminhamento precisava ser feito com cuidado. Sua prioridade máxima era encontrar Especiais que estivessem fora dos Centros. E, caso descobrissem alguma pista de quem eram seus familiares, não podiam simplesmente colocá-los em contato com seus filhos. Passavam algum tempo investigando como esses pais se sentiam em relação ao processo, à mutação e aos desaparecimentos. Havia casos em que os próprios pais defendiam o envio de crianças consideradas violentas aos Centros ou mesmo registravam sua desaparição como um alívio. Embalados pela propaganda governamental, acreditavam que os Centros eram locais de reabilitação e encaravam qualquer opinião contrária como subversiva e potencialmente perigosa. Havia ainda aqueles que não conseguiam ver uma ligação direta entre o Programa Antiviolência, os Centros e os Especiais. Assim, além de encontrar os Especiais e reconstruir sua história, cada equipe de voluntários precisava descobrir se era seguro reencaminhá-los à família ou se precisariam se estabelecer em Comunidades pelo resto da vida.

As equipes trabalhavam na busca por esses elos familiares perdidos como podiam e usavam os salões espalhados pelo mundo como intermediários. O sistema havia sido aprimorado, uma vez que perceberam que o trabalho não rendia se fosse pensado regionalmente: crianças eram enviadas para Centros longe de suas casas, dicas de informantes sobre uma determinada cidade podiam vir até de outros continentes e, por mais que a centralização de dados digitalizados fosse prática, nem o Celta tinha se comprometido a manter uma base como essa na Rede permanentemente. A precariedade de seu sistema não permitia isso.

Quando Angélica, a conselheira, chegou, viu-se cercada por suas apreensivas companheiras em poucos segundos. Apesar de ser baixa e magra, havia certa altivez em sua postura. A forma como caminhava conferia-lhe um ar natural de liderança: não o tipo que se alcança com exercícios militares, mas aquele que vem da humilde experiência acumulada. *Uma mulher que aprendeu a conviver com seus limites*, pensou Mariah.

Muitas Guardiãs se inspiravam na forma como ela conseguia humanizar a mais cínica discussão sobre finanças e dar um ar cerimonial, quase mágico, ao trabalho que faziam. Suas opositoras chamavam-na de bruxa. "Às vezes, revestir-se da força de um insulto é a melhor maneira de neutralizá-lo", confidenciava a suas colegas, explicando-lhes por que não se ofendia. De fato, nunca aparentava estar ofendida. Era difícil imaginar alguém se irritando ou se sentindo desatendido, enquanto, graciosa e gentilmente, ela afastava todas as suas companheiras com um olhar e alguns pedidos de paciência e caminhava em direção a Mariah.

Eis o confronto.

— Siga-me — disse baixinho, levando Mariah pelo braço para um cômodo anexo. Nele havia apenas duas cadeiras e elas se sentaram, os olhos cravados uma na outra, por um minuto que Mariah registrou como se fosse a eternidade na Terra.

— Você foi longe demais desta vez — disse Angélica.

Cada palavra era como um tapa no rosto de Mariah.

— Nunca achei que Paulo fosse capaz de destruir A Comunidade — seguiu Angélica.

— Nem Alice. Mas...

— Mas? — incentivou a conselheira, a voz tingida de raiva.

Mariah não teve coragem de continuar.

— Estou em dívida com você, Angélica — disse simplesmente.

— Você sempre esteve.

A conselheira se ergueu penosamente da cadeira onde estava, os olhos cheios de lágrimas que ela segurava à força sob um semblante controlado. *Tão parecida com Paulo e tão diferente*, pensou Mariah. Sentia a dor de sua culpa rasgando-lhe o peito, mas não sabia o que dizer. *Alice é um ser humano, uma menina, uma menina apaixonada e forte. E fiz dela minha criatura, tanto quanto Paulo fez...*

Angélica esfregou os olhos e sentou-se novamente, assumindo uma atitude prática:

— Não temos tempo para isso. Você vai precisar me dizer o que ela sabe, ou o que ela acha que sabe, e vamos ter de interferir...

— Ela só sabe que queria impedir Juliano de se meter com os GNOs, por isso se esqueceu de tudo o que ele pudesse ler como suspeito em sua mente. Provavelmente, já sabe que Juliano a colocou onde está. Mas eu tenho fé em Juliano... Se alguém pode fazê-la entender e aceitar...

— E se ela não quiser aceitar... — disse Angélica baixinho.

... aceitar que alguém precisa fazer Paulo parar, completou mentalmente Mariah.

Angélica se levantou e pôs-se a caminhar pela sala.

— Eu preciso te pedir desculpas... — disse Mariah. — Nunca deveria ter deixado Alice seguir sem saber de nada.

Angélica se aprumou novamente:

— Sim, você pode pedir desculpas e eu posso escolher aceitá-las ou não. Mas não é tempo de desculpas. Você fez o que achava que tinha de fazer. E em uma coisa você estava certa: Paulo precisa ser impedido. Alice não está nem nunca esteve só e, no fundo, ela sabe disso. Por que acha que ela escolheu esse nome? Seu nome verdadeiro, depois de tantos anos... Como ela poderia saber?

— Mas ela não sabe...

— Não importa... Ela vai se lembrar de tudo quando tiver de se lembrar. E nós vamos ajudar. Preciso ir até o Centro.

— Não, você não pode! Você é importante demais aqui!

— Você não me deixou escolha. Paulo ainda não sabe sobre as várias Comunidades. E também não suspeita que Mário tenha conseguido bloquear seus localizadores em nossos protegidos.

Angélica encarou a Guardiã, atravessando-a com um olhar frio:

— *Precisamos* fazer o que for necessário para manter essas vantagens. Não vamos sobreviver sem elas, entende?

Mariah aquiesceu. Antes que a sombra das decisões

irreversíveis pesasse sobre elas, Angélica voltou a seu tom prático:

— Estamos bem e treinados para emergências. Vou enviar equipes para ajudar Carmem. Não temos poder de fogo. Alice e os meninos estão enfraquecidos e confusos demais, preciso cuidar disso eu mesma.

— E Sofia? — perguntou Mariah.

Angélica parou por alguns instantes, a tristeza nublando seu rosto:

— Não sei se podemos fazer alguma coisa por ela.

Dizendo isso, saiu da sala, deixando Mariah sem ação.

Era a primeira vez que ouvia Angélica, abertamente, abrir mão de alguém daquela maneira.

Sua mãe? Você-nunca-sua-mãe?

Alice sentiu o coração acelerar ao ouvir a voz de Juliano em sua mente. Alívio, medo e amor se espalharam em ondas por seu corpo semiadormecido antes mesmo que ela pudesse pensar sobre o conteúdo da pergunta. Tinha estado deitada em seu quarto isolado quase sem se mexer, temendo atrair a atenção das câmeras e encarando o teto por não sabia quantas horas. Seus últimos dias, no que os cientistas chamavam de Fase Um do projeto de que ela agora participava, tinham sido gastos em uma série de entrevistas, supervisionadas por Ana, sobre suas transições. Em especial sobre aquelas consideradas poderes colaterais: a transição em dragão, em ponte ou tudo aquilo que nem ela nem eles pareciam entender muito bem. Ana tinha lhe dito que a Fase Dois seria mais intrusiva e, desde então, não conseguia dormir direito, imaginando o tipo de experimento a que seria submetida. Não viu Paulo novamente. E, por mais que tentasse contato com Juliano e Bruno, a mente deles parecia estar fora de seu alcance. Até agora.

Por que você nunca quis saber sobre sua mãe?

A voz ganhava corpo. E Alice não podia mais ignorar a pergunta, mas tampouco queria pensar sobre aquilo naquele momento. Na verdade, nunca quisera realmente pensar. Por mais que soubesse que os pais deveriam ser importantes na vida de qualquer pessoa, achava que, na medida do possível, estava muito bem sem eles e não via utilidade nenhuma em pensar sobre algo que não podia ser resolvido. O que teria, afinal de contas, para começar? Fotos borradas, documentos chamuscados, suas lembranças não confiáveis? Tentou se aprofundar na conexão com Juliano, mas viu apenas um grupo de memórias aparentemente recentes. Ele parecia estar em uma das enfermarias do Centro. Estava preso na cama e havia lembranças de comida, o que era sempre bom. Viu Bruno a seu lado. *Bruno está bem!* Por mais que tentasse ler as intenções de Juliano, parecia haver um bloqueio entre eles. *Ele pode estar sedado.* Ficou feliz em saber, ao menos, que ele parecia inteiro: saudável seria uma palavra forte demais. Tinha dificuldades para se comunicar com ela, mas estava vivo. Não conseguiu contatar Bruno.

Encontrar sua mãe? Pense... Alice... Importante.

Juliano insistia e ela quase podia sentir seu esforço. Não sentia raiva em sua mente, mas isso podia ser apenas a esperança de tê-lo de volta falando mais alto. De qualquer maneira, não era um diálogo. *Pense... Alice... Mãe... Importante...* Era apenas uma transmissão. *Por que você nunca quis encontrar sua mãe?* Por quê? Pensando bem, era mesmo estranho para qualquer pessoa não querer saber sobre seus pais, mas ela era uma pessoa estranha e, acima de tudo, uma pessoa que sempre tinha outras prioridades, vivia de urgência em urgência, fugindo. Sua vida não lhe dava tréguas filosóficas, não havia espaço para questionar origens ou elaborar muito esse tipo de coisa.

Mas era Juliano quem pedia. *É importante.* Sentiu seu corpo afundar na cama à medida que um peso afundava também, lentamente, em seu coração. *Eu já quis encontrar minha mãe, mas desisti de pensar nisso.* Com a admissão, veio a dor, bem pior que qualquer dor física. *Não quero pensar nisso, eu não preciso dela. Eu escolhi minha mãe.* O colo cheirando a baunilha, o filme romântico na TV, os biscoitos oferecidos sem esperar nada em troca por sua mãe eleita e as palavras raivosas de Juliano no Salão das Memórias invadiram sua mente. Aquela mulher era apenas *uma prostituta virtual comum*, como ele berrara. E daí? E daí que fosse? Uma prostituta que, naquela tarde, havia sido sua mãe. Lágrimas lhe escorriam dos olhos, enquanto Alice os fechava e procurava se recompor, sabendo que estava sendo monitorada. Então, Juliano enviou-lhe uma imagem assustadora, uma imagem de ódio, algo que apenas sua verve vingativa poderia conceber.

Eram eles dois, Alice e Juliano, presos por cordas como marionetes, forçados a dançar e pular em um palco de teatro estilizado aos gritos e gargalhadas de uma plateia entusiasmada. O titereiro, com uma expressão sádica enlouquecida, era Paulo, que apresentava suas criações para os convivas com um misto de orgulho e exibição. Uma mulher — *minha mãe?* — tentava impedi-lo, seguida por Mariah, Carmem, Bruno e muitos outros, numa confusão de corpos conhecidos e desconhecidos que agarravam o cientista pelos ombros, pernas e braços. Mas ele crescia, se agigantava e sacodia a todos como insetos. A mulher até então desconhecida — *tão bonita!* — despencava do ombro do gigante e lançava a Alice um olhar de súplica.

O Plano. Paulo destruiu sua mãe. Paulo-precisa-parar, disse Juliano, antes de romper definitivamente a conexão.

Alice tremia e suava. *Paulo destruiu minha mãe. O que significa isso?* Depois de tantos anos, a simples possibilidade de que sua mãe estivesse morta e de que Paulo estivesse envolvido nisso de alguma forma tornava-a mais órfã do que jamais fora. Sentia-se só e exposta, como se apenas agora se desse conta do que perdera por nunca ter a mãe ao seu lado. Seria esse, então, o verdadeiro Plano? Impedir Paulo? Estaria Juliano tentando se vingar ou descontar sua raiva em Paulo? *Mas ele não parecia estar com raiva. Estava só se esforçando para me dizer alguma coisa.*

O rosto suplicante daquela mulher, caindo, olhando diretamente para ela, parecia-lhe ao mesmo tempo desconhecido e familiar. Não era um rosto incomum, mas algo dizia a Alice que aquela era mesmo sua mãe. *E se Paulo a matou...* Só existia uma forma de saber. Precisava descobrir o que Paulo sabia, mas temia entrar em sua mente. Lembrava-se de uma noite, há muito tempo, em que rastreara aquela mente em um beco. *Ele não funciona como os outros Comuns. Ele resistiu às transformações.* Perdeu a noção do tempo, tentando encaixar os fragmentos do quebra-cabeça deixado por Juliano, mas sempre fingindo dormir. Até que ouviu a porta ser aberta e a voz de Laura preencher o recinto:

— Bom dia! Está na hora de darmos início à Fase Dois.

Mário engoliu os dois comprimidos de uma vez, sem água. Estava com pressa, mas seu estômago começara a doer, o que dificultava em muito sua concentração. Apesar da escuridão quase completa, seus dedos encontravam os comandos da tela à sua frente com facilidade, dançando por entre perfis que desfilavam rapidamente diante dele. Tocou a foto de Angélica e indicou o tipo de contato: vídeo (receber apenas). O rosto da conselheira brilhou diante dele, iluminando parcialmente o pequeno escritório e a mesa de trabalho.

— Está sendo cuidadoso?

A voz dela machucou seus ouvidos.

— Sim — ele digitou.

Tinha reinstruído as câmeras da sala (que agora exibiam imagens do escritório desocupado), apagado as luzes e não falaria. Não podia correr o risco de ser ouvido, mas podia escutar o barulho do painel da nave que Angélica pilotava e, ativando um rastreador de mensagens, localizou-a a quinze quilômetros dali.

— Tem notícias de Carmem? — ela perguntou.

— Perdemos... — ele hesitou. — Perdemos algumas crianças. Estão sendo perseguidas.

Angélica suspirou.

— Diga a ela para ir ao local 3. É o mais seguro. E... para seguir firme.

— Farei isso — seus dedos tremeram de medo e de dor, o estômago se contorcendo.

— Agora me conte o que preciso saber.

— Juliano e Bruno estão na Plataforma Treze. Alice está com Paulo, em aposentos especiais que eram dele. Está sendo bem tratada. Ele não desconfia de nada, mas não posso mais ser visto. Eles têm uma imagem minha.

Uma imagem minha com Carmem, pensou. *Eu preciso de você*, ela dissera.

— Como isso é possível?

— Eu acessei o sistema de pesquisa. Eles monitoraram boa parte do Plano. Tinham câmeras em pontos estratégicos. Agora estão estudando esse material. Usando Alice para entender. E tem mais. Desenvolveram um microdispositivo que transmite memórias de uma mente a outra, como reencenações. Como em um sonho lúcido. É fraco ainda. Injetado na corrente sanguínea do transmissor e do receptor. Absorvido pelo organismo em duas horas.

Angélica emudeceu por alguns segundos. Em seguida, ordenou:

— Prepare minha chegada. Quando tudo estiver pronto, apenas me diga o que preciso fazer.

A conexão se encerrou. Mário dobrou-se sobre si mesmo, como se estivesse esperando por aquela pausa. A dor agora lhe corroía as entranhas e ele permitiu-se, pela primeira vez, perceber que suava frio. Antes de desconectar-se, notou que Angélica lhe enviara uma mensagem de texto: "Nunca quis que minha pesquisa fosse usada dessa maneira. Cuide-se e lute por nós! Precisamos de você". Mário aquietou-se o quanto pôde, escorregando da cadeira onde estivera sentado ao chão, encolhendo-se e respirando fundo. À medida que as pílulas começaram a fazer efeito — *e como demorou desta vez!* —, lembrou-se de como conhecera Angélica. Para Mário, ela nunca seria a conselheira, a bruxa, líder natural da Resistência. Para Mário, Angélica seria sempre a cientista, interessada em técnicas de autoconhecimento e controle da mente, que o ajudara a lidar com sua doença quando nenhuma técnica convencional aliviava sua dor.

E ela ajudou tanta gente. Ensinava as pessoas a bloquear memórias negativas e projetar imagens positivas, imagens úteis para o futuro, por meio de vídeos escamoteados na Rede e quase sempre de graça. No início, ele se comportava como um aluno-paciente, que aceitava suas orientações como quem não tem nada a perder. Depois, ao sentir os efeitos em sua saúde, começou a acreditar naquelas técnicas e a se tornar amigo da mulher que as defendia. Nunca se esqueceria do dia em que, depois de muito insistir, tinha convencido Angélica a encontrá-lo presencialmente. Naquele dia, descobrira que a mesma pessoa que compartilhava voluntariamente seus conhecimentos vivia na mais absoluta pobreza.

— Eu nunca conseguiria viver da minha ciência. Não neste mundo — ela dissera. — Juro que tentei. Enviei projetos e mais projetos pedindo recursos e só recebia negativas. Algumas, educadas. Outras, nem tanto. Uma delas chegou a dizer que meu projeto era bruxaria disfarçada de ciência.

Angélica ria, mas era um riso triste. *Desde aquela época, já a chamavam de bruxa.* Aos poucos, ela foi se abrindo e contando mais sobre sua vida. Mário devia muito àquela mulher, mesmo que raramente conseguisse se munir da tranquilidade necessária para aplicar seus ensinamentos. Mesmo que a constante tensão e os momentos difíceis acentuassem suas dores, a mera lembrança de sua figura lhe dava esperança. Além disso, sem ela, nunca teria conhecido Carmem.

E nunca teria sonhado em amar alguém.

Aos poucos, levantou-se e ajeitou o uniforme. Acessou o único computador da sala, acendeu as luzes e reprogramou as câmeras. Saiu da sala como se nada tivesse acontecido, revigorado pela memória de sua mentora e de Carmem. No longo corredor do lado de fora, uma pequena placa metálica indicava: "Centro Axion — Plataforma Doze — Central de Comunicações". Naquele lugar, não corria o risco de ser visto por Paulo nem por ninguém de sua equipe, mas não sabia como ajudar Angélica.

Continuou caminhando rumo ao refeitório comum, enquanto uma ideia começava a tomar forma em sua mente. Começara a trabalhar no Centro muito antes do crescimento do Sistema Celta, já que as lendas de que suas atividades como hacker bancavam sua vida eram para lá de exageradas. Angélica era o único membro da Resistência que conhecia aquele seu emprego. Um emprego muito útil, que lhe permitia atuar como agente duplo, mas extremamente difícil de conseguir e manter. Tendo de escapar das buscas de seu pai e, posteriormente, de um possível interesse exagerado no Celta, acumulara alguns truques na manga. Ter sido contratado com outro nome era apenas o mais óbvio deles.

Atravessando o portal que dava acesso ao refeitório, apertou de leve um pequeno aparelho transmissor que trazia no bolso e viu piscar, em um monitor à sua direita, sua foto e nome, Carlos Barreto. O truque mais importante de Mário não era dar outro nome ao corpo. *Era dar outro corpo ao nome.* Hackeando os arquivos de leitura dos escâneres, ele conseguira montar um personagem com base em informações mescladas de vários corpos. Era essa a informação que seu aparelhinho transmitia sempre que Mário passava por um escâner. Era uma forma de fazer com que o corpo de Carlos Barreto fosse, ao menos para o sistema, diferente do corpo de Mário Ribeiras.

E agora era uma forma de garantir livre passagem a Angélica.

Observando os diferentes menus interativos de comida espalhados pelo recinto, pediu um sanduíche e sentou-se em um canto vazio do salão. Enquanto aguardava, enviou uma mensagem de texto para a conselheira:

— Você vai ser contratada. Abandone a nave. Mais info depois.

· · · ·:·: · · · · • •

Alice sentia dor. Uma dor imensa que começava nos braços e terminava na cabeça. Passara as últimas horas — *quantas horas? como saber?* — deitada em uma maca, sendo picada por agulhas, sob a supervisão de Laura. Não estava presa, mas sentia escorrer líquidos mais ou menos viscosos para dentro de seu sangue, em diferentes quantidades, enquanto sensores espalhados por seu tronco e membros mediam alguma coisa que ela não compreendia bem. Um monitor enorme, preso a uma das paredes da sala, disparava listas de números e códigos ao lado de uma imagem em tamanho natural de seu corpo, cujos membros e órgãos se acendiam e apagavam sem que ela conseguisse identificar um padrão.

Havia outros cinco cientistas com Laura — dois homens e três mulheres. Um dos homens estava sentado a seu lado e parecia controlar os diferentes braços mecânicos que saíam de um compartimento na parede, acima de sua maca, pressionando botões em um painel de controle remoto que apoiava nos joelhos. A equipe comentava o experimento o tempo todo:

— O receptor parece reagir melhor à solução simples — disse uma das mulheres.

— Não temos como saber ainda. Nada foi transmitido — disse outra.

— Mas, com um mínimo de alcalinidade, alcançamos duração de três horas no sistema dela — comentou a terceira.

Alice sentia os braços inchados e pesados. A essa altura, lutava consigo mesma para não se transformar. Seria uma oportunidade de estar na mente daquelas pessoas e, ao mesmo tempo, tentar escapar daquele lugar e encontrar Paulo. Mas não podia correr o risco de se esquecer de nada. A tortura maior não era a dor, mas ser tratada como um objeto, um espécime colhido na natureza. Desde o momento em que lhe dera bom-dia, anunciando a Fase Dois, Laura não mais lhe dirigira a palavra, quase como se tivesse ensaiado uma humanidade que, de fato, não existia nela. *Para incentivar minha cooperação. Pelo bem da pesquisa.*

Quando desistiu de entender o que estava acontecendo, Alice decidiu que se concentraria em reunir forças para enfrentar Paulo. *Paulo destruiu sua mãe*, dissera Juliano, *Paulo-precisa-parar*. Desde então, não tinham tido mais contato. E, se Juliano não demonstrara raiva, ela a sentia em nome dos dois. Depois daquele dia de testes, estava convencida. Mesmo que Paulo não tivesse matado sua mãe, mesmo que tudo aquilo fosse apenas uma fantasia de Juliano, o cientista precisava ser impedido de seguir com seus projetos mirabolantes. A única coisa que realmente importava era descobrir como fazer isso.

E se eu serei capaz de fazer isso...

Alice estava certa de que, se ela não estivesse ali, outro Especial estaria em seu lugar. Mesmo que não tivesse inventado um Plano, mesmo que não quisesse resgatar ninguém... *Mesmo que eu nem existisse!* Sempre haveria alguém para colocar em seu lugar. Sempre haveria alguém para cutucar, para torturar, alguém considerado promissor, alguém a quem manipular. Os criadores queriam isso. Os patrocinadores gostavam disso. *E Paulo precisa disso.*

Talvez até goste disso.

Mas será que estaria disposta a qualquer coisa para impedi-lo? Conseguiria manipular sua mente? E se chegasse ao ponto de ter de escolher entre sua liberdade — sua vida — e a dele? E se a única forma de impedi-lo fosse matá-lo? Estaria preparada? Não sabia a resposta. Pedia apenas que, quando a hora chegasse, soubesse fazer uma escolha com a qual pudesse conviver depois.

— Precisamos triangular — disse Laura, rispidamente, trazendo Alice de volta de suas divagações. — Vou injetar o transmissor em mim mesma, começando pela solução simples, e ver se ela efetivamente recebe alguma coisa.

— Você não vai fazer isso! — a voz de Paulo irrompeu na sala antes mesmo que a porta terminasse de se abrir. — Só eu tenho autorização protocolar para projetar e você sabe! Norma de segurança 3476. Eu treinei para o bloqueio de memórias confidenciais.

De repente, a Laura que estivera até então dando ordens livremente pela sala desapareceu em si mesma, envergonhada. Paulo se aproximou, encarando-a.

— Você sabe que, por conta disso apenas, eu poderia desclassificá-la, não é?

Laura não ousou se manifestar.

— Liberem a sala imediatamente — disse Paulo, acalmando-se. — Quero total bloqueio destes aposentos até segunda ordem. A partir daqui, eu conduzo os experimentos.

Em menos de um minuto, a equipe liberou a sala.

E Alice estava a sós com Paulo. Era chegado o momento.

CAPÍTULO 9

o plano

Angélica não dormia havia dois dias. Chegara ao Centro Axion em uma nave coletiva, pouco mais de uma hora antes, e fora encaminhada como Carla Silva à Plataforma Treze para receber seu uniforme de pesquisadora júnior. Tinha pouco tempo para tentar consertar o que Mariah fizera. E, até aquele momento, tudo funcionava de acordo com as instruções de Mário: bastava que ela acionasse o transmissor disponibilizado por ele e os escâneres não lhe causariam problemas. Temia ter chegado tarde demais, mas não podia deixar de cumprir com alguns dos protocolos, mesmo que sua contratação fosse uma ficção elaborada pelo Celta. Não podia levantar nenhum tipo de suspeita.

— O sistema prevê três passos inadiáveis: chegada, registro na recepção, recebimento do uniforme e check-in em seu departamento — dissera Mário. — Em cada um desses momentos, você será escaneada. Coloquei você como assistente de uma equipe bem próxima à de Paulo, para que tenha acesso às alas principais, mas bloqueei todas as mensagens automáticas de chegada e gerei uma agenda permanente de tarefas para você na Plataforma Treze. Você só precisa cumprir esses três passos iniciais e ela será ativada. A partir daí, poderá circular livremente. O sistema entenderá que você está trabalhando.

Já uniformizada, Angélica se dirigiu ao departamento que Mário lhe indicara. Sentia-se aliviada por ter memorizado o mapa do Centro. Embora não fosse sua primeira vez naquele local, muita coisa havia mudado. *Paulo está usando a minha pesquisa para manipular Alice*, pensou, agoniada. A lembrança fez seu corpo estremecer. Vencendo a própria ansiedade, traçou mentalmente uma rota mais longa para chegar a seu destino. Queria evitar os corredores principais, em que podia encontrar-se com Paulo antes de estar preparada.

Depois, terei de ver como lidar com Mariah... Os anos tinham se passado e a velha senhora tinha se tornado uma grande aliada da Causa, pagando a culpa de ter indicado Alice ao Programa.

Mas colocou a menina novamente em situação de risco. Angélica chegou ao departamento em poucos minutos e passou pelo escâner da porta sem maiores constrangimentos. Por sorte, tratava-se de um lugar enorme, repleto de baias individuais de trabalho e ninguém pareceu lhe dar muita atenção. Apenas uma jovem acenou-lhe com a cabeça — ao que ela respondeu, tímida —, voltando em seguida a atenção à tela que tinha diante de si. Angélica dirigiu-se a um painel que ofertava bebidas. Pressionou um botão de café e esperou que seu pedido surgisse na bandeja retrátil. Sabia que não podia simplesmente dar as costas e sair da sala.

Sorveu o líquido calmamente, uma calma calculada. Angélica e Mariah tinham sido cúmplices de Alice no Plano. Mas apenas até certo ponto. Enquanto conseguiam distrair Paulo de investigar as movimentações da Resistência e as outras Comunidades, tudo estava funcionando a favor da Causa. A gota d'água viera com a informação de que já não interessava a Paulo manter a Comunidade funcionando. Já não podiam colaborar com as ideias de Alice. Tinham de deter Paulo. De um jeito ou de outro.

Mas Angélica jamais teria usado Alice como isca.

Ou como arma, pensou.

Angélica lembrou-se do susto que levara ao voltar de viagem há pouco mais de uma semana. Tinha se ausentado para dar treinamentos de evacuação e realocação em Comunidades mais distantes. Retornara apenas para descobrir que Mariah, a pessoa que decidira colocar em seu lugar em São Custódio, tinha enviado Alice de volta ao Centro em uma emboscada. *Uma emboscada mal planejada, por sinal.* Mariah insistia que tinha tentado contatá-la sem sucesso e, com a iminente invasão de sua Comunidade, precisara tomar medidas drásticas. Mas não havia justificativas suficientes para não entrar em contato. Não com o Celta de prontidão. Não quando Angélica estava sempre disponível.

— Apenas Alice podia deter Paulo. E eu conto com Juliano e com Mário para tirá-los de lá em segurança — dissera Mariah.

No fundo, Mariah sabia que Angélica nunca aprovaria aquela estratégia. Tinha deixado ordens claras para que Alice permanecesse na Comunidade, segura e vigiada. É certo que Alice era uma Especial poderosa. *Mas fazer dela uma arma? Como Paulo fez?* Angélica sentiu-se tomada por um ódio que não suspeitava abrigar dentro de si. *E agora Mário já não pode circular livremente para nos ajudar. Eles conhecem seu rosto.*

Esperava ao menos que Juliano tivesse conseguido alcançar a mente de Alice...

O menino, é claro, não sabia de nada. Mariah apenas lhe dissera o que queria que Alice soubesse: que o doutor Paulo Hélis tinha manipulado, torturado, aprisionado e iludido milhares de pessoas para obter poder. Inclusive a mãe que ela não conhecia. E que, agora, Paulo precisava ser detido. Mariah esperava, com isso, dar outra orientação ao Plano.

Em uma coisa ao menos Mariah estava certa: alguém tinha de fazer Paulo parar. *Mas não Alice. Não podia ser Alice.* Por isso, terminou seu café e esperou mais alguns minutos antes de sair em busca de Juliano.

Precisava se comunicar com a menina.

Paulo caminhava de costas para Alice e de frente para o monitor, como se revisasse as informações ali coletadas. Aos poucos, seus passos foram lenteando. A princípio, Alice achou que ele tinha encontrado alguma coisa interessante em meio àqueles números e códigos incompreensíveis. Depois, suas costas foram se encurvando, os ombros caindo e a cabeça pendendo-lhe do pescoço levemente. Quando finalmente se virou, parecia outra pessoa. Alguém cansado, muito cansado. *Outra personagem!* Por mais que soubesse que não podia confiar nele, Alice não pode deixar de se surpreender com a transformação. Quando ele começou a falar, seu tom era suave, quase hesitante. Como quem se ressente por ter de comunicar uma triste verdade.

— Há coisas que você precisa saber e, quando terminarmos aqui, talvez queira repensar sua posição nesta história toda.

Seguiu-se uma pausa. Alice pensou em aproveitar o descanso e dar início a seu rastreio. *Entrar em sua mente, confundi-lo, aprisioná-lo... A sala está bloqueada.* Mas decidiu esperar. Queria ver o que ele lhe diria voluntariamente. Paulo continuou:

— Vou te mostrar minha história. Tenho formas de te fazer experimentar minhas memórias como você já sabe. Os líquidos que injetamos em você servem para isso. Mas antes...

Paulo levantou-se e saiu do quarto por alguns segundos, voltando com um lanche em uma bandejinha prateada: suco e sanduíches. Sentou-se a seu lado.

— Estamos sendo vigiados, mas expliquei a todos que, neste momento, preciso ganhar sua confiança. Por enquanto, não estão suspeitando de nada.

Suspeitando dele? Por que os cientistas suspeitariam dele? Não era o ameaçador doutor Hélis, mas Paulo, seu amigo Paulo, quem a encarava. *Por que ele quer se fazer de amigo agora?* Não sabia como lidar com aquela súbita mudança de comportamento, nem como isso se encaixaria na tarefa de neutralizá-lo, mas estava com fome. Observou enquanto ele pegava um dos sanduíches e mordia, sem vontade. Decidiu comer com ele e explorar aquela suposta intimidade para aprender o quanto pudesse:

— Por que eu preciso saber da sua história? — perguntou.

— Porque, de muitas maneiras, você faz parte dela.

— Devo desenvolver algum tipo de pena em relação a você, então? É isso? — disse, arrependendo-se imediatamente do tom rascante em sua voz.

Paulo suspirou. Parecia triste.

— Você está confusa, mas precisa entender: lá fora, eu sou o chefe. Lutei muito para ser visto assim e assim devo permanecer. Acredite em mim quando digo: pessoas muito piores poderiam estar no meu lugar. Tenho de parecer forte, frio e até ser duro com você ou não me respeitarão. Com o tempo, espero que você perceba que não somos tão diferentes assim. O fato é que...

Ele não terminou a frase. Limitou-se a terminar seu lanche em silêncio e ela fez o mesmo.

— Bem, vamos começar — declarou, depois de alguns instantes, em que pareceu deixar-se perder em pensamentos não muito agradáveis. *Perdido no passado.* E começou a pressionar botões no controle remoto que, até então, estivera abandonado ao lado da maca.

— Posso fazer uma pergunta antes? — pediu Alice, com o máximo de doçura que conseguiu cultivar.

— Sim.

— Como você aprendeu a bloquear memórias?

— Por que você está perguntando isso?

Seu tom era verdadeiramente curioso.

— Você disse a Laura... Disse que treinou o bloqueio de memórias confidenciais... Que era uma questão de segurança... Para que os Especiais não soubessem demais, eu imagino. Como aprendeu isso? Você é um Comum, certo?

— Sim. Eu sou um Comum — disse ele, ainda olhando para o controle. — Você terá sua resposta quando eu projetar minhas memórias, eu prometo. E prometo que não vou bloquear o acesso a nada. Vou apenas tentar conduzi-la para aquilo que interessa mais.

Dizendo isso, levantou os olhos e deve ter visto alguma desconfiança no olhar de Alice, porque completou:

— Eu só mencionei a norma de segurança para tirar Laura daqui. É o único argumento que tenho. Eles não aprovariam o que eu estou prestes a fazer. Esse transmissor não foi concebido para ser um equipamento de tortura. É a única forma que tenho de me comunicar diretamente com você. Para que você veja, por si mesma, e acredite em mim. Apesar de tudo o que eu fiz.

Então, Alice sentiu novamente uma picada no braço e a ardência invadindo-lhe o corpo, dessa vez pelo braço esquerdo. Viu quando Paulo ofereceu o próprio braço para uma das seringas que se esticava em direção a ele. Tinha se esquecido da dor por alguns instantes e quis gritar, mas seu grito já não foi ouvido na sala em que estava com Paulo. Tinha diante de si o mesmo torvelinho de imagens confusas com que se deparara no salão em seu desconfortável traje antimutação. A diferença era que agora as imagens tinham mais movimento e passavam por ela mais lentamente.

Viu uma criança que, com certeza, era Paulo, com uma mulher que podia ser sua mãe e servia-lhe uma sopa insossa. Ele se recusava a comer. Viu seu amigo, Ricardo, o mesmo em que ela se transformara quando Paulo a encontrara no beco: os dois conversavam animados, uniformizados como se estivessem na escola, e pareciam despreocupados. Viu quando Paulo, já mais velho, recebendo seu diploma em uma cerimônia de formatura. Mas nenhuma imagem se fixava.

Ele está mesmo me guiando. Nenhuma dessas memórias é relevante para ele.

Até que a cena se estabilizou. Estava em um escritório. As paredes eram cobertas por painéis imitando madeira e havia estantes repletas de livros por trás de uma grande mesa tomada por cadernos, pastas, canetas e um cubo multiúso. Do lado esquerdo da mesa, um vaso com plantas murchas. Do outro lado da sala, Paulo estava sentado em um sofá, bebendo de uma xícara decorada com flores azuis. Ele se levantou e foi até a janela. Acompanhando-o, Alice pôde ver que estavam no segundo andar de uma casa. A janela dava para um pequeno jardim. Nele, havia uma mulher, sentada de costas. Via apenas seus cabelos, enrolados displicentemente em um coque no alto da cabeça, e o vestido branco, espalhado a seu redor. Uma criança corria ao redor dela, brincando. *A filha dele?*

Paulo acionou seu diário pessoal com um comando de voz. Uma pequena tela projetou-se, saindo do cubo pousado sobre a mesa, com informações de data de hora. O plano de fundo era um esquema de suas tarefas semanais. Começou a falar, enquanto a transcrição do que dizia ia surgindo na tela, frase a frase:

— Hoje, Angélica me disse que está pronta para se dedicar à nossa família. Disse que, se um de nós dois tem uma carreira, esse alguém sou eu.

Angélica. Esse era o nome da esposa dele.

— Ontem, ela me ensinou a bloquear a memória de Ricardo... Me ensinou a bloquear a memória da dor de perdê-lo, de perder meu amigo de infância, e a ficar apenas com as boas lembranças, apoiar-me nelas. Quando terminamos, era como se um peso gigantesco tivesse sido levantado de meus ombros. Eu acredito no que ela faz... De verdade! Mas nunca vamos conseguir viver disso... Relaxamento, bloqueio de memórias ruins, transmissão de imagens positivas? — ele soava sarcástico. — E precisamos pensar na menina. Sofia está crescendo e o trabalho de pesquisa no Centro é dinheiro garantido.

Sofia. A filha deles se chama Sofia.

— Se eles querem mesmo bancar uma pesquisa de regeneração corporal, acho que eu até poderia levar Angel comigo... E a pesquisa lá é outra coisa: basta pedirmos e conseguimos qualquer material. Nunca vi tanta tecnologia de ponta em um só lugar. Se ela não fosse tão cabeça-dura! E tão... tão inocente ao mesmo tempo. Ela diz que não quer se vender, mas quer que a gente viva de quê? Ela entende mais da mente humana do que eu. Eu sou do cérebro, ela é da mente. É o que ela sempre diz. Tenho certeza de que ela poderia ajudar no processo de aceitação dos novos membros do corpo. E ser bancada para fazer isso. Nós dois podemos ter uma carreira e ajudar pessoas a recuperarem o próprio corpo depois de acidentes traumáticos. Que mal pode haver nisso? Se ao menos...

Angélica ensinou Paulo a bloquear e transmitir memórias. Alice tentava acompanhar as lembranças, ao mesmo tempo que processava as informações trazidas por ele. Sofia agora parecia estar brincando de pique, enquanto Angélica, ainda sentada, levava as mãos ao rosto como se estivesse se escondendo para contar. Seu coque se desfez e uma chuva de longos cabelos castanhos cobriu-lhe as costas. A imagem começou a se desestruturar, indicando uma nova lembrança.

Era um quarto, um quarto de criança. Pela janela, Alice via o mesmo jardim onde Angélica e Sofia tinham estado. Havia telas em nichos nas paredes, algumas com projeções de pôsteres e fotos de personalidades famosas. Outras, quebradas e apagadas, à exceção de uma em que Sofia aparecia mais velha do que na lembrança anterior. *Mais parecida com o fantasma do tanque*, pensou Alice. A menina sorria, segurando um caderno contra o peito, os cabelos desalinhados e iluminados pelo sol. O quarto estava todo revirado: a cama quebrada já não flutuava, os lençóis e almofadas se espalhavam pelo chão. Os compartimentos embutidos nas paredes estavam todos abertos e vazios: não havia sinal de roupas nem de nenhum outro pertence pessoal.

Paulo estava sentado em um canto do quarto, os olhos fixos naquela cena, o rosto tomado pelo desespero. Alice ouviu um apito baixo e Paulo sacou um minicomputador do bolso. Na tela, pôde ler a mensagem, cujo remetente era apenas "Raça Alpha — Controle Geral": "Pense bem antes de ir à imprensa. Este é apenas um incentivo para que você faça seu trabalho".

Paulo chorava, ao mesmo tempo que levantava e caminhava apressadamente em direção à porta, encontrando as escadas, chegando à porta principal e saindo de casa. Alice corria para acompanhá-lo. Ele chamou sua nave e a porta de uma pequena garagem se abriu, revelando o veículo que parou diante dele. Já estava sentado e segurando o manche com Alice a seu lado quando, com um novo apito, uma mensagem se projetou saindo do painel de controle: "Raça Alpha — Controle Geral: Parabéns! Sua filha já é uma Especial".

O cenário começou a se desvanecer e Alice se sentiu marear. Dizia a si mesma que nada daquilo importava. Por mais que Paulo tivesse sofrido, não podia simplesmente esperar que ela se compadecesse dele. *Ele destruiu minha mãe!* E nada daquilo justificava todos os experimentos, todas as torturas, todos os anos que trabalho para um projeto que usava outras pessoas. Por mais que ele estivesse enganado no início. *E por mais que tenha perdido sua filha...*

Agora estavam no jardim da casa. Paulo estava sentado sobre a grama com seu minicomputador sobre a palma da mão. Acionou novamente seu diário pessoal, indicando, dessa vez: "Acesso bloqueado a todos os níveis de segurança. Uso pessoal e intransferível". A pequena tela projetou-se à sua frente, saindo do computador, mas, dessa vez, o plano de fundo era composto por duas fotos, posicionadas lado a lado, dividindo-a ao meio. Duas meninas. Uma delas era de Sofia: a mesma foto que vira antes em seu quarto. A segunda foto era de Alice. Uma Alice bem mais jovem, uma criança que ela aprendera a reconhecer no Salão das Memórias. Era uma foto de rosto e ela parecia estar dormindo. Identificou parte da cabeceira de uma das camas do Centro. Paulo começou a falar, enquanto a transcrição do que dizia ia surgindo na tela, frase a frase:

— Estou cansado, muito cansado. Tenho de tomar cuidado para não ser pego na minha própria rede de mentiras. Parece que consegui convencer a todos no Centro de que é uma boa ideia deixarmos a tal Comunidade sobreviver... Amanhã vou saber se obtive liberação para atuar como espião. Relatórios e mais relatórios só para que eles acreditem que podemos ganhar com isso... E me deem uma chance de estar com ela...

Paulo parou por alguns instantes, recobrando o fôlego.

— Tenho certeza de que a menina Alpha é a chave. Ninguém antes respondeu à mutação como ela. Ninguém a não ser... — Paulo acariciou a foto de Sofia, como se estivesse mesmo fazendo carinho em sua cabeça e ajeitando-lhe os cabelos. — Mas essa menina é mais forte. Ela não responde apenas: ela reage. Tenho certeza de que ela sobreviveria aos trinta. E mais... Se eu puder ajudá-la, se eu puder acompanhá-la de perto e aprender com ela, talvez...

As imagens se desvaneciam enquanto Alice ouvia a última frase:

— Talvez Sofia tenha alguma chance.

O contato se rompeu abruptamente. Paulo estava abatido, sua testa recoberta por gotículas de suor. Seu braço trazia a marca da picada que levara, agora arroxeada e inchada.

— Minha esposa me ensinou a projetar conteúdos mentais, antes mesmo de sabermos que haveria alguém para lê-los — disse ele, à meia-voz. — Sei que você não confia em mim, por isso quis te mostrar. Agora você acredita?

Acreditar em quê, seu crápula? Acreditar que você tem sentimentos?

— Angélica estava apenas dando continuidade a vários experimentos com meditação que vinham sendo feitos há séculos, com bons resultados — continuou Paulo —, mas ninguém nunca tinha conseguido projetar imagens como ela, com tamanha força e clareza.

Como eu, pensou Alice, lembrando-se de um dia muito distante. *Havia guardas tentando invadir o Salão das Memórias e eu... Eu também tinha a intenção de nos proteger.*

— Eu não sabia naquela época — continuou Paulo —, mas esse foi o diferencial que fez com que eu conseguisse resistir aos poderes de alguns Especiais posteriormente. A intenção é muito importante para a técnica de projeção. E para que vocês consigam chegar ao máximo de seu potencial. É preciso ter a intenção de ser útil, de colaborar... Como vocês mesmos perceberam ao projetar imagens únicas entre si, no caso das pontes de colheita, por exemplo. E eu nunca desejei seu mal, por mais que...

... por mais que sempre me cause mal.

Alice observava e ouvia enquanto ele se levantava, desgastando-se em mais um de seus discursos. E sabia que aquele discurso era diferente. Não havia muito que ele pudesse fazer sem a cooperação dela.

— Você e Sofia reagiram à mutação de forma diferenciada. Vocês já se preocupavam em ser úteis desde o início. Desde muito cedo. Era como se entendessem que a intenção era a chave... Vocês me ajudaram a ver isso. Eu preciso de você. Imagine! Se revertermos o mal dos trinta, não vamos apenas salvar Sofia: vamos salvar todos os Especiais!

Ele precisa de minha mente, cooperando, não apenas de meu corpo e meu cérebro monitorados por sensores. Mas nada naquele apelo a comovia. Mesmo que as intenções de Paulo fossem verdadeiras, mesmo que ele acreditasse que conseguiria libertar a todos, seguiria sendo manipulado facilmente. *Ele se vendeu... Ele gosta do poder...* A imagem compartilhada com Juliano invadia-lhe a mente como um lembrete. Era o momento de atacar. *Ele se vendeu e vai se vender de novo e de novo...* Estava cansada, mas não como ele. Podia juntar forças, erguer-se da cama e aproveitar aquele momento.

Enquanto ele falava, decidiu o que faria. Não queria se transformar — *não vou mais me esquecer de nada!* —, mas tentaria manipulá-lo. Como fizera ao proteger o Salão das Memórias da invasão dos guardas. Entraria em sua mente e daria um jeito de convencê-lo a trocar de lugar com ela na maca. Não seria difícil se levantar, apesar da dor que sentia, já que não estava presa. Depois, tentaria apagar ou confundir algumas de suas memórias. A ponto de ele se tornar inútil para o projeto do Centro. A ponto de ele deixar de ser qualquer coisa parecida com o doutor Paulo Hélis.

E isso precisa funcionar... Ou terei de dar um jeito de matá-lo.

Angélica se aproximou do Centro de Tratamento com cautela. Obteve, com os robôs de segurança, o mapa dos leitos e, nele, a localização exata de Juliano e Bruno. Quando se aproximou dos meninos, percebeu que estavam quase inconscientes. Buscou projetar-lhes, o máximo que pôde, imagens de conforto e segurança, enquanto enviava uma mensagem a Mário: "Acesso — operação manual — leitos 3320057 e 3320058 — Plataforma Treze". Passados cinco minutos, ouviu o bipe de resposta: "Confirmado. Câmeras do salão reprogramadas. Divirta-se".

Pôs-se a desativar as travas das camas e a rever a programação de remédios para os dois. Estavam recebendo doses cavalares de uma droga que devia ser muito potente, pois, até aquele momento, apesar de não estarem dormindo, limitavam-se a observá-la, os olhos vidrados, quase sem vida. Bruno parecia estar ligeiramente mais acordado. Pediu desculpas mentalmente pelo que estava prestes a fazer: não queria injetar mais nada neles. Mas precisava de Juliano. Enviou uma nova mensagem a Mário: "Leito 3320057 — estimulante — preciso acordá-lo". Dois minutos depois, o bipe: "Solução 4PQ, 50 ml — controle 2".

Angélica seguiu as orientações e Juliano ainda demorou bastante tempo a acordar. Seus olhos, pouco a pouco, recuperaram o brilho, enquanto Angélica tentava projetar-lhe imagens de confiança. Depois de dez minutos, ele emitiu sua primeira frase:

— Você!!!

— Eu preciso de sua ajuda. Preciso falar com Alice. E preciso saber exatamente onde ela está.

— Eu consegui... O Plano... Ela vai impedir Paulo.

Angélica estremeceu.

— Não! Você precisa impedi-la. Precisa se comunicar com ela. E precisa saber de toda a história. Rastreie-me.

— Não posso. Não assim. Não sem um objetivo. Eu teria de me transformar. Não sou como Alice.

Angélica tinha se esquecido. Começou a contar a ele, na versão mais resumida que conseguiu, tudo o que ele precisava saber.

Esperava que a informação chegasse a Alice a tempo.

Alice começou o rastreio de Paulo, enquanto se sacodia e libertava dos sensores que mediam sua atividade corporal, sentando-se na cama. A imagem de seu corpo desapareceu do telão à sua frente. Chegou a ouvir um "Não", enquanto entrava na mente de Paulo, mas o corpo do cientista tombou na cadeira à medida que o rastreio avançava. As memórias se desenrolavam livremente.

Aquela era a mulher em quem se transformara no beco, a mulher do vestido vermelho... Mas agora ela usava branco e Paulo a encarava maravilhado — apaixonado! — dentro de um cinema. Ela sorria, gargalhava e oferecia-lhe pipoca. "Para de olhar pra mim! Veja o filme!", dizia. E agora ela estava grávida, a barriga protuberante, que ele beijava enlouquecidamente, despontando por baixo de uma blusa curta demais. Paulo com Sofia, ainda bebê, no colo. Uma Sofia mais velha reclamava que estava com fome e Angélica a aninhava nos braços, oferecendo-lhe biscoitos.

Alice tentava se concentrar para acessar alguma lembrança mais útil, algo que pudesse manipular, mas as imagens da mulher, daquele rosto, tomavam praticamente toda a memória de Paulo. E ver aquele rosto lhe causava dor. *Uma dor estranha.* Como se a própria Alice tivesse bloqueado alguma coisa, alguma informação importante. Como se ela mesma não quisesse se lembrar. *Sofia reclamava que estava com fome e Angélica a aninhava nos braços, oferecendo-lhe biscoitos.* A imagem se encaixava com algo que ela já sabia. *Primeiro, é preciso admitir que estamos fugindo...* A voz de Juliano voltou à sua mente. *Por que nunca quis encontrar sua mãe? Pense... Alice... É importante.* Sua mãe eleita era uma mulher magra, subnutrida, uma *prostituta virtual comum...* Mas seu colo, a forma como a aninhou em seus braços...

Então, uma lembrança terrível invadiu sua mente e seu rastreio foi interrompido involuntariamente. Alice e Juliano eram marionetes de Paulo e uma mulher tentava impedi-lo. A mulher caía dos ombros de um Paulo gigante, lançando-lhe um olhar de súplica.

A mesma mulher. A mesma Angélica.

Rompeu o rastreio. Paulo parecia desnorteado:

— Por quê? Se eu estou te mostrando tudo... Você não precisa disso... — ele disse.

— O que aconteceu com Angélica? — perguntou Alice, e havia urgência em sua voz.

— Isso não importa.

— O que aconteceu com ela? — insistiu, firme.

— Ela foi embora.

Ele ainda a ama!

— Alice, eu não entendo por que isso é relevante...

Mas alguma coisa no olhar da menina fez com que Paulo se calasse. *Angélica*... Por que não se lembrara antes de que Angélica era sua mãe? Algo estava bloqueado nela e ela não entendia o porquê. *Eu tenho uma mãe... Sempre tive uma mãe...*

— Você quer saber de Angélica? — retomou Paulo, um tanto irritado. — Não precisa me invadir... Eu posso te contar. Ela foi embora... Só isso. Ela nos abandonou. A mim e a Sofia. Angélica tentou resgatá-la, mas eu tive de impedir... Eu não tinha escolha. E depois, com a crise dos trinta... O Centro era o único lugar de onde eu podia, de fato, ajudar Sofia. Mas Angel nunca entendeu isso. Tentou me convencer, tentou invadir o Centro... Chegou a ser presa várias vezes e, se não fosse por mim... Um dia simplesmente desapareceu... Soube que começou a fazer trocas na Rede, vender seus conhecimentos. Precisava do dinheiro. Podia ter me pedido, mas... Mas isso não importa...

Angélica é minha mãe. Eu tenho uma mãe, mas não tenho lembranças dela... Por quê? Alice buscava fundo em seu ser algum registro, algum fragmento mais substancial daquela mulher. *Eu tenho uma mãe!* De repente, Juliano invadiu sua mente: *Veja!* E ele a inundou com lembranças. A primeira delas era apenas uma voz, uma voz doce que falava com ela: a princípio, baixinho; depois, crescendo em potência, resgatando sua humanidade, rompendo um bloqueio autoimposto de anos, um bloqueio que Alice mesmo desejara.

Primeiro, é preciso admitir que estamos fugindo, dizia a voz de Angélica em sua mente. A frase deveria soar em sua mente sempre que estivesse em perigo, como um alerta para que voltasse para segurança. Por isso a ouvia de tempos em tempos. Mas o bloqueio tinha sido forte demais. *Eu a apaguei de minha mente e foi ela mesma quem me ensinou a fazer isso!* Sem o contato de Juliano, talvez nunca tivesse despertado.

Mas agora, aos poucos, Alice compreendia. Para dar conta de seu Plano, não podia se lembrar de suas origens. Não podia se lembrar de sua família. Não podia se lembrar de Angélica. E não podia se lembrar de seu pai.

— O Plano nunca foi salvar Juliano apenas — disse Alice. — Você tinha razão.

Paulo levantou-se novamente, assustado, e segurou as mãos dela entre as dele.

— Leve-me ao salão principal e eu preencherei as lacunas que faltam.

Alice sabia que ele lhe obedeceria. Pela primeira vez, em muitos anos, estava de posse de toda a sua história e isso a enchia de energia e confiança.

Pela primeira vez, em muitos anos, estava inteira.

Juliano conseguiu levantar-se depois de uma hora sem seus remédios. Angélica também acordara Bruno e agora os três seguiam rumo ao salão principal, a passos mais lentos do que gostariam de dar, portando-se como se a mulher fosse uma pesquisadora que encaminhava dois Especiais a algum teste específico. Enquanto Angélica caminhava, rememorava o Plano. Lembrava-se de quando ouvira pela primeira vez, da boca de sua filha de quinze anos, que ela estava disposta a se esquecer de quem era e de tudo que mais lhe importava na vida para salvar aqueles a quem amava.

Naquele dia, Angélica tinha sentido um misto de orgulho, pavor e culpa. Sabia que Alice nunca seria uma criança normal e não apenas por conta de sua mutação. Sua filha tinha sido criada na Comunidade, depois de toda a experiência no Centro, sabendo que a mãe era uma rebelde, cuja identidade devia ser protegida a qualquer custo. Na verdade, ensinara sua filha a potencializar sua mente ao máximo, justamente para que ela entendesse que todos têm um papel na sociedade, por mais injusta que ela pareça, e que ninguém deve se omitir de cumpri-lo.

Eu só não esperava que fosse dessa forma...

Criá-la longe do pai tinha sido a única maneira de protegê-la. Se tinha escondido de Paulo sua gravidez, era justamente para nunca dar-lhe a oportunidade de machucar Alice. *Mais do que já machucara...* Sabia que a mutação alterava os genes dos Especiais a ponto de não ser possível identificar quem eram seus pais originais depois do procedimento, o que manteria Alice protegida. Como agora a entregaria de bom grado em suas mãos? Depois de tudo o que ele fizera com Sofia? Perderia outra filha? Em nome de quê?

Mas Alice já não era uma criança e estava determinada.

— Vou me esquecer de tudo. Até de você — dizia a menina. — E, quando o momento certo chegar, você vai me ajudar a lembrar e vamos resgatar os dois. Vamos resgatar nossa família.

— Alice, eu sou sua família — Angélica tentara fazê-la compreender. — Nós somos uma família. E eu não estou disposta a perder isso.

Mas Alice acreditava que, se Paulo soubesse como reverter o mal dos trinta, abandonaria sua carreira no Centro e se somaria à Resistência.

— E ele será nosso maior aliado.

— Você não conhece seu pai — Angélica alertara.

Mesmo assim, Alice tinha elaborado um Plano. Ela precisava aprender, por tentativa e erro, a controlar sua mutação. Pretendia, assim, chegar perto de entender o que desestabilizava a mente de Sofia. *A mente de sua irmã.* Para Alice, aquela era a única maneira de salvar os dois. Não sabia que o próprio Paulo se aproximaria da Comunidade. Em sua cabeça de menina, isso apenas provava que ele tinha um interesse real em entender o Dom. Além disso, ter Paulo por perto tinha sido providencial para o Plano. Assim, Alice conseguiria encaixar Juliano na história, aquele garoto teimoso e revoltado por quem tinha se apaixonado. Se convencesse o pai de que o Plano tinha como objetivo resgatar Juliano, Alice conseguiria seguir seus experimentos tranquilamente, enquanto ajudava o menino a retornar a seu verdadeiro lar.

— E Paulo vai testemunhar tudo isso... Você não entende? — Alice lhe dissera, em uma de suas muitas discussões. — Ele vai ver que é possível controlar o Dom, mesmo fora do Centro... Ele vai se interessar e vai me seguir... E, quando a hora chegar, vamos trazer Sofia também!

— Sofia não pode viver conosco! — respondia Angélica. — Você está louca, minha filha! Sofia não vai sair daquele tanque e foi seu pai quem a colocou lá!

— Você precisa confiar em mim... — Alice insistia. — Não podemos desistir de Sofia. Eu vou seguir experimentando, vou seguir estudando e vou descobrir uma forma de tirá-la de lá. Eu só preciso de você. E de Mariah.

— Eu nunca devia ter te contado quem era seu pai — Angélica chegara a dizer, em uma de suas brigas. Mas sabia que nada impediria Alice de ler por si mesma o que quisesse em sua mente. *Essa era a nossa política. Sem segredos.*

Quando a menina começou a se esquecer de tudo, a própria Angélica ajudou a construir o bloqueio que a faria esquecer de que tinha uma família. No fundo, tinha esperanças de que a filha conseguisse, em seus experimentos, descobrir alguma coisa que pudesse estabilizar e ajudar a resgatar Sofia.

E Mariah sabia disso... Por mais que se sentisse usada pela velha Guardiã, sabia que ela estava certa. Paulo precisava ser detido e Angélica falhara para com seus deveres como conselheira, porque Alice era sua filha. Sabia que, assim que voltasse, teria de ceder seu cargo a alguém mais imparcial, alguém menos envolvido em toda aquela história. No fundo, por mais que sentisse nojo da forma como Mariah manipulara a menina, sabia que Alice era mesmo a arma perfeita para dar conta de Paulo. Mas não podia pedir-lhe isso. Não conseguiria viver com a culpa de ter pedido à própria filha para matar seu pai. *Mas Mariah está certa.* O Plano de salvação de Alice era apenas um sonho ingênuo e alguém precisava deter Paulo.

Que esse seja meu último ato como conselheira então...

Angélica, Juliano e Bruno seguiram caminhando até o corredor que levava ao salão principal. O corredor era longo, repleto de painéis de controle e o portal de acesso ao salão estava bloqueado por dois robôs-guarda. Um fecho de segurança cruzava a porta retrátil, piscando em vermelho e indicando que a sala estava ocupada.

— Tem certeza de que ela está lá? — ela perguntou, mal abrindo a boca e mantendo o rosto virado para a frente.

Dois cientistas passaram ao lado deles e Angélica evitou encará-los.

— Sim. E ela sabe de suas intenções — respondeu Juliano.

— O que você quer dizer com isso?

Juliano não respondeu.

É claro! Alice pode ler minha mente. Sua filha sabia. Sabia que ela não deixaria Paulo sair vivo dali. Enviou uma mensagem para Mário: "Liberação salão principal. Urgente". O bipe demorou apenas alguns segundos: "Negado. Desculpe-me".

— Preciso que você fale com ela — Angélica pediu a Juliano.

— Ela não deixará você passar.

Outros três cientistas se aproximavam. Angélica tinha de pensar rápido. *Alice não vai me deixar entrar, mas Paulo vai.* Vasculhou os painéis de controle até encontrar o acesso ao sistema de comunicações do Centro. Depois, ativou o escâner de retina e acionou seu transmissor para acessá-lo como Carla Silva.

— Doutor Paulo Hélis — disse, com a voz entrecortada.

O rosto de Paulo destacou-se no menu de mensagens. Apenas Alice dava-lhe forças para encarar seu misto de amor e ódio profundos, ao ditar a mensagem que enviou em seguida:

"Juliano e Bruno escaparam. Informações urgentes sobre Angélica. Permitir acesso ao salão".

Paulo estava inteiramente concentrado em observar Alice. Tinham caminhado desde seus aposentos até o salão principal sem trocar uma única palavra. Teria sido fácil submetê-la, mas não adiantaria de nada. A menina sabia de alguma coisa e ele precisava de sua cooperação. Sentia que estava próximo do momento que tanto esperara: o dia em que aquela jovem finalmente compreenderia que os dois, juntos, podiam conseguir fazer muito mais pelos Especiais do que separados. Há muito tempo, Alice era seu verdadeiro e único foco. O resto não importava. A garota tinha sofrido uma estranha transformação: algo nas memórias dele servira como gatilho para despertá-la da estranha insegurança em que se mantivera cativa ao longo de dois anos de Plano. Fosse o que fosse aquele maldito Plano.

Paulo sempre soubera que passar por tudo o que ela passara apenas para resgatar Juliano parecia um pouco demais. Por outro lado, a conexão entre Alphas e Betas tinha sido programada para ser indissolúvel e poderosa. Era possível que um sentisse que não poderia viver sem o outro. Agora queria tê-la para si, aprender tudo o que pudesse aprender antes que qualquer um se metesse em seus experimentos. Bloqueou a entrada do salão e ativou o sistema de segurança máxima, lançando uma nota de experimento controlado aos comunicadores. Isso devia dar-lhe algum tempo. Desativou as câmeras da sala, bem como os controles básicos de segurança. Ficariam isolados do resto do complexo. *Pelo menos, por enquanto...* Manteve apenas seu minicomputador ao alcance das mãos, no bolso da calça, caso precisasse acionar os robôs do lado de fora.

Apesar de tudo, não conseguia ter medo de Alice. Estava sendo imprudente e sabia disso. Mas sentia que só conseguiria estabelecer algum vínculo real com ela caso a deixasse quase que totalmente livre. *O mais livre que posso permitir sem levantar suspeitas...* Sentia-se estranhamente próximo daquela menina. *Quase como se ela fosse...*

Alice agora se aproximava do tanque onde Sofia flutuava, alheia à presença deles.

— Como você foi capaz de seguir, mesmo sabendo que sua filha estava aqui? — perguntou a menina.

Sua voz era fria e distante e seu olhar estava perdido no tanque de contenção.

— Eu já expliquei... Eu já...

— Não! — interrompeu Alice, com um grito. — Você nunca explicou! Você justificou... Mas o que você fez não tem justificativa, pai.

Paulo empalideceu.

— O quê...? — começou a dizer, perdido.

— Eu vi você, pai. Eu vi sua mente. Você quis o poder. Você quis o controle. Você podia ter ajudado a Resistência. Você podia ter tido outro papel nessa história. Mesmo sem saber...

Paulo tentou dizer alguma coisa, mas sua mente trabalhava contra ele. Seria possível? *Alice, minha filha? Mas como? E como não percebi?*

— Você não podia saber — Alice falava, conversando com os pensamentos dele, preenchendo as lacunas, como prometera que faria.

A mutação altera o código genético! Ele não teria como saber. O sistema não apontaria, mas era muita coincidência que, tendo sido punido com a indicação de Sofia, Mariah indicasse Alice para o programa.

— Mas não foi coincidência — disse Alice. — Minha mãe me escondeu de você, mas não sabia que precisava me esconder de Mariah. Naquela época, ela não era Guardiã e não conhecia minha mãe... Era apenas uma funcionária mal paga e revoltada sendo pressionada a indicar crianças... Quando teve de escolher e viu que, nos registros genéticos de minha escola, uma das crianças era filha do doutor Paulo Hélis...

Mariah quis me punir... Sendo forçada a escolher, ia escolher a filha daquele que criara tudo aquilo. Mas eu não sabia... Lembrou-se de Angélica, saindo de casa, numa noite escura, muitos anos atrás. Nunca suspeitara de que ela estivesse grávida. Só se lembrava das brigas, brigas intermináveis, que lhe doíam mais do que qualquer coisa...

Paulo aproximou-se de Alice.

— Eu... não... sabia. — conseguiu dizer.

— Eu sei, pai, eu sei. Mas isso não é desculpa.

Algo no olhar da menina fez com que o sangue dele gelasse. Não havia perdão ali. *Nem nunca haveria.* Começou a sentir o toque do rastreio em sua mente. Alice avançava em sua direção. E Paulo resistia como podia a seu contato, sua invasão. *Doce e quente como uma onda de relaxamento...* Buscou seu minicomputador no bolso e tentou se concentrar. Se ao menos conseguisse acionar os robôs...

Mas já era tarde. A voz de Alice estava em sua mente. *Não existem Especiais*, ela dizia. Suave, a princípio. Depois, mais violenta, convincente. *Não existem Especiais. A mutação falhou. Sou um fracasso. Não existe experimento.* Paulo resistia. *Eu sou o doutor Paulo Hélis. Concebi a mutação P9XHY para o Projeto Especiais. Desenvolvi o programa Raça Alpha. Tenho uma filha... Duas filhas...* Mas a voz em sua mente era poderosa. Logo, ele começou a relaxar. Seu corpo foi se desmontando e caiu, sentado no chão, perto da cabeceira da grande mesa de reuniões. Começou a acreditar. Acreditar que talvez tudo fosse apenas uma ilusão, uma mentira. *Sim*, dizia a voz de Alice em sua mente, *você quis acreditar que conseguiu. Quis acreditar para se sentir importante... Sim*, ele começou a acreditar, *eu sempre quis me sentir importante, sempre quis mudar o mundo...*

De repente, ouviu um bipe vindo de dentro de seu bolso. O alerta tirou-o de sua passividade. Reuniu suas últimas forças para ler a mensagem que chegava: "Juliano e Bruno escaparam. Informações urgentes sobre Angélica. Permitir acesso ao salão".

Acessou seu comando pessoal e abriu as portas do salão. Não conhecia aquela Carla, mas esperava ganhar tempo. E esperava não ter de recorrer à segurança.

Ainda acreditava que podia convencer sua filha.

CAPÍTULO 10

o resgate

CAPÍTULO 10

— O que você fez com ela? — foi a primeira coisa que Angélica disse, ao entrar na sala, acompanhada por Juliano e Bruno.

Paulo levantou-se o mais rápido que pôde, tomado pelo susto daquela aparição. Angélica estava mais velha e parecia muito mais magra naquele uniforme, mas era a mesma mulher por quem se apaixonara anos atrás. Os mesmos trejeitos, o mesmo cabelo cor de cevada e a mesma boca. Isso lhe doía como nunca achou que pudesse doer. Alice rompera qualquer tipo de contato mental e encarava a mãe com um misto de surpresa, medo e encanto. De repente, Paulo percebeu que não sabia a quem Angélica se referia. Ali estavam eles quatro, membros de uma mesma família, reunidos em uma só sala, e, pela primeira vez, ele não sabia como agir e temia por sua vida.

Juliano avançou em sua direção, tomando-lhe o microcomputador das mãos, enquanto Bruno checava se o sistema de segurança estava desativado. Paulo voltou-se para a mesa de reuniões, tentando acessar seu painel de controle embutido, mas Juliano foi mais rápido: colocou-se entre ele e a mesa, enquanto Angélica corria, prendendo-lhe os braços contra as costas para ajudar o menino.

Paulo começou a se debater, tentando se soltar, mas logo Bruno estava também sobre ele. Os três imobilizaram-no, enquanto Alice buscava a cadeira onde estivera aprisionada, dias antes, em seu traje antimutação. Conseguiram forçá-lo a sentar-se e Juliano acionou as travas de punhos e pernas, colocadas ali especialmente para conter Alice. *Para conter minha filha.*

Paulo estava rendido.

— Você está bem? — perguntou Juliano, dirigindo-se a Alice.

— Sim. E você?

— Já estive melhor... — respondeu o menino, zombeteiro.

— E agora? — perguntou Paulo, o olhar cravado em Angélica. — O que vocês pretendem fazer comigo?

Angélica não respondeu. A dor de vê-la ali trazia lembranças com as quais não podia lidar. E sentimentos. *Minha mulher, minha única mulher.* Depois de tantos anos sem contato, tantas buscas infrutíferas, tinha começado a acreditar que ela estava morta. Não estava preparado para a expressão que via agora em seu rosto. Uma expressão tão assustada quanto a dele. Resoluta, sim, sem dúvida alguma. Ela pretendia matá-lo, neutralizá-lo, impedi-lo de seguir, e estava disposta a fazer o que fosse necessário. Não era mais a jovem romântica e idealista com quem se casara, disso tinha certeza. Mas também estava assustada. *Também sente alguma coisa. Eu a conheço muito bem.*

Angélica fez menção de falar, mas percebeu que Alice a encarava e desistiu. Sem aviso, as duas envolveram-se em um abraço. Um abraço longo e afetuoso, que fez com que Paulo se remoesse por dentro. Sentia-se humilhado, traído, roubado, novamente, da chance de ter uma filha. De ter uma vida ao lado da filha com que sonhara. A filha forte que sobrevivera — e ele estava certo de que seguiria sobrevivendo — ao Dom.

— Eu não sabia — disse ele, entre dentes, a raiva subindo-lhe à cabeça. — Você nunca me disse nada. Você me privou de conhecer minha filha!

Angélica afrouxou o abraço e, ainda segurando Alice nos braços, encarou-o com um olhar cheio de ódio:

— Você teve mais chances de se provar para Alice do que eu. E veja o que você fez. Traição, manipulação, tortura... Isso é o que você é, Paulo. O que você sempre foi. E está na hora de acabar com isso.

Angélica tentou avançar em direção à cadeira, mas Alice a conteve.

— Não, mãe... Ainda não.

Angélica parecia confusa. Paulo começou a se defender como pôde:

— Alice, você está certa! Não precisamos ser radicais... Você sabe que eu sempre quis o melhor para vocês...

Angélica segurou a filha pelos ombros em um apelo:

— Alice, eu achei que você tinha compreendido. Não podia esperar que você o fizesse, mas seu pai precisa ser detido.

— Não, é você que não entende — disse Alice, voltando-se para Sofia. — Eu consegui, mãe. Eu sei como salvar Sofia.

Juliano aproximou-se de Alice, envolvendo-lhe a cintura, num gesto de proteção:

— Você não pode fazer isso. É arriscado demais.

— O que ela quer fazer? — perguntou Angélica. — O que ela acha que pode fazer?

— Eu vou ficar bem — disse Alice a Juliano, selando seus lábios com um suave beijo. — Mas preciso que você e Bruno preparem nossa saída. Vocês podem fazer isso?

Juliano assentiu, o semblante preocupado. Paulo assistia a tudo sem se manifestar. Havia mesmo uma forma de salvar Sofia? E, caso houvesse, o que ele faria? Como seguiria? Tinha sonhado com aquele momento desde o dia em que Sofia fora raptada.

— Esse sempre foi o Plano. O verdadeiro Plano — respondeu Alice, como se lesse seus pensamentos. — Salvar você e salvar Sofia.

— Alice... Não existe chance de isso dar certo... — disse Angélica, cortante. — Você precisa pensar nos outros... Nos que estão fora daqui. Nossa única chance é neutralizar seu pai...

— E nos tornarmos piores do que ele? — perguntou Alice, confrontando a mãe.

— Me salvar? — perguntou Paulo.

— Sim — respondeu Alice. — Mas, antes disso, preciso fazer uma pergunta.

Paulo simplesmente aquiesceu.

— Se Sofia acordasse, se não houvesse mais motivos para você permanecer aqui, você largaria tudo? Ajudaria a destruir o que começou? Lutaria ao lado da Resistência?

Paulo não podia responder de outra forma:

— Sim.

— Ele dirá qualquer coisa... — começou Angélica.

Mas Alice já não escutava. E tudo aconteceu muito rápido. Paulo sentiu-a em sua mente novamente, rastreando. Depois, enquanto Juliano e Bruno saíam da sala, como que obedecendo a um comando invisível, Alice desativou as travas da cadeira do pai e se dirigiu até o tanque onde Sofia flutuava, em suspensão. Paulo e Angélica observaram, abismados, enquanto Bruno operava o painel de controle e os robôs se afastavam da entrada, para depois seguirem os meninos onde quer que estivessem indo. A porta se fechou novamente, enquanto Alice espalmava as mãos sobre a superfície lisa e transparente do tanque, a coluna ereta, os pés descalços em meia-ponta para dar-lhe altura e alcance do rosto flutuando à sua frente, elegante e graciosa como Paulo nunca a vira. *Como uma bailarina...* Ele não compreendia. Estava hipnotizado. Pelo canto do olho, viu que Angélica também não se movia.

Alice respirou fundo e o ar fez com que seu corpo se estirasse ainda mais, tenso.

Em seguida, fez o que Paulo mais temia que alguém fizesse na vida.

Destravou o tanque e acordou sua filha.

· · ·⁖· · ··

Quando Alice destravou o tanque, Angélica só teve tempo de se jogar sobre Paulo. Tentava ainda detê-lo. Logo o salão foi invadido por uma luz branca que os cegou — *e emocionou!* —, a ponto de não pensarem em mais nada. O passado, as mágoas, a violência, aquele lugar, tudo foi varrido para algum lugar distante como a mais distante das galáxias. O mundo era luz. Agarrada a Paulo, Angélica sentia a pulsação do coração de ambos, a proximidade de sua respiração, seus braços entrelaçados, via seus olhos encadeados, as pupilas quase cegas pelo clarão, como se fossem um, um único ser trançado em espera. Havia uma noção distante de dores causadas pela queda brusca — uma costela, talvez fraturada, um tornozelo torcido —, mas mesmo isso foi desaparecendo, até que não conseguia sentir nada além de...

Amor.

Entrava-lhe pelos poros, brotava de seu peito, jorrava por seus olhos. E era o amor deles, o amor dos quatro... Mas também era maior do que eles, muito maior do que todos eles...

O tipo de amor que cura tudo.

Então, Angélica temeu perdê-los.

Mesmo a Paulo.

E temeu perder-se naquele amor.

E fez-se a Escuridão.

Alice finalmente compreendia seu propósito. Tinha tudo de que precisava e estava inteira. *Inteira.* Acreditara, até bem pouco tempo atrás, que precisava deter seu pai e que seu Plano original era apenas fruto da inocência de uma filha bem-intencionada. Mas, ao ver seus pais frente a frente, tinha encontrado a chave que lhe faltava para resgatar Sofia. Pedira a Juliano e Bruno que preparassem uma nave de fuga. Rastreara a mente de Paulo em busca dos códigos que lhes permitiram reprogramar os robôs e acessar o galpão de transporte e transmitira as informações a Juliano. Precisava ter uma forma de escapar, caso Paulo decidisse impedi-los. *Não posso confiar apenas na palavra dele.* Apesar disso, optara por libertar o pai das travas. Sentia que podia precisar dele.

Sabia que teria pouquíssimo tempo útil quando Sofia despertasse — minutos, talvez segundos —, mas agora estava segura do que faria. Sabia que Sofia se apegaria a qualquer forma que lesse a seu redor e morreria em exaustão, perdendo cada pedaço de si mesma que conseguisse materializar, a menos que conseguisse fazer-se-com-Outro.

Colaborar na construção de um Si.

No fundo, Alice sempre soubera disso, mas como resgatar uma consciência fragmentada, nada mais que um sopro de intenção? Nenhum Comum, por mais que se projetasse como seus pais faziam, conseguiria ir tão longe. Um Especial sem treinamento talvez nem chegasse a alcançar aquela mente ou se perdesse nela.

E talvez não encontrasse o caminho de volta.

Mas Alice estivera treinando.

E ela não era qualquer Especial.

Alice tinha aprendido algo muito importante com o correr do Plano. Sim, a mente de Sofia devia ser assustadora, sem referências, diferente de tudo o que conhecia, mas sua irmã podia se identificar com uma coisa. *Quando eu perdia minhas memórias, sabia que tinha perdido algo.* Por mais que houvesse buracos gigantescos em seu passado, por mais que trabalhasse apenas com fragmentos de lembranças, restava-lhe a certeza de que algo estava faltando. As lacunas seguiam ali, prestando testemunho. *Se há lacunas, houve um inteiro.* Era a isso que ela se apegava nos momentos mais difíceis. *Por mais que eu me esquecesse, sabia que tinha esquecido.*

Com o tempo, depois de usar o Dom mais de uma vez, a desorientação tomava conta de seu ser e o cansaço se instaurava. *Quantas vezes quis desistir, me entregar?* Mas havia uma parte dela que nunca se entregava. Se Alice estava certa — e sua própria experiência lhe dizia que estava —, era a insistência dos criadores em forçar, por anos e anos, aqueles Especiais a se comportarem como parasitas — *incompletos* — que desintegrava a mente deles a ponto de não saberem mais como ser.

Um parasita vive em falta. Incompleto.

Um Especial vive em busca. Inteiro.

Caminhava devagar, concentrando toda a energia no que estava prestes a fazer. Ao ver seus pais juntos e o amor que ainda havia entre eles, tinha se dado conta do elemento que lhe faltava: tinha o melhor de seu pai e o melhor de sua mãe. Nela, agora, o Dom era finalmente o que o nome sugeria. *Uma dádiva.* Dominava-o, e não o contrário, pois entendia seu funcionamento e entendia o funcionamento de sua mente. Projetar, bloquear, transformar, colaborar... tinha experimentado várias formas, previstas e imprevistas, de ser uma Especial de um jeito que apenas uma missão como aquela poderia propulsionar. Mais do que isso: tinha descoberto um propósito, uma forma de tornar sua história inteiramente sua. *O melhor de meu pai e o melhor de minha mãe, em mim, para você, para nós, Sofia.* Ergueu-se sobre as pontas dos pés, emoldurando o rosto da irmã com as mãos e preparou-se para o contato.

Tinha estudado o esquecimento justamente para saber como se experimentava a mente de alguém que há muito já se esquecera de tudo (ou de quase tudo). Como poderia se comunicar com Sofia se não soubesse, ou ao menos ensaiasse, o que era ser Sofia.

Vazio.

Era assim que era.

Quando estabeleceu contato, Alice quase foi sugada pelo imenso vazio salpicado de ilhas de pensamentos/sentimentos/imagens de ação. *Isso é o que restou da mente dela.* Era como navegar em um cânion de não forma em meio a cacos de experiência crua. As ilhas não chegavam a ser memórias, pois não havia narrativa. Eram apenas esporros que a atingiam de tempos em tempos, meteoritos de estímulos encadeados. *Dor, agarrar, violência... Salgado, comer, errado... Alegria, caminhar, puro...* Restos de memória de diferentes níveis, vagando sem função, sem um eixo, desintegradas.

Mas ainda sim... *Havia contato. Com o quê? Com quem?* Não sabia se parte da fragmentação que sentia estava relacionada ao estado de suspensão em que Sofia se encontrava, mas acreditava que não. *Ainda assim, ela sabe que algo está faltando...* E era por isso que, agora, havia contato. Por isso, Alice ainda conseguia ler a mente da irmã. Sofia podia não saber quem era, podia não saber como era seu corpo nem saber o que era um corpo, mas sabia que algo lhe faltava.

O contato tinha se dado com a parte de Sofia que ainda buscava. Ainda seria Sofia? Alice precisava acreditar que sim. E, se não fosse, que importância isso teria? *Se eu fui Alpha, Mariah e Alice, agora o círculo se fecha.* Tudo o que Alice tivera de ser em seus experimentos agora servia para que ela resgatasse sua irmã. *Somos um ciclo. Somos história.*

Alice puxou a alavanca que destravava o tanque. A substância viscosa que envolvia sua irmã começou a ser drenada para dentro do próprio contêiner. Sofia arregalou um par de olhos castanhos, respirando fundo em busca de ar, uma, duas, três vezes, o rosto livre do contato com aquele líquido. Seu corpo tocou o piso do tanque, liberto do cinturão metálico que até então o sustentava, mas suas pernas fraquejaram. Alice sentiu o contato da mente de Sofia na sua, buscando desesperadamente uma imagem-base. Sua varredura era dolorida, uma intrusão, nada parecida com a costumeira sensação de bem-estar associada aos Especiais.

Ela está apavorada. Viu quando Sofia foi atraída por uma de suas lembranças pesadas, a de sua primeira transformação. A lanchonete, o músico com o violão, Mariah e as duas crianças... *Ela vai se transformar no músico.* Bloqueou a memória o mais rápido que conseguiu. Pôde sentir a confusão de Sofia, seu desespero, enquanto a irmã vasculhava sua mente em busca de outras referências.

Doía.

O dia em que confrontei Paulo no beco, a fuga do Centro de Tratamento, meu aniversário surpresa... Sofia era rápida. Quanto tempo havia se passado? *Meio minuto? Menos, talvez?* Alice bloqueava cada memória focalizada pela irmã em um duelo infindável. Mas havia outras pessoas na sala. *Outras mentes hospedeiras.* A camada de vidro que as separava começou a baixar. *Ela está na mente de Angélica.*

Sofia caiu pesadamente sentada sobre a poça de líquido restante no fundo do tanque, salpicando uma Alice que lhe estendia os braços oferecendo apoio... Alice nem chegou a tocar a pele da irmã.

Sofia se esvaía entre seus dedos, como uma nuvem prateada...

Sofia, vem! Mas Alice não conseguia se comunicar... Podia ver a imagem a que a irmã estava se agarrando. Era uma memória de Angélica, uma memória que nenhuma das duas tinha como conhecer, de sua mãe mais jovem, conversando com uma amiga. Nesse momento, percebeu que, por mais que tentasse, enquanto houvesse outras mentes em que se apoiar, Sofia seguiria lhe escapando. Paulo e Angélica desviariam sua atenção, fornecendo-lhe memórias em que se apoiar, até que não lhe restassem mais forças.

Quis comunicar-se com seus pais, mas temia perder o contato com Sofia. Foi quando sentiu o amor. Um amor profundo e contagiante que brotava de Paulo e parecia preencher todo o salão, palpável e envolvente. *Ele está ajudando.* Paulo bloqueava suas memórias e projetava seus melhores sentimentos. *Por mim, por Sofia, por Angélica.* A ponto de Angélica se comover e passar a irradiar amor também.

O tipo de amor que cura tudo.

Sem a possibilidade de se apegar a nenhuma outra mente, Sofia agora se voltava a Alice. *Sofia!* O contato com a irmã estava cada vez mais frágil e não podia permitir que ela se transformasse ou a perderia para sempre. Precisava se projetar, ser mais forte que qualquer memória, ser mais forte que o vazio, jogar-lhe uma imagem que a mobilizasse a preferir transformar-se com ela. E sabia exatamente qual imagem.

A Ponte!

Lançou-lhe a imagem da ponte de colheita da forma mais brilhante que conseguiu, envolvendo-a com todos os sentimentos de plenitude e amor que encontrou dentro de si. Seu corpo desfazia-se agora em transparência gelatinosa, escorrendo junto à nuvem prateada em que sua irmã se convertera.

Sofia, vem!

E ela veio. Aquilo-que-buscava veio. Atendendo ao chamado do novo. Atendendo à possibilidade de não ser apenas parasita. Atendendo à possibilidade de se transformar sem esquecer. A ponte cruzou o espaço do salão por alguns instantes para depois desmontar-se nos corpos, inteiros e estáveis, de Alice e Sofia.

Angélica e Paulo se aproximaram juntos, emocionados, agachando-se perto delas. Vendo a mãe envolver-lhe os ombros e o pai abraçar a irmã, soube que Sofia estava a salvo.

E, ao que tudo indicava, Paulo também estava.

A Comunidade Novo Amparo se estabelecera mais rápido do que o previsto. Em apenas seis meses, tinham reabilitado parte de uma antiga galeria subterrânea e começado a fabricar eletrônicos baratos, construídos com sucata, revendendo-os em Áreas de Habitação Popular. Dos cinquenta Especiais que saíram da fazenda, quarenta tinham conseguido chegar a seu destino, sem dúvida por conta do desaparecimento do grande doutor Paulo Hélis, responsável pelas ordens de dissolução da Comunidade. Sem seu comando, as rondas constantes haviam sido suspensas e Carmem conseguira avançar quase desimpedida rumo ao local previsto para suas novas instalações.

O ingresso de Paulo na Resistência vinha repleto de suspeitas, mas também lhes trazia esperança. Por um lado, esperavam que não fosse tão rápido substituí-lo. Mário confirmava essas suspeitas, enviando-lhes informes sobre como as operações do Centro tinham se desacelerado desde que se tornara acéfalo. Com isso, respiravam um pouco mais aliviados. Por outro lado, aquela súbita conversão fazia com que alguns acreditassem que havia chances de um dia viverem livres e vencerem de fato aquela guerra. Bem como as histórias do resgate de Sofia. Sabiam que seria prematuro pensar em outros resgates, mas já se imaginava o dia em que o Centro estaria livre de prisioneiros. Inclusive daqueles que permaneciam contidos nos tanques.

Tinham perdido o bosque e o contato com a natureza: o local três tinha sido escolhido justamente por ser o menos visado, não facilmente captável por rastreios de nenhum tipo. Somente aqueles que comercializavam seus produtos tinham permissão de pilotar as quatro naves restantes durante o dia. Por mais que a vida nos subterrâneos aumentasse a pressão da clandestinidade e o número de doenças entre eles, era preciso se acostumar com a nova realidade: a trégua não duraria para sempre.

Alice estava sempre ao lado de Sofia. Via a irmã — quieta, observadora e desconfiada — como uma versão mais velha de si mesma quando decidira estabelecer-se na antiga Comunidade. Somente Alice poderia entender a real situação de desamparo em que Sofia passava grande parte dos dias. Ainda se lembrava de como tinha se sentido insegura e do quanto a simples possibilidade de que ela e seu Dom fossem úteis na construção de um mundo novo fazia com que seu coração batesse descontrolado. Também se lembrava de como era depender de outros para ter as informações mais básicas sobre a própria vida.

Alice não sabia quanto tempo o processo de cura ainda duraria, mas faziam sessões diárias em que Sofia recompunha memórias por meio de sua mente. O processo era lento, pois, como Sofia não era Beta, a conexão entre as duas não era direta. Conversavam muito e Alice tinha de projetar intencionalmente o conteúdo que queria que Sofia acessasse. Angélica talvez tivesse sido uma fonte melhor de lembranças, mas Sofia não conseguia simplesmente ler mentes sem transicionar no que via, como Alice fazia. Angélica, por sua vez, como Comum que era, só conseguia projetar-lhe sensações que, se não construíam pontes entre os fragmentos ilhados de suas memórias, ao menos faziam com que Sofia se sentisse segura e amada. E isso era muita coisa.

Suas obrigações como Guardiã-Conselheira não permitiam que Angélica passasse muito tempo com as filhas. Nos poucos momentos em que estavam juntas, gostavam de se conectar ao que haviam sentido naquele salão. Ainda era muito complicado para Sofia falar sobre o estado em que estivera, não apenas porque isso fazia com que muito da angústia lhe voltasse ao coração, mas porque não encontrava palavras para descrevê-lo. Um dia, mãe e filhas se sentaram ao fim de um dia de trabalho, comendo suas rações antes de dormir, e Sofia desandou a falar, como se precisasse compartilhar uma angústia, como se precisasse de ajuda para se libertar de um pesadelo:

— Eu não era... nada. Era uma fome, um mecanismo... Só existia: rastrear, fixar uma memória, dissolver, remodelar. E um vazio. Uma falta. Uma fome. Não sei explicar. Um buraco — seus olhos se enchiam de lágrimas à medida que se lembrava. — Eu era uma busca. Uma raiva. Um vírus, um maldito vírus... Quando comecei a encontrar as imagens e você começou a bloqueá-las, eu só sentia alívio, desespero, alívio, desespero, alívio...

Virou-se para Angélica e continuou:

— E, então, eu encontrei sua memória, mãe... É estranho ainda chamá-la de mãe.

Angélica sorriu, compreensiva.

— E já estava me desfazendo quando vi a Ponte, a imagem de Alice... E eu fiquei paralisada. Eu não sabia o que fazer. Aquela Ponte. Como posso explicar... Aquela Ponte era boa... Entendem?

Assentiram. É claro que entendiam. *Era tudo o que eu tinha a oferecer*, pensou Alice. *Uma imagem brilhante e um convite*. Lembrava-se ainda. *Vem, Sofia!*

— Mas eu não podia ir... Eu tinha duas imagens. Até que Paulo interferiu.

Sofia ainda não o chamava de pai. Talvez nunca o chamasse.

— Ele não podia bloquear minhas memórias — disse Angélica. — Então bloqueou as dele e projetou o amor que sentia. Com o máximo de força que podia. Até me comover. Até que eu também projetasse apenas amor.

Sofia encolheu-se. Havia muitos momentos como aquele, momentos em que a menina se retraía, incapaz de seguir.

— Seu pai... — continuou Angélica, pronunciando a palavra com carinho. — Seu pai ajudou a salvá-la. Tanto quanto Alice, Juliano ou Bruno...

— E como ele está? — perguntou Sofia, timidamente.

— Aguardando julgamento. Assim como Mariah. Em nosso Salão Central, sede da Resistência. Parece estar mais conformado do que a velha Guardiã.

Alice sabia que a mãe pensara em abdicar de seu papel como conselheira, mas nunca tinha levado a ideia a sério. Angélica criara a ideia do Conselho e tudo o que ele representava. As várias Comunidades, os Salões da Memória, todos os projetos aos quais se dedicara ao longo de toda a vida tinham como única intenção recuperar a humanidade destruída por aqueles que promoviam o Dom. A Resistência buscava nunca operar com as mesmas táticas violentas utilizadas por seus inimigos, por mais que Angélica tivesse sido convencida de que Paulo precisava morrer. *E Mariah teve um papel importante nessa história...* A conduta da Guardiã precisava ser julgada, tanto quanto a de Paulo: uma coisa era enviar agentes revolucionários a campos perigosos cientes de que podiam morrer, outra bem diferente era manipular dois jovens Especiais para agirem como armas em uma situação de crise.

Enquanto aguardavam o que o Conselho diria acerca de Mariah e de Paulo, Alice, Sofia e Angélica se aproximavam cada vez mais. Sofia começou a participar das atividades comunais, como se o fato de ter se aberto com elas a tivesse imbuído de confiança. Aos poucos, começou a interagir também com outros Especiais. Alice mantinha as sessões com a irmã todas as manhãs e ajudava em tarefas domésticas à tarde, mas, pela primeira vez em muitos meses, começou a ter tempo livre para pensar em si mesma. E em Juliano. Não tinham trocado mais do que algumas palavras desde o dia de sua fuga — instruções, recados, avisos emergenciais —, e sempre em situações de serviço. Sentia falta dele em sua mente. Sentia falta de seu toque. Mas, ao mesmo tempo, tinha toda a energia concentrada na recuperação dos vínculos com sua família. Por mais que a sensação de estar com a mãe e a irmã — *tinha uma família!* — fosse maravilhosa, também se sentia um pouco sobrecarregada. E Juliano parecia estar respeitando seu pedido mudo de espaço.

Além disso, ele também parecia estar sobrecarregado. Desde que os eletrônicos tinham se tornado a única fonte de renda da nova Comunidade, Juliano coordenava sua produção e realmente não tinham tido quase tempo algum. No entanto, por mais que repassasse tudo isso em sua mente sempre que a saudade apertava, via todos aqueles argumentos como o que eram de fato: justificativas. Sabia que podiam estar enfrentando aquelas mudanças juntos. No fundo, tinha se afastado dele porque outras coisas a incomodavam. Coisas com que as quais não queria lidar naquele momento.

Estou inteira. Apenas começava a encarar as implicações daquela sensação — de integração, de completude — e sua relação com o que precisava fazer no mundo, com quem sentia que precisava ser.

Mário aproximou-se de Carmem devagar, buscando surpreendê-la. Ela remendava um par de calças de criança, forçando a vista à luz de uma luz-própria não muito potente, quando sentiu as mãos dele sobre seus olhos:

— Obrigada — disse baixinho, sem pensar.

— Como assim "obrigada"? — ele perguntou, revelando-se.

Mas era um agradecimento a alguém ou alguma coisa fora daquele mundo. Por ter mantido Mário a salvo. Por ter permitido que ele voltasse para ela. Por ter feito com que eles estivessem juntos uma vez mais. Carmem não soube muito como, mas algo irrompeu em seu peito, talvez fruto das provações pelas quais passara, e ela tomou o rosto dele entre as mãos e o beijou. Um beijo apaixonado, cheio de ansiedade e urgência.

Quando se separaram, Mário estava assustado.

— Desculpe. Não tenho mais tempo para... — Carmem começou a dizer.

Mas ele a beijou de novo. Depois de alguns minutos de carinhos sem palavras, Mário informou:

— Estou aqui para trazer notícias do julgamento.

Carmem não pode deixar de notar que ele parecia saudável, depois do tempo que passara com Angélica. *Ela faz bem a ele.*

— E o que foi decidido?

— Paulo está detido. Será liberado apenas depois que tiver fornecido todas as informações que o Conselho julgar relevantes sobre o Dom e o funcionamento do Centro Governamental e der pistas sobre como podemos libertar os Especiais que seguem como reféns. E, mesmo assim, deverá viver em reclusão e monitorado até segunda ordem. Mas está sendo bem tratado e suas filhas poderão visitá-lo se desejarem. Ele está colaborando.

— E Mariah? — Carmem perguntou receosa.

— Ela foi condenada.

Carmem aninhou-se no colo de Mário. Não conseguia compreender o porquê das ações de sua amiga. Daquela a quem ainda entendia como amiga. Mesmo agora, sabendo da real identidade de Angélica, Alice e Paulo, não entendia por que ela traíra a confiança deles daquela forma.

— Eu sei que ela era importante para você — disse Mário, acariciando-lhe os cabelos. — Para todos nós, mas especialmente para você.

— Ela foi como uma mãe para mim.

Vendo os olhos de Carmem se encherem de lágrimas, Mário começou a niná-la, com um suave balanço:

— Shhh... — dizia ele. — Vai dar tudo certo. Você vai ficar bem. Nós vamos ficar bem.

A cena trazia a Carmem recordações de um dia, muito tempo atrás.

Um dia em que percebi que o amava.

— Eu preciso de você — disse Mário.

E, ouvindo essas palavras, Carmem adormeceu.

Mariah estava inquieta. Sua cela era confortável, mas apertada. Já estivera em lugares piores, mas não se acostumava com a indignidade de sua nova situação. *Paulo ganha visitas e uma nova chance e eu...* Ninguém parecia interessado em saber dela. Não desde o seu julgamento. Seu único objetivo tinha sido proteger a Resistência. Por mais que amasse Alice, não podia deixar aquele projeto — muito maior que uma simples questão familiar! — afundar porque Angélica se recusava a enxergar a verdade. *Paulo é um monstro! E Alice é nossa melhor arma: contra Paulo e contra todos eles!* Pelo menos por enquanto, o cientista estava fora de circulação. Mas ela sabia que não podiam confiar nele. Aproveitaria qualquer mínima chance para traí-los de novo e de novo. *E, quando isso acontecer, eu estarei aqui.*

Angélica conseguia ser mais ingênua que sua filha. Por mais que respeitasse seu carisma e autoridade naturais, Mariah sabia que uma guerra se vence batalha a batalha. Por isso, indicara Alice, entre as várias possibilidades que tinha, para o Programa Antiviolência. *Ferindo a fera em seu calcanhar de aquiles.* Por isso, manipulara Juliano para acreditar que Paulo tinha destruído Angélica. *De certa forma, ele a destruiu mesmo. Se não fosse por seus sentimentos, ela nunca teria dado uma nova chance a ele.* No fundo, Mariah sempre soube que podia ser conselheira. E, caso esse dia chegasse, estaria preparada. E seria impiedosa.

Enquanto isso, buscava informar-se sobre o que ocorria no mundo a seu redor, fazendo amizade com as ordenanças que a alimentavam. Tinha de estar a par de tudo. E tinha ouvido as histórias sobre como o amor de Paulo ajudara a salvar Sofia.

Ah, o amor! Aquela velha senhora queria de fato acreditar no amor. Mas sabia de algo que ninguém mais sabia. Podia até crer que Paulo ainda nutrisse sentimentos pela família. Sentimentos fortes o suficiente para transformá-lo em um herói de ocasião.

Por ora.

Mas também sabia que ele permanecera no Centro, por tantos anos, sendo bancado. *E muito bem bancado!* E que todo investidor exige retorno de seus lucros.

Logo, os donos do dinheiro viriam buscar seus produtos.

Alice acordou de prontidão, ao tocar do alarme, preparada para mais um dia realizando suas tarefas e acompanhando a irmã. Enquanto se arrumava, desfrutava dos breves momentos do dia em que ainda podia pensar sobre sua situação e sobre tudo o que descobrira acerca de si mesma.

Eu não sou como Juliano. Na verdade, não era como nenhum outro Especial que ela conhecesse. *Mas ainda há muito a conhecer.* Tinha clareza de que isso não a tornava nem melhor nem pior do que nenhum deles. O simples fato de que ela conseguisse rastrear mentes mesmo sem se transformar já a tornava diferente. *E eu consigo influenciar mentes.* Mas ela sabia que todo o seu poder se dissipava quando não atuava com uma forte intenção de ajudar. *Há uma ética por trás de meus poderes. Uma ética de reconciliação. Eu reconstruo.*

Tinha sido assim com sua irmã. *Consigo construir pontes onde existem apenas ilhas.* Como uma costureira, era capaz de dissipar nuvens de desintegração, reconectar, dar liga, traçar novos caminhos, novas possibilidades. Tinha sido assim com os soldados invasores no salão das memórias, com o próprio Juliano — e toda a sua raiva — ao longo dos anos. Sua mãe a tinha encorajado a projetar sentimentos intencionalmente, desde muito nova, antes que fosse levada ao Centro e depois de sua fuga, no breve período em que viveram juntas. Era lógico que, para Alice, nada daquilo fosse faz de contas, por mais estranho que pudesse parecer para aqueles com quem convivia. Era tão real quanto o ar que ela respirava.

Juliano nunca compreendeu. Mesmo antes do Plano. Desdenhava de suas habilidades de projeção mental. Talvez porque as temesse. Talvez porque invejasse o fato de que ela, sim, tinha uma mãe. Agora, enquanto terminava de se vestir e se dirigia ao refeitório para a refeição comunal, Alice pensava sobre as muitas vezes em que tentara ajudar Juliano a se lembrar da própria família, mas não encontrara nada. O assunto tinha se tornado tabu entre eles. Aos poucos, ela se esquecera de tentar ajudá-lo. Esquecer-se de sua família fizera com que ela acreditasse que alguém pudesse mesmo ser forte sem saber de suas origens. Ela chegara a acreditar que Juliano pudesse ser mais saudável sem saber quem eram seus pais.

Mas eu não sou mais essa pessoa. Estou inteira.

Ela não era igual aos outros e não lutaria mais contra isso. *No fundo, ninguém é igual a ninguém. Mas cada um precisa entender sua própria diferença para saber como ajudar.* Sentia que naquele momento era quase como se ela e Juliano estivessem em papéis trocados. Se antes ela tentava convencê-lo a se aquietar, a ter uma vida a seu lado na Comunidade e a aprender seu papel lutando ao lado da Resistência, agora queria ganhar o mundo ajudando-o a buscar seus pais. E, mesmo que ele não quisesse enfrentar essa busca, sabia que podia ajudar outras pessoas a se encontrarem. Outros Especiais como ela. Com seu Dom e suas habilidades especiais, não podia ficar ali, sentada, vivendo uma vida quase confortável, enquanto havia centenas — *talvez milhares!* — de pessoas perdidas, incompletas, sem saber de onde vinham.

Tinha de sair dali. Salvar sua irmã fora apenas o princípio. Mas estava adiando a decisão o máximo que podia, usando a recuperação de Sofia como justificativa, porque não sabia se Juliano viria com ela.

E não estava pronta para viver sem Juliano.

Terminou seu café e foi ao encontro da irmã. Estava preparada para mais uma sessão de recuperação de memórias, quando Sofia a informou de que queria passar alguns dias só.

— Completamente sozinha?

— Não, quero dizer... Sem você. Eu sou muito grata a tudo o que você fez por mim, mas também sei que deve ser horrível ter de ficar me acompanhando o tempo todo...

— Sofia, eu...

— Sinta-se livre! Oficialmente livre! — disse sua irmã, sorrindo. — Estou me sentindo bem, já tenho funções, uma rotina e... Eu acho que estou feliz. De verdade.

Alice não pôde deixar de se sentir bem por ela. Abraçaram-se e, pela primeira vez em muito tempo, estava desacompanhada e sem obrigações logo no início do dia. E Juliano parecia estar esperando a oportunidade, pois se aproximou assim que viu Sofia se afastar e convidou Alice a acompanhá-lo em uma venda de equipamentos em Amistad. Sem nenhum indício de intimidade, nenhum ar de camaradagem: era apenas o pedido de um colega que precisava de ajuda em uma tarefa. E uma chance de escapulir para o ar puro. Acenou afirmativamente e acompanhou-o, sentindo-se quase aliviada por ter novamente algo imediato com que se ocupar.

Durante todo o trajeto não trocaram nenhuma palavra. Ele parecia muito concentrado: ora nos controles, ora checando registros e tabelas de compra e venda projetados de um cubo multiúso. *Sinto muito a sua falta.* Alice guardou o pensamento para si, sufocando a lembrança de como era tê-lo em sua mente. Quando chegaram a São Custódio, perguntou de que tipo de ajuda ele precisava, mas ele simplesmente ergueu os ombros e cuidou de tudo sozinho. Observou-o de longe enquanto negociava preços com habilidade e invejou seus talentos comerciais. Acabaram voltando com mais dinheiro do que previam, mas, no caminho para casa, Alice percebeu que a nave estava um pouco fora do trajeto habitual.

— Parada extra — disse, traços do velho sorriso brincalhão nos lábios.

— Juliano, é perigoso... Estamos fazendo tanto esforço para nos mantermos em segredo.

— Eu sei, mas prometo que ninguém vai nos rastrear.

Além dos bloqueadores de Mário, versões modificadas do aparelho de Paulo, eles tinham despistadores e isso realmente parecia bastar.

— Temos de ser rápidos — Alice insistiu.

— Seremos.

Juliano levou-a a uma floresta. Alice sentiu-se revigorar pelo simples fato de estarem ali. *Seis meses sem ar fresco.* Era uma bela manhã de outono: o orvalho ainda despontava nas folhas e hastes verde-escuras de arbustos jovens e árvores baixas. As árvores mais altas, carvalhos imponentes e frutíferas amareladas pela estação, filtravam uma sombra rendada por seus galhos entrelaçados. A caminhada era breve, mas difícil. O chão estava coberto de folhas secas, escondendo desníveis, poças e lama, além das barreiras de galhos quebrados que, às vezes, chegavam à altura do peito do jovem.

Alice não se sentia mais tímida na presença dele. Lembrava-se da vergonha que costumava turvar-lhe os pensamentos quando estavam juntos. Vergonha em especial da forma como Juliano a atraía inexplicavelmente, fazendo com que ela desejasse poder passar a vida a seu lado, dependendo e cuidando dele ao mesmo tempo. Naquele momento, no entanto, queria apenas compartilhar com ele tudo o que estava vivendo e sentindo. Seus olhos eram suaves, tão suaves quanto o mudo pedido de desculpas que pareciam esconder. Seus olhos diziam que ele precisava ser aceito, tal como era. Poderia ele, por sua vez, aceitá-la, apesar de suas escolhas? Mesmo que elas a levassem para longe dali?

Chegaram a uma clareira. Alice sentiu um vento suave arrepiar-lhe a pele. Juliano postou-se diante dela e disse que precisava falar-lhe. Sabia que tinham andado distantes, mas precisava falar sem ser interrompido e precisava que ela ouvisse de verdade. O momento parecia tão mágico — *como senti saudades!* — que ela sentia dificuldade em se concentrar naquele discurso. Alice respirou fundo, ajeitou os ombros e assumiu uma postura atenta, pronta para o que quer que seu amor tivesse a lhe dizer:

— Eu sei que tornei sua vida difícil. Muitas vezes... Eu sei que você esteve ocupada com sua irmã e talvez até um pouco cansada de mim...

— Juliano, eu não estava...

— Deixe-me falar, por favor. Por favor...

Alice emudeceu.

— Eu não quero mais invadir o seu espaço, a sua mente... Eu quis, quero te dar o tempo de que você precisar... Eu sei que você me ama e sei... ah, como sei... que eu te amo... E não é porque fomos criados juntos... Eu te amo porque, quando eu era um bebê mimado e irritado, me rebelando contra tudo e contra todos, você partiu para me resgatar, de novo e de novo... E não me importa que você também quisesse resgatar seu pai e sua irmã... Eu sei que você me amava... Espero que ainda me ame. Te amo porque, quando você sorri, eu sinto que sei por que nasci e por que tive de passar por tudo o que passei. Eu te amo porque você tem uma coragem, uma dedicação e uma força que me surpreendem e me encantam e que eu não tenho... Eu sei que disse coisas horríveis, mas, toda vez que alguma coisa me dói, minha primeira resposta é a raiva. Nunca acreditei que você fosse fraca, nunca acreditei que você fosse menos... Enviar aquele pedido de socorro, do Centro, foi uma das coisas mais difíceis que eu tive de fazer... Eu só sabia do que Mariah tinha me contado. E eu fiquei dividido: queria ajudar, era o seu Plano! Mas morria de medo que você se machucasse e...

Os olhos deles se encheram de lágrimas. Alice se deu conta de como era bom ouvir, de verdade, aquelas palavras e sons saindo dos lábios do garoto, do homem que amava. Infelizmente, a história dele, até aquele ponto, era feita de declarações de amor mentais e palavras violentas. O fato de que ele estivesse ali, respeitando sua mente e declarando seu amor em alto e bom som, movia emoções profundas. Alice tinha interpretado mal o pedido de desculpas nos olhos dele. Não eram desculpas pelo que passou, mas por tudo o que não tinha sido dito.

Ele também cresceu.

Juliano respirou fundo e, quando tornou a falar, sua voz estava embargada:

— Eu sei que você nunca me traiu...

E foi como se um peso enorme saísse dos ombros de Alice. Nem ela sabia o quanto tinha querido ouvir aquelas palavras.

— E eu juro que eu... Eu sei que eu te enchi o saco, te insultei e até... fiz coisas que... você se machucou... por minha causa... Mas eu juro, meu amor, que nunca traí você. E não é genética... Se não fôssemos Alpha e Beta, seríamos Alice e Juliano, a teimosa da heroína Alice e o turrão do rebelde Juliano, somos nós... Se você quiser ser. Comigo.

Em seguida, beijou-a.

E, enquanto o calor de seu beijo acalentava sua alma, Alice recebia-o também em sua mente. *Feliz desaniversário, desculpe-me por não ter estado na sua festa surpresa...* Agora ele, uma vez mais, convidava-a.

Deixe-me levá-la, dizia ele em sua mente. *Deixe-me mostrar como se faz.*

Ela resistiu. *Eu não sou mais a mesma.*

Nem eu — disse ele. *Pode me seguir...*

Não, Juliano, entenda. Você é quem terá de me seguir. Eu vi muitas coisas, aprendi muitas coisas...

Você quer me mostrar?

Sim, mas você pode não gostar. Eu aprendi que não é possível ser inteira sem saber de onde viemos. Você também precisa descobrir.

E Alice devolveu-lhe a pergunta que dera início à sua recuperação:

Por que nunca quis saber quem é sua mãe, Juliano? Por que nunca quis saber quem são seus pais?

Eu tenho medo. Nunca soube por onde começar.

Mas você precisa. Nunca será inteiro sem saber.

Você me ajuda?

Sempre.

Confia em mim?

Sim, mas e você? Quer me seguir?

Aonde quer que você vá.

E Alice deixou de resistir.

Logo, o Nada. O-que-não-é-forma.

Juntos, agora, voavam e tudo fazia sentido.

Alice aproveitava cada momento, sabendo que não duraria, sabendo que, em breve, ele teria a real noção da aventura em que tinha se metido.

Mas algo lhe dizia que, mesmo com medo, ele seguiria a seu lado.

POSFÁCIO

이야기둘

Escrever *Incompletos* foi uma longa jornada. Talvez a mais longa jornada de minha vida. Tudo começou com uma imagem que insistia em me assombrar — em sonhos mais ou menos lúcidos! Era o encontro entre um homem e um estranho ser, uma figura humana indefinida, em um beco escuro e sujo de uma cidade qualquer. O homem tentava se comunicar, mas cada vez que lhe dirigia a palavra, ele mudava de forma. Por mais que o homem lhe dissesse que aquilo não era necessário, a figura ia se convertendo em personagens de sua vida, como se estivesse lendo sua mente, assumindo diferentes corpos e expressões. Essas personagens — atraentes ou assustadoras — podiam ser encarnações de seu passado ou idealizações de futuro. Quando finalmente o homem convencia aquele ser a relaxar, apresentando-se como realmente era, acabava diante de uma criança muito jovem, uma menina de, no máximo, cinco ou seis anos. Os dois davam as mãos e saíam dali, conversando.

Essa imagem calou fundo em minha alma. Sentia que nela havia algo de muito verdadeiro sobre o mundo em que estava vivendo e, para mim, esse é o princípio de todo trabalho de ficção científica: uma alegoria que mescle narrativa, crença e possibilidades de ação, tocando o estado de espírito de uma época.

Mas uma cena, por mais forte que seja, é apenas uma cena.

Não tentarei resumir como foi partir dessa imagem inicial para a construção do livro que vocês têm em mãos. Direi apenas que decidi transformar aquela menina assustada que me encarava no beco em um conto, publicado em meu site de autora na internet, e quatro anos se passaram até que eu percebesse que ela era a Especial Alice, uma personagem tão complexa que não cabia em uma história curta. Depois, foram mais quatro anos até que eu entendesse suas motivações, anseios e origens. Sempre senti que *Incompletos* era uma história maior do que eu, um fóssil gigantesco, como metaforiza Stephen King, cheio de ossos de reviravoltas narrativas, com tantas versões e interpretações quanto o próprio Plano e as vidas de Alice. Hoje, sinto-me grata pelas inúmeras colaborações graças às quais a história deste livro foi sendo descoberta. Sim, porque relacionar-me com Alice não foi fácil. Como vocês sabem, ela é muito inteligente, mas também arredia, não confia em ninguém logo de cara.

Por isso, gostaria de agradecer à minha editora, mente-gêmea, alma-irmã, Priscilla Lhacer, que me mostrou o lado humano da mutante superpoderosa e me ajudou a não superestimar Alice, com seus comentários escritos, em áudio, em reuniões, ao longo de quase dois anos, para que chegássemos a esta versão final. Sem ela, Alice talvez seguisse fugindo até hoje, sabotando suas relações sem saber por quê. Além disso, trabalhar com uma editora que entende o meu processo e meu estilo de escrita — pontos fortes e fracos em um pacote — e consegue fazer a ponte entre esse mundo particular e o mercado é um luxo para poucos.

Agradeço a minha filha, Natasha Mendes, pelas horas em que não pude estar com ela porque estava perdida com Alice. Pelas tardes e noites ouvindo o livro e comentando, de escritora para escritora, a trama narrativa, os possíveis furos, aquilo que não soava crível. Por nunca ter encarado esse meu trabalho como um hobby, por mais que tenha levado anos, e pelas inúmeras vezes em que, já mais crescida, se aproximou para ajudar com um simples "Quer comer?".

Agradeço profundamente a Ludmilla Lis, pela paciência diante de minha ansiedade, pelas horas — no celular ou sentada no sofá de casa — ouvindo trechos descontextualizados do livro e sacando comentários geniais da manga, por me dar forças para seguir quando a confusão me tomava por inteiro.

Aos artistas e especialistas que me cercam e com quem compartilhei processos tantas vezes: Neuza Mendes, minha mãe, que comentou o que havia de positivo em ser Especial e sanou várias dúvidas sobre questões médicas; Daniel Monteiro, que me ajudou a pensar o funcionamento remoto do Celta; Danilo de Almeida, que me incentivou quando tive de lidar com a complexidade do Plano; Cláudia Pucci, que me inspirou a transformar este livro em um mecanismo de autoconhecimento; Katharine Akyer, que ajudou a configurar um escritório/espaço-para-chamar-de-meu em que eu pudesse trabalhar; Rodrigo Alípio, uma das primeiras pessoas a conversar comigo sobre a menina do beco; Milá Bottura, muito mais que uma capista/designer, alguém que fez questão de trocar comigo impressões muito pessoais sobre o que esta história significava para ela.

São muitas pessoas e muitas conexões. Peço desculpas, desde já, àqueles que possam ter ficado de fora destes agradecimentos. Saibam que a história de Alice é de todos vocês.

A menina do beco agradece.

Agora, ela pode ser quem realmente é.

Este livro foi impresso pela Gráfica Bartira
na tipologia Baskerville, em papel soft polén 80g/m³ em 2017.